文春文庫

悪の包囲

ラストライン5

堂場瞬一

文藝春秋

悪の包囲

ラストライン5

第一章　夜の惨劇

1

金儲けが得意な人間は、どんな時でも攻めることを考えるものだ、と岩倉剛(いわくらごう)は感心した。このところ、コロナ禍で飲食業には厳しいご時世である。しかし平野明彦(ひらのあきひこ)は新しい店をオープンして、岩倉を招待してくれた。

「金がかかってそうな店だな」岩倉は店内を見回して感想を漏らした。

「いや、ほぼ居抜きですよ」平野が自嘲気味に言った。「内装には、ほとんど金はかけてないんです」

「じゃあ、いい店がたまたま空きになったわけか」

「そういうことです。飲食店が撤退すると、今度は建物のオーナーや不動産屋が困るでしょう？　ここも、知り合いから頼まれてやることにしたんです」

ＪＲ吉祥寺駅北口側に広がる繁華街、サンロードから一本脇道に入った場所にあるビルの二階。店内は細長く、入り口から奥へ向かって続く長いカウンターしかない。テーブルを置くスペースはあるのだが、敢えてそうせずに、贅沢に余裕のある空間を演出しているようだ。インテリアは落ち着いた黒と茶色で統一されている。

長いカウンターには十人ぐらいが横並びで座れそうだが、今は岩倉の他に客は一人しかいない。二人は入り口から一番遠い席に陣取って、ちびちびとハイボールを舐めていた。午後九時過ぎ。今夜はまだやることがあるから、ここでは軽く呑むだけにするつもりだった。

「花、ありがとうございます」平野が頭を下げる。

「何がいいか、分からなくてさ」店の外には開店祝いの生花がいくつも並んでいる。

「どうせなら岩倉さんも、名前入りの花を贈ってくれればよかったのに」

「冗談じゃない」岩倉は首を横に振った。「お巡りがそんなことをしたら、癒着が疑われる」

「ばれなきゃいいでしょう。いちいちチェックされてるわけでもないですし」

「そっちの方がよかったかな？」

「いえいえ……何でもありがたいですよ」

開店祝いに食べ物というわけにもいかないだろうし、バーに酒を持ってくるのも筋違いだ。結局、花屋に寄って「開店祝いで何かアレンジメントを」と頼み、両手でないと抱えられない籠入りの花を持ってきたのだった。岩倉が持ってきた花は今、カウンターを華やかに飾っている。

「これが五軒目だよな？」

「四軒目です。新宿の店を一軒閉めたんですよ。一人で目が行き届く限界は、四軒ぐらいですから」

「元刑事は視野が広そうだけど」

「こういう商売とは別ですよ」

平野は、元々神奈川県警の刑事だった。何かトラブルがあって自ら辞表を提出したらしく、その後は夜の世界に生きている。都内で飲食店ビジネスに関わっていて、岩倉とは捜査の途中で知り合ったのだった。

それにしても平野は、今日もピシッとした格好だ。この男は、どんな時でもスーツにネクタイというスタイルを崩さない。しかしそれはサラリーマンの制服的なスーツではなく、デザイン的にも洒落(しゃれ)ていて、いかにも金がかかっていそうだ。今日はベージュ色のコットンのスーツに白いシャツ、赤とクリーム色が横縞になったニットタイという格好だった。梅雨時にこういう服装はどうかと思うが、移動は基本、車なのかもしれない。

「新宿の店を閉めて吉祥寺に開店だと、都落ちみたいな感じにならないか？」

「いやいや、いつまでも新宿じゃないですよ」平野が皮肉っぽく言った。「ああいう騒がしいところで商売をしてると、やはり疲れます。そのうち、店は全部多摩地区に移してのんびりしてもいいな。立川とかは、どうですか？」

立川中央署に異動してから既に一年以上、今や立川は岩倉のホームグラウンドだ。吉祥寺以西の中央線沿線では、八王子と並ぶ賑やかな街であることは間違いない。しかし……。

「立川だと、こういう高級な雰囲気のバーは、合わないんじゃないかな。居酒屋なんかの方が、幅を利かせている」

「チャレンジしてみてもいいですけど、居酒屋じゃねえ……居酒屋は、利幅が小さいんですよ」

気心知れた同士の、気安い会話。ただし今、二人の立場は全く違う。元刑事とはいえ、平野は複数の飲食店のオーナーで、何人もの人間を使う立場なのだ。しかし彼の中には、まだ刑事としての感覚が残っている。それに夜の街で商売をしていると、いつの間にか情報が集まってくるのだ。裏の事情通であり、岩倉も彼の情報に頼ったことが何度もある。平野の方では、岩倉に情報を流しても特にメリットはないはずなのだが……それこそ刑事としての感覚の名残りかもしれない。いつも面白がって岩倉と話をしている。

「最近、METOについて何か話を聞かないか？」岩倉は本題を切り出した。開店祝いで来たのだが、この件について、平野と話をしておきたかったのだ。

「新しい情報はないですけど……岩倉さん、まだ連中を追ってるんですか？」

「追うべき実体があるかどうかも分からないけど」

「ということは、もう潰れているかもしれない？」

「それを察知できないから困っているんだけどねえ」

　岩倉は数年前、「METO」という組織と対峙した。違法な「武器商人」。日本にそんな組織があったのかと驚いたが、結局実態を解明するまでには至らなかった。関係者を何人か逮捕したものの、METOは上から下までしっかりした組織図が描けるような存在ではないのだ。繋がり方が複雑、かつ頻繁にメンバーも入れ替わるようで、組織の全容を把握している人間は誰もいないのかもしれない。

　国際的な犯罪組織であることは間違いないようで、公安なども何とか尻尾を摑もうと調査してはいるのだが、未だにはっきりしたことは分かっていないようだ。

「岩倉さん、本気でMETOを潰しにかかるつもりなんですか？」

「気に食わないんだよ。危ない組織なのは間違いないんだし、野放しにしておくわけにはいかない」

「しかし……」

「俺では力不足だと？」

「岩倉さんには、怪我して欲しくないですからねえ」

「オッサンになると、怪我を避けるテクニックだっていくつも持ってるのさ」

「岩倉さん、何歳でしたっけ」

「五十四になった」

「だったらやっぱり、無理はしない方がいいと思いますけどねえ……まあ、こちらもアンテナは張っておきますけど」

「助かるよ」岩倉はハイボールをがぶりと呑んだ。「じゃあ、今日は取り敢えずこれで」

「忙しないですね」

「まだ用事があるんだ」

「彼女ですか」

どきり、とした。二十歳年下の岩倉の恋人、赤沢実里は今、吉祥寺に住んでいる。実里は女優で、元々岩倉と同じ蒲田にマンションを借りていたのだが、本場の舞台に立つためにニューヨークに長期滞在し、帰国してからは吉祥寺に引っ越してきたのだ。コロナ禍のせいで、ニューヨークでは満足な活動はできなかったのだが、それについては特に後悔はしていないという。自力でどうしようもないことで悩んでも仕方ないから——というのが彼女の言い分だった。ニューヨークで舞台に立つのは、目標ではなく、手が届くかどうか分からない夢。それは叶ったことになるので、取り敢えず満足。

岩倉としては、帰国後は自分が住んでいる立川に来て欲しかった。実里がニューヨークにいる間に、岩倉は長年別居していた妻との離婚が正式に成立したので、堂々と会えるようになったからだ。しかし彼女は、吉祥寺近辺に住むことに拘った。よく出演する劇場がある下北沢や新宿へのアクセスがいいから、というのがその理由である。

まあ、彼女の希望が最優先だ、と諦めた。五十四歳のオッサンとしては、時間が空いている時に会ってくれる若い恋人がいるだけでも贅沢というものだろう。

「まあ、いろいろね」岩倉は内心焦りながら誤魔化（ごまか）した。平野は、俺のことについても情報収集しているのだろうか……。

「適当に言っても、当たるものですねえ」平野がにやりと笑う。

何だ、当てずっぽうかよ、と岩倉は苦笑した。昔は、こういうやり取りも嫌いではなかった。神経戦から新しい局面が生まれることもあったし……しかし歳を重ねるにつれ、そういうことは面倒になってきている。

翌日、木曜日は非番だったので、岩倉は実里の家に泊まった。新しいマンションは、蒲田に住んでいた時の部屋よりも少しだけ狭い。実里は、衣食住のうち「住」にはあまりこだわりがないので、部屋そのものはどうでもいいと考えているようだった。問題は立地だけ。今の彼女の行動パターンに一番効率的な街が、吉祥寺なのだ。

実里は、舞台に出ていない時には新宿のガールズバーでアルバイトをしている。木曜日は遅番で、店に出るのは午後八時から。二人で夕飯を食べた後、岩倉は実里を駅まで送り、一人でお茶を飲んで時間を潰すことにした。立川の家に帰ったら、寝るだけにしたい……。

吉祥寺には古い、昔ながらの喫茶店が何軒もあり、岩倉は既に、そのうちいくつかを行きつけにしていた。実里と二人で行くこともあれば、時間潰しで一人だらだらと過ごすこともある。

今夜向かっているのは、駅の南口にある店だった。吉祥寺は、中央線を境にして、北と南でまったく表情が違う。中央線の北は賑やかな繁華街、一方南側には広大な井の頭公園が広がっている。「繁華街プラス公園」で、あらゆる世代の人を惹きつける魅力を持っているのが、この街だと言っていいだろう。

岩倉は無意識のうちに周囲を見回していた。岩倉が勤務する立川中央署の管轄は、立川市と国立市である。今はプライベートな時間とはいえ、勝手に管内を離れるのは少し気が引ける。地方の県警で所轄に勤務している人は、基本的に署の近く——管内に住んでおり、そこから離れる時は上長の許可が必要とされていることもあるようだが、警視庁の場合は事情が違う。所轄勤務では、署の近くに住んでいる人の方が少数派なのだ。東京の住宅事情を考えれば、これは仕方がない。特に山手線の内側にある署など、近くに家を構えるのはまず不可能である。岩倉の年齢で、署の近くで気楽な一人暮らしをしている人間は珍しい。そしてそのせいで、プライベートで管内を離れると、少し後ろめたい気分になる。

実里が吉祥寺に越してきてから、この街を訪れる機会も増えてきた。中央線の快速で立川から二十分ほど、近いものだ。ただし岩倉にとっては、あまり居心地がいい街ではない。全年代を惹きつける街とはいえ、やはり中心は若い世代である。三十四歳の実里は自然に溶けこめているが、自分はかなり浮いている自覚があった。

井の頭線の高架を抜けたところで、パーカーの胸ポケットに入れたスマートフォンが鳴る。画面を確認すると、立川中央署刑事課の同僚、熊倉恵美だった。時刻は午後七時半。この時間に電話がかかってくるということは、間違いなく事件だ。恵美も署の近くに住んでいるので、真っ先に呼び出されたのだろう。

「現場は？」

「国立市西三丁目——まだ何も言ってませんけど」恵美はどこか不満そうだった。岩倉が先走りしたのが引っかかったのかもしれない。離婚したせいか、彼女はメンタルがずっと不安定で、岩倉は未だに扱いに迷っていた。

「この時間の電話なら、絶対事件だろう」

踵を返してまた井の頭線の高架をくぐろうとしたところで、岩倉は立ち止まった。ちょうど井の頭線の車両が通過中で、高架下に入ったらうるさくて話ができない。

「ガンさん、今どこなんですか？」

「吉祥寺だ」嘘をついても仕方がないと思い、岩倉は正直に打ち明けた。「ちょっと知り合いと会っててね……でも、すぐ戻れる。詳しい住所をメールしておいてくれないか？」

「分かりました」

「状況は？」岩倉は急ぎ足で駅の方へ引き返し始めた。

「現場は、国立駅から徒歩十五分ぐらいのマンションです」

「そこの住人が殺された？」

「ええ……でも……」恵美が言い淀む。

「何だよ、誰か、ヤバい人間が被害者なのか？」それこそ有名人とか……国立は高級住宅地で、芸能人や文化人が多く住んでいる。場合によっては、面倒な事件になりそうだ。

「内輪の人なんです」

「まさか、署員じゃないだろうな？　いや、違うか」岩倉の頭の中で、すぐに記憶がつながった。

「はい？」

「うちの署員で、国立市西に住んでいる人間はいないはずだ」

「ガンさん、うちの署員、何人いると思ってるんですか」

「五百人ぐらいかな」

「五百人分の住所、全部覚えてるんですか？」

「まさか。でも、大まかには——分布図的には分かってる」特に目的はなかったのだが、署員の名簿をざっくりと見たことがある。

「無駄な記憶力……でもないですね。被害者は本部の人なんです」

恵美の説明に、背中が強(こわ)ばるような緊張を覚える。もしも知っている人間なら、どうしても捜査はやりにくくなるだろう。

「サイバー犯罪対策課の福沢一太(ふくざわいちた)さんです。ご存じですか？」

知らないわけがない。岩倉が自ら希望して本部を出るきっかけを作った男である。そして一週間前、致命的な衝突をしていた。
それを多くの人に見られている。

福沢が国立に住んでいるとは知らなかった。知らないと言えば、家族構成その他、プライベートについては一切分からない。向こうはこちらをほぼ丸裸にしているはずだが……この差を考えると、何となく気分が悪い。

国立に向かう中央線の中で、岩倉はざわつく気持ちを必死に抑えつけた。もちろん、自分が何かしたわけではない。しかし、つい最近正面衝突した相手が殺されたとなったら、冷静に捜査できるかどうか分からない。

岩倉の記憶は未だに鮮明である。あれは――先週の木曜日。岩倉は刑事総務課で研修の打ち合わせがあり、久々に警視庁本部に上がっていた。用件はすぐに済み、昼食でも済ませていこうかと、量の多さと味の大雑把さでは定評のある食堂に入った瞬間、福沢と出くわしたのだった。

まさかこんなところで会うとは――岩倉は思わず固まってしまった。サイバー犯罪対策課は本部と別の場所にあり、福沢は基本的に本部へ来ることはないはずなのに……福沢もこちらに気づき、ニヤニヤしながら近づいて来た。

「岩倉さんの方からこちらに来ていただけるとは思ってもいませんでしたよ」

「君に用があるわけじゃない」

「それはそうでしょうが、いい機会じゃないですか。もう一度、きちんとお話しさせて下さい」

「もう何回も話したじゃないか。無駄だよ」岩倉は即座に踵を返した。

「いやいや、そうおっしゃらずに」

福沢が図々しく岩倉の腕を掴んだ。岩倉は思い切り腕を振るって縛めから逃れ、振り返って逆に福沢に詰め寄った。福沢が一瞬顔を引き攣らせ、両手を軽く上げて「降参」の意思表示をしたが、構わず岩倉はその胸ぐらを掴んで絞り上げる。

「いい加減にしろ。お前ら、しつこ過ぎるんだ」

「研究のためですよ。ひいては、捜査技術の向上にもつながる」

「お前の言う捜査技術って何だ？　それが本当に捜査に役立つと思ってるのか？　捜査二課からサイバー犯罪対策課に追い出されて、暇でしょうがないんだろう」

最初に声をかけられた時には知らなかったのだが、福沢は元々捜査二課の刑事だった。それがどういうわけか——本人の希望だったらしい——サイバー犯罪対策課に異動した。ITを悪用した犯罪が頻発する今、サイバー犯罪対策課の役割は重くなる一方だし、やりがいもあるだろう。三十代半ばになって、新しい仕事に取り組もうとした意欲は理解できる。

しかしこの男は、おかしな方向へ走ってしまった。注目しているのは、岩倉の異様な記憶力。岩倉は、普通に生活していく分には特に物覚えがいい方ではないのだが、こと事件に関しては細かいことまで綿密に覚えている。しかも自分が担当した事件だけでなく、ちょっと見聞きした他県警の事件の情報まで勝手に頭に入ってしまうのだ。その記憶力で、解決に至った事件もある。サイバー犯罪対策課――いや、福沢がそれに目をつけ、城東大と共同で岩倉の記憶力を研究しようと持ちかけてきたのである。

岩倉にすれば、冗談とも思えない提案だった。三ヶ月ほど拘束されて仕事から離れることになるというし、人体実験のようなものではないか。しかもこれに絡んでいる城東大生産工学部教授は、去年離婚が成立したばかりの岩倉の妻である。別居中にこんな計画が出てきたのは、嫌がらせとしか思えない。岩倉は福沢から逃れるために本部を出る決心をし、自ら希望して南大田署、さらに立川中央署へ異動してきた。本部からはどんどん離れたせいか、サイバー犯罪対策課の誘いかけもしばらくなかったのだが……のこのこ本部へ出かけてくるべきではなかったと悔いる。完全に油断していた。

「いい加減にしろよ」突き放すと、福沢がよろけて後ずさる。しかしにやけた表情に変わりはなかった。それでかっとした岩倉は、さらに詰め寄り、もう一度福沢の胸ぐらを摑もうとした。

しかしそこで、後ろから腕を摑まれる。

「こんなところで騒ぎ、起こすなよ」

耳元でささやかれて振り返ると、失踪人捜査課の課長、高城賢吾（たかしろけんご）が立っていた。

「高城さん……」

「気をつけろよ。誰が見てるか分からないぞ。ここでは記者も飯を食うんだから」

岩倉は咳払いし、福沢から距離を置いた。福沢はやはりニヤニヤしている。

「そろそろ諦めて下さいよ」何事もなかったかのように言う。

「ふざけるな！」

「ガンさん」

高城がまたささやく。岩倉は一つ深呼吸して下がった。踵を返すと、高城も一緒に歩き出した。

「ガンさんも若いねえ」

「すみませんね。まだ血気盛んなもので」

「で？　何があった？」

「因縁のある相手なんですよ」さすがに、詳しい事情を説明する気にはなれない。

「そうか」高城はあまり厳しく追及してこなかった。「とにかく気をつけろよ。警察官は噂が大好きだから」

「それはよく分かってます……すみません」歩きながら頭を下げる。岩倉にとっては捜査一課の先輩である高城は苦労人だ。娘が行方不明になり、その苦しみから酒浸りになって、失踪人捜査課に流れていった。しかし何とか立ち直り、今では失踪人捜査課の課長である。定年も近いのだが、まだまだ元気――相変わらず、酒は浴びるほど呑んでいる、という噂だったが。

後から心配になってきた。ちょうど昼飯時で、食堂はほぼ満員、先ほどのトラブルは多くの人に見られてしまった。一瞬、福沢に謝罪しようかと考えもしたが、彼は煙のように消えてしまっていた。追いかけて謝罪は……なしだ。何で俺があいつに頭を下げなければならない？

思い出してもまだモヤモヤする。一体何があった？　警察官が殺される事件は過去に何度もあったが、プライベートで……となるとあまり例がない。岩倉の記憶にあるものだと、一九五二年に発生した荒川放水路バラバラ殺人事件ぐらいだ。家庭内暴力が原因で、妻が警察官である夫を絞殺、さらに妻の母親も加担して遺体をバラバラにし、荒川放水路に遺棄した事件である。

あいつは、何かトラブルに巻きこまれていたのか？　殺人事件の多くが、家庭内のトラブルで起きるものだ。しかし岩倉は、福沢が独身なのか家族持ちなのかも知らない。今考えれば、「敵を知る」ために、福沢のことをもっとよく調べておけばよかった。

国立までは快速でわずか二十分弱だ。岩倉は立ったまま、揺れに耐えながら実里にメッセージを送った。

緊急事件。しばらく会えないかもしれない。

すぐに既読になり、返信があった。

長引きそう？

何とも言えない。

こういうメッセージを長く書いてしまうのはオッサンの証拠だ、と娘の千夏が言っていた。かといって、あまりにも素っ気なく終わらせてしまうと申し訳ない。結局、続けて短いメッセージを送った。

明日、また連絡する。

了解、の返事が来てやりとりは終わる。実里は素っ気ないというか何というか、こういう時にあまり愚図愚図言わない。仕事だというと、それですぐに納得してしまう。自分の世界を持ち、一人の時間を大切にする人だから、会えなくてもあまり気にならないのかもしれないが、それはそれで何だか侘しい。

五十四歳にもなって抱く感情ではないかもしれないが。

2

国立市は、中央線のほぼ南側に広がっている。ＪＲの駅は元々、都内で二番目に古い木造建築駅舎で、赤い三角屋根の美しいフォルムが街のシンボルになっていたが、中央線の高架化工事で一度解体され、その後再建されてかつての建物が蘇った。今は展示室、案内所、そしてイベントなどが開かれる小さな広間として利用されている。一方新しい駅舎はあまり特色がなく、地方の新幹線の駅のような雰囲気だった。

駅の南口からは、大学通りが真っ直ぐ南へ走っている。ここの桜並木は、大通りに屋根のように枝がかかる見事なもので、岩倉は日本一の街路樹だと思っていた。大学通りを中心に、富士見通りと旭通りがそれぞれ対称的に南西、南東に向かって伸びている。他の街路も基本的に整然と整備され、歩いていても分かりやすい。立川中央署に赴任してから一年以上経っている岩倉は、この街の道路を隅から隅まで把握していた。

福沢の住むマンションは、駅から歩いて十五分ほどの住宅街にある。近くには音大付属の中・高校、さらに市立の小学校や保育園などがある文京地区だ。普段は夜になると人通りも少なく、かといって物騒なこともない、静かな住宅地である。

今はそこで、パトカーの赤色灯が凶暴な光をまき散らしている。現場は、三階建てのマンションだった。薄い茶色のタイル張りで、ベランダを見た限り、間取りはワンルームか1LDKのようだ。一階部分では、樹勢が盛んな植えこみがフェンスに絡んでおり、外からはまったく覗（のぞ）けない。

岩倉は「捜査」の腕章をはめて、規制線の中に入った。見張りをしている制服警官に確認すると、現場は最上階、三階の部屋だという。

三階建てなので、エレベーターはない。階段を上がると、外廊下の一番奥にある部屋が現場だとすぐに分かった。ドアが開いており、中から強い光が漏れ出ている。既に鑑識作業が始まっているのだろう。部屋に向かって歩き出すと、ちょうどドアから出て来た恵美に出くわした。岩倉はすぐに、彼女を二階と三階の途中の踊り場に連れて行った。廊下で話していると、近所の人たちに聞かれる恐れもある。実際、ドアの前で聞き耳を立てている人も多いだろう。こちらでも聞き込みをしなければならないが、その前に特定の先入観を与えたくない。

「どんな感じだ？」岩倉は切り出した。

「凶器は刃物ですね」恵美が手刀を首に当てた。

「頸動脈？」

「あと、胸も刺されていました。かなり入念な殺し方です」

岩倉は無言でうなずいた。何度もやり合った男の遺体に対面しなければならないと考えると、さすがに気が重い。

「室内の様子は？」

「荒れてました。家探しされた感じです。間取りは2LDK。福沢さんはリビングルームで殺されていました」

「賃貸?」いかにも賃貸向けの物件という感じがする。

「それは調査中です」

「発見の経緯は?」

「今日、休んだそうです」

「無断欠勤か……」

「朝から何度も連絡を取ろうとしたのに、反応がなかったそうです。それで、夜になってサイバー犯罪対策課の同僚が訪ねて来て――」

「鍵は?」

「開いていました」

強盗か、と想像した。家に入りこんで住人を殺したら、鍵を閉めて出ていくような余裕はなかっただろう。

「発見者はまだいるか?」

「ええ。話、聴きます?」

「そうだな」

既に簡単な事情聴取は済んでいるだろう。ここで自分がもう一度急いで話を聴く必要はないが、取り敢えず現場には入りたくない――福沢の遺体との対面を避けているのだ、と自覚した。知り合いが殺されるような事件に出くわす機会は、刑事といえどもあまりない。

「中に入りますか？　呼びますか？」

「ここに呼んでくれ。鑑識の邪魔はしたくない」この弱気は、今まで経験したことのない感じだった。

　恵美が部屋に戻り、すぐにひょろりと背の高い、五十歳ぐらいの男を連れて出て来る。見覚えはない……岩倉はさっと頭を下げて、男を先ほどの踊り場に連れて行った。ここなら誰かに話を聞かれる恐れはないだろう。

「立川中央署の岩倉です」

「ああ……」男の表情が微妙に変化した。顔色は悪く、厳しい感じになっている。「サイバー犯罪対策課の宮下(みやした)です」

「福沢さんが今日欠勤したから、様子を見に来たんですね？」岩倉は確認した。

「そうです」

「そこまで急ぎの用事があったんですか？」

「福沢がまとめていた事件で、明日に家宅捜索(ガサ)を行う予定があったんです。今日、最終的な詰めをしなければいけなかったんですが、どうしても連絡が取れなかったので……普段は、そういうことはないんです。レスポンスのいい男ですから」

「しかし、わざわざ家まで来るというのも……そこまで大変なことなんですか」

「福沢はずっと無遅刻無欠勤だし、これまでは連絡が取れなくなるようなことは一度もなかったですからね。もしかしたら病気で、家で倒れているかもしれないと思いまして」

「持病でもあるんですか」

「いえ。でも、何があるか分からないでしょう」

「あなたは……上司ですか？」

「上司というか先輩です」

「わざわざ家まで見に来た？」

「私、家がこの近くなんです。帰るついでに寄ったんですよ」

「発見時刻は？」

「七時前――六時四十五分頃ですね」宮下が腕時計を見た。

「大変な現場に出くわしましたね」

「いやあ……」宮下が溜息(ためいき)を漏らした。「参りました。死体を見るのは、制服時代以来ですよ」

「サイバー犯罪対策課に来る前はどちらに？」

「生活経済課」

　岩倉は無言でうなずいた。生活安全部生活経済課は、悪質商法などの捜査を中心に行う。インターネットが普及してから、この手の詐欺事件などはネットを舞台にすることが多くなったので、生活経済課での捜査経験が豊富な人間がサイバー犯罪対策課に異動するのは、極めて自然である。

「どうですか？　刑事の目から見て、現場の様子は」

「強盗……いや、どうかな。素人判断はしない方がいいと思うけど」

「相当ひどい現場でしたか？」

「まあ……」宮下が両手で顔を擦った。「血だらけというのは、ああいうことですね。きついですわ」

「大変でしたね。サイバー犯罪対策課に連絡は？」

「済ませました。今、上の人間がこちらに向かっています」

「下で待ちますか？　部屋にはいられないでしょう」

「……そうですね」

「一階にホールがあるでしょう。うちの制服組が警戒していますから、そこにいれば厄介なことにはなりません」

「それでいいですかね」少しだけほっとした様子で宮下が言った。凄惨な現場に慣れていないのは明らかで、そこを離れられることでようやく安心した様子である。

岩倉は一階まで宮下に同道し、ソファに座らせた。少し休憩が必要だろう……しかし宮下は、すぐに立ち上がった。

「うちの人間が来たみたいです」

オートロックのドアの前で、二人の背広姿の男が制服警官と話している。宮下はすぐにそちらへ向かった。ドアが開き、二人の男がホールに入って来る。岩倉を見ると、サイバー犯罪対策課のスタッフだと自己紹介した。岩倉は「これから現場を見ますので、しばらくここで待っていてもらえますか」と宮下に声をかけ、階段に向かった。

ちょうど雨が降り始めた。六月――梅雨に入ったばかりで、このところ毎日雨が降っている。シャツ一枚になると寒いし、上着を着ていると暑い。面倒臭い陽気だった。岩倉は半袖のシャツの上に、長年愛用しているマウンテンパーカーという格好である。フードを被ってしまえば、多少の雨は傘なしでしのげるので、両手が自由になって便利だ。昨日の昼間は普通に夏用のスーツを着て仕事をしていたのだが、吉祥寺に行く前に家に寄って、上だけマウンテンパーカーに着替えてきた。ネクタイを外してしまえば、この組み合わせはそんなに変ではない。

じめじめした空気が全身を包みこむ。背中に汗をかいているのを感じたが、脱いだら今度は寒さに震えるだろう。現場を歩き回る刑事は、変化の激しい日本の気候とも戦わなければならないのだ。昇任して管理職になった同期の刑事たちは、今は座って指示を飛ばしているのだが、自分にはそういうのは合わない。定年まで現場を歩き回りたいとは思っているものの、体力的に年々きつくなっているのは事実だ。

開いたドアの前で深呼吸して、気持ちを整える。どうにも落ち着かない……これから福沢の顔を拝むと考えると、脈拍が一気に速くなってきた。

意を決して、玄関に足を踏み入れる。すぐにバッグからオーバーシューズを取り出し、靴の上から履いた。短い廊下の先が犯行現場のリビングダイニングルーム……作業服姿の鑑識課員が既に作業を始めており、立川中央署から急行した刑事たちも何人かいるので、そこそこ広いリビングルームは人いきれで蒸し暑くなっていた。

当然、最初に福沢の遺体が目に入る。しかし詳しく確認する前に、まず部屋の中を見回した。二十畳ほどだろうか……三階建てのこぢんまりとしたマンションの割に、ずいぶん広い感じがする。

生活臭が濃厚だった。使い古したダイニングテーブル。椅子は四脚——一人暮らしにしては多い。テーブルの上には新聞が載っていた。触らずに日付を確認すると、昨日の夕刊である。今日の朝刊がないということは、事件が起きたのは昨夜かもしれない。

三人がけの大きなソファが一脚。その向かいに一人がけのソファが二つ。一人がけのソファの背もたれに血が飛び散り、黒く細い筋になっている。大型の液晶テレビは、画面を下にして倒れていた。テレビの横には、今時珍しい立派なオーディオセット……隣のラックに収納されていたらしいCDとDVDの多くは床に散らばっていた。さらに、床に眼鏡が三つ落ちている。ラックの横にあるローボードの上には、眼鏡がいくつも置いてある。福沢は眼鏡集めが趣味だった、と思い出す。会う度に、必ず違う眼鏡をかけていた。

この部屋で、かなり激しい格闘があったのは間違いない。

犯人は二人、あるいは三人組ではないかと岩倉は想像した。福沢はパソコンオタク、室内派の人間だが、当然警察官としての基本的な訓練は受けている。まだ四十歳と若いし、体力的にも、一対一の戦いで簡単に負けるとは思えない。しかし相手が二人、三人となると、そう上手くは撃退できないだろう。

福沢は、前のめりに床に倒れていた。両手を頭の上に投げ出す――万歳するような格好で、顔は見えない。首から流れ出した大量の血はすっかり固まり、フローリングの床をどす黒く染めていた。

岩倉は蹲踞（そんきょ）の姿勢を取り、両手を合わせて頭を下げた。殺人事件の現場では、こうやって必ず犠牲者に敬意を表し、犯人逮捕を誓うのが捜査のスタートだ。

福沢は前のめりに倒れているので、表情はうかがえなかった。しかし遺体の様子を見た限り、既に死んでから二十四時間ぐらい経っているかもしれない。

立ち上がると、膝が小さな悲鳴を上げた。最近、ちょっとした動きで膝に痛みが走ることがある。ストレッチや筋トレをすれば、何とか元気な状態をキープできるかもしれないが、そういうことが面倒で仕方ない。体調を整えておくのも仕事とはいえ……今後は、普通に生活していくために、毎日のトレーニングが必要になってくるかもしれないが。

福沢は、黒いTシャツにジーンズという軽装だった。家に帰って着替え、気が抜けていたところで、賊に押し入られたのだろうか。しかしそれもおかしい。警察官というのは、基本的に非常に用心深い人種である。防犯意識も一般人よりはるかに高いし、見知らぬ人間を簡単に家に上げるわけがない。だったら、顔見知りによる犯行か?

他の部屋を見て回った。

一部屋は寝室、もう一部屋は書斎か何かに使っているようだ。詳しく調べてみないと分からないが、この二つの部屋は、リビングルームよりも激しく荒らされていた。特に、書斎のデスクの引き出しは全て床に放り出され、中身が床に散らばっている。いかにも家探ししたような雰囲気だ。

「強盗か……」

一人つぶやきながらリビングルームに戻る。もう一度福沢の遺体を検分して、かすかな違和感を抱いた。両手首、それに肘のところに擦過傷がある。古い傷ではなく、最近のもののようだ。こういう傷は、何かで縛られた時にできることが多いのだが……もしかしたら、福沢は縛られ、拷問を受けていたのではないか? 遺体を詳しく調べないと分からないが、その可能性は否定できない。

多くの疑問を抱えたまま福沢の部屋を出る。岩倉は、現場に集まった所轄の警官たちを二階と三階の途中の踊り場に集めた。刑事課長の末永(すえなが)も係長の藤間(ふじま)もまだ現場に来ていないので、ここは年長の自分が仕切るしかない。とはいっても、既に捜査はレールに乗っている。現場の保存と調査は鑑識がやっているから、自分たちにできるのは聞き込みぐらいだ。しかし今はこれが一番大事……小さなマンション内での事件だから、悲鳴や怒声を聞いている人がいてもおかしくない。

「取り敢えず、起きている住人には全員話を聴いてくれ。時間も遅いから、丁寧に。それと、話を聴く時には必ず二人一組で」

この時間の初動捜査は、刑事課の人間ではなく当直の署員が行う。五百人の署員を抱える立川中央署では、刑事課だけでも三十人のスタッフがいる。夜でも必ず誰かが当直で署にいるのだが、多くの刑事は休んでいる。しかも管内に住んでいる人間ばかりではないから、緊急呼び出しをしてもすぐには人が集まらない。そのため、夜に発生、発覚した事件では、当直の署員が初動捜査を行うことになる。二十四時間、交代制で動いている機動捜査隊も初動捜査の主力ではあるが、今回は現場には姿を見せていないようだ。機動捜査隊の仕事は、現場のいち早い封鎖、犯人の捜索が主である。できるだけ早く犯人にリーチするための捜査ということで、今回のように発生からかなり時間が経ってしまっている事件の場合は投入されないことも多い。

刑事が奇数いたので一人になった岩倉は、最初に福沢の隣の部屋のドアをノックした。対応してくれたのは三十歳ぐらいの女性で、男物のように見えるオーバーサイズのシャツにジーンズという格好で、髪を後ろで一つに縛っている。岩倉と同じぐらいの身長――ヒールの高い靴を履いたら、岩倉よりも高くなるかもしれない。

「何があったんですか？」岩倉がバッジを示すと、彼女の方が先に訊ねた。

「隣――三〇一号室で事件が起きました。すみません、あなたの名前から聞かせていただけますか」

「私は別に、何も……」

「決まりなんです」

岩倉は有無を言わせず、名前を聞き出した。本岡奈々（もとおかなな）、二十九歳。職業は会社員――立川にある税理士事務所で事務の仕事をしているという。

「昨日の夜から今日にかけて、隣の部屋で何か音がしたり、声が聞こえたりしませんでしたか？」

「いえ――このマンション、防音はしっかりしてるんです」

「何も聞こえなかった？」

そう言えば、福沢の口の周りは少し赤くなっていた。猿轡（さるぐつわ）かガムテープなどで、口を塞がれていたのかもしれない。

「あ、でも……」奈々が急に思い出したように言った。

「何かありましたか？」

「廊下を、何人かが歩いていたと思います」

「複数の人、ですか。間違いないですか？」

「話し声が聞こえたんです。何を言っているかは分からなかったけど」

「防音がしっかりしているんじゃないんですか？」

「夜中に戸締りを確認しようとして、ドアのところまで来た時だったんです」

「何時ぐらいですか？」

「十一時ぐらいだったと思います。隣が突き当たりの部屋なので、そこに誰か来たのかな、と思いましたけど」

「そういうこと、よくあるんですか？」

「いえ」

「インタフォンを鳴らす音は聞こえましたか？」

「それは聞いていません」

やはり顔見知りの犯行ではないか、と岩倉は想像した。このマンションはオートロックだから、簡単には中に入れない。それなら、人間関係を追っていけば、犯人に辿りつけるだろう。

「何かおかしいとは思いませんでしたか？」

「いえ、別に……」奈々の顔に戸惑いの表情が浮かぶ。「まずかったですか？」

「そんなことはないですよ」

「あの、何があったんですか？」

「三〇一号室に住んでいる方が亡くなりました」

「亡くなった……」奈々が右手を拳に固め、口元に持っていった。「殺されたんですか？」

岩倉は無言でうなずいた。奈々が、声にならない悲鳴を上げる。急に床に膝をつくように崩れ落ちた。岩倉は思わず彼女に近づき、腕を摑んだ。

「大丈夫……大丈夫です」奈々が必死に言った。

「三〇一号室の人は、ご存じですか？」

「どういう人かは知りませんけど、顔を合わせれば挨拶ぐらいはします」

「あなたは、いつ頃からここに住んでいるんですか？」

「四年前からです」

「三〇一号室の人は、その頃から住んでいたんですか？」

「そうだと思います。でも……考えてみれば名前も知りません」

東京のマンションなど、そんなものだろう。ここのように小規模なマンションでも、隣に住んでいるのがどんな人なのか、名前さえ知らなくてもまったく不思議ではない。

「会話を交わしたことは？」

「記憶、ないです……あの、私、これからどうしたらいいですか？」

「普通にしていただいて結構です。ちょっと隣がうるさいかもしれませんが」

「何も分からなくて、不安なんですけど」奈々が不満を訴えた。

「捜査の途中ですので、説明できないことも多いんです。また他の刑事が話を聴きに来るかと思いますが、相手してやって下さい。事件解決のためなので、よろしくお願いします」岩倉は頭を下げた。

「不安です」奈々が両手を組み合わせて胸のところまで持ち上げた。

「分かります」岩倉はうなずいた。「何か思い出したことがあったら、電話していただけますか？」

　名刺を差し出すと、奈々が恐る恐る受け取る。たぶん今夜は眠れないだろうな、と同情しながら、岩倉は廊下に出た。

　聞き込みは十一時まで行われた。その時点で、刑事課長の末永が現場に到着する。遅いな、と思ったが、この課長は確か、町田に住んでいる。横浜線から中央線に乗り換えて……となると、どうしてもこの時間になってしまうのだろう。

　その間、現場に集まった刑事課のスタッフは十人。全員がホールに集められ、聞き込みの成果を報告した。しかし、成果と言えるほどの成果はない。結局岩倉が聞いた「昨日の午後十一時ぐらいに複数の人間が福沢の家を訪ねたらしい」という情報が、唯一の収穫だった。

「特捜の設置が決まった」末永が言った。「明日の朝、一回目の捜査会議だ……ガンさん、今の聞き込みの件、報告をよろしくお願いします」

「分かりました」

　末永は年下の上司だ。五十四歳になると、こういう年齢と階級の逆転現象が頻繁に起きる。末永は五十歳だが、警視。まだ出世の階段を登っている途中で、既に昇任も出世も放棄した岩倉とは立場が違う。末永は所轄の刑事課長としてきちんと事件を解決して、本部の管理官に返り咲きたいと思っているだろう。その先の所轄の副署長、最終的には署長への道も見据えているはずだ。逆に、失敗が許されないというプレッシャーも常に感じているに違いない。そういう事情を抜きにしても、警官殺しに関しては、警察は異常にむきになって力を入れる。仲間意識が強いので、「仲間が殺されたら絶対に解決する」という気持ちが募りがちなのだ。

末永は、部下に「一時解散」を命じた。署に泊まりこむ人間もいるし、比較的家が近い刑事は帰宅する。岩倉は取り敢えず、家に戻ることにした。署に泊まりこむと、やはり疲れるものだ。

しかし帰ろうとしたところで、末永に引き留められた。

「ガンさん、見通しは?」

「何とも言えませんね」岩倉はまだ特定の推測を持てなかった。「部屋の荒らされ具合を見ると強盗のようにも思えますが、あの部屋に押し入るのはなかなか難しい。それに遺体には、明らかに縛られた跡があります」

「強盗なら、被害者を縛るのは普通では?」

「ただ縛っただけでなく、拷問した可能性もありますよ。それらしい傷があった」

「拷問?」末永が眉をひそめる。「穏やかではないな」

「遺体を詳しく調べてみないと分かりませんけどね」今のところは単なる勘だ。

「複数の人間が部屋に向かったらしい、ということですよね」末永が確認した。

「廊下を歩いていた、が正解です」もちろん、行き先は廊下のどん詰まりにある福沢の部屋だっただろうが、確定はできない。「残念ながら、このマンションには防犯カメラがありません。そこから犯人にリーチするのは難しいですね」

「仕方ないか……近所の防犯カメラのチェックは必要ですね」

「何が映っているかは分かりませんけどね」岩倉は肩をすくめた。

「この件は、絶対確実に解決しないといけません」

「警官殺しですからね」岩倉はうなずいた。「サイバー犯罪対策課は、何か重大な事件に着手しようとしていたようです。それに関係している可能性は……」そこまで言って、岩倉は口を閉ざした。危機を察した犯人が、捜査の中核にいる福沢を襲った？　それはあり得ない。そんなことをしたら、別の容疑もかかってしまい、結局はさらに追いこまれることになる。

まだ捜査の筋を絞りこむことはできないだろう。よほどいい線が出てこない限り、しばらくは手を広げて捜査をすることになりそうだ。しかし末永の言う通りで、この事件は絶対確実に解決しなければならない。警官殺しが未解決のままだと、その署の評判は地に落ちる。

まだ上を狙っている末永は、そんな事態は絶対に避けたいはずだ。

家に戻って、十二時近く。実里が勤めるガールズバーは、そろそろ閉店の時刻だ。岩倉は実里のスマートフォンに電話を入れた。

「そろそろ閉める準備をする時間だけど、どうかしたの？」実里が心配そうに訊ねた。

「まだ店か？」

「あの後、事件が起きてさ」

「事件？　電話なんかして大丈夫なの？」

「いや、もう家に帰って来たんだ。こんな時間になったら、仕事もできないから」

「現場、どこ？」

「国立……所轄で働くメリットはこれだな。現場は必ず近くだから」

「本部じゃ、そうはいかないわけね」

「ああ。だけど今回の事件、少し面倒になるかもしれない。勘だけどね」

「やだ……ガンさんの勘、よく当たるから」

「被害者が顔見知りなんだ」

岩倉は、福沢のことを説明した。実里はすぐにピンときたようだった。岩倉ほどではないが、彼女もなかなかの記憶力の持ち主である。

「あの、眼鏡集めが趣味の人？」

「よく覚えてるな」

「ガンさんが言ってたのよ。すごく嫌そうに」

「実際、嫌な相手なんだ」

「うん、その件も聞いた。でも、ガンさんが殺したわけじゃないでしょう？」

「おいおい……」

「話を聞いた時には、何かヤバそうな感じがしていたけど」

「冗談じゃない。余計なトラブルが起きないように、こっちは二回も転勤したんだぜ」

「そっか……何か、嫌な感じよね」

「ああ」これで二度と、面倒なことに巻きこまれないかもしれない。しかしどうにも後口が悪かった。

　一週間前に岩倉と摑み合いの喧嘩をした男が死んだ。そしてトラブルの場面は、多くの人に目撃されている――。

3

　翌朝の捜査会議は、いつも通りの雰囲気で始まった。捜査の指示は、犯行現場の精査、そして近所の聞き込み。その中で岩倉は、本部での調査を命じられた。サイバー犯罪対策課での福沢の最近の動きを確認するように、ということである。

　これは必ずしも、奇妙な指示ではない。現場の様子から強盗による犯行の線が疑われたが、確定できるまでの材料はない。普段の仕事ぶりを確認して、そこに何かトラブルがなかったか探すのは、こういう場合の捜査の常道である。

　命令だから行かねばならないが、嫌な予感がする。昨夜は、サイバー犯罪対策課の連中とトラブルにならなかったが、向こうがこちらをどう思っているかは分からない。岩倉の記憶力を調査するプロジェクトが、サイバー犯罪対策課挙げてのものだったら、課の人間全員が岩倉に対して不快感――疑念を抱いている可能性もある。サイバー犯罪対策課とのトラブルを刑事課の他のメンバーには知られたくなかったので、岩倉は本部へは一人で行く、と申し出た。

「念のため、誰かと一緒の方がいいんですけどね」末永は渋い表情を浮かべた。

「内輪の話だし、こんな調査だったら一人で十分ですよ。こっちが向こうを呼びつけてもいいぐらいですけどね」実際には、そんなことはできないだろうが。

「そうですか……じゃあ、何か分かったら連絡をお願いします」

「もちろん」

午前九時半、岩倉は署を出た。

立川中央署は、「行政の副都心」である立川の官庁街にある。JR立川駅へは、昭和記念公園を突っ切って徒歩十五分ほど。今日も雨が降っていて、公園内の芝も樹木も濡れそぼっていた。湿気が体にまとわりつき、歩いているだけで鬱陶しい。一刻も早く電車に乗ろうと、岩倉は普段よりも早足で駅へ向かった。

公園を抜ける頃、スマートフォンが鳴る。誰だ……舌打ちしてスーツの胸ポケットからスマートフォンを引っ張り出すと、見知らぬ電話番号が浮かんでいた。ただし、市内局番を見て、警視庁本部のどこかの部署からだと分かる。

「ガンさんか？」

「高城さん……」岩倉は雨を避けて、総合案内所の軒先に入った。「どうしたんですか？」

「昨夜、サイバー犯罪対策課の福沢って奴が遺体で発見されただろう」

「早耳ですね」もっとも、この件は今朝の朝刊で記事になっていたが。

「福沢って、一週間ぐらい前に、お前が食堂でぶん殴ろうとしていた奴だよな？　その件、本部内では結構噂になってるんだ。お前が福沢を殺したんじゃないかって」

「冗談じゃないですよ」岩倉は思わず声を張り上げた。「何で俺が」

「だったら、アリバイを証明できるか？」

「え？」

「奴が殺されたの、一昨日の晩か昨日の未明だろう。お前、どこにいた」

言葉に詰まる。一昨日の晩は吉祥寺……九時半頃まで平野と呑んでいて、その後は実里の家に泊まった。平野も実里も、同僚にはその存在を明かしたくない相手である。厳しく突っこまれたら、説明ができない。

「そんなこと、真面目に考えてるんですか？」

「俺は考えてないよ。だけど、サイバー犯罪対策課や一課の連中は、別のことを考えているようだな」

「一課の連中とは、今朝の捜査会議でも一緒でしたよ」

「裏で動いている連中もいるんだよ。捜査一課もそれぐらいのことはする」

確かに……知らぬ間に後ろからバッサリ、ということもあり得る。公安ほどではないが、捜査一課も極秘の捜査は得意だ。というより、警察の捜査に極秘でないものはない。

「背中に気をつけろよ」

「——ご忠告、ありがとうございます」

電話を切り、溜息をつく。面倒なことになった。余計な詮索をされないためには、一刻も早く犯人を逮捕しなければならないが、今回の捜査は長引きそうだ。岩倉のそういう勘はよく当たる。本当によく当たる。


サイバー犯罪対策課は、桜田門の本部ではなく、文京区にある。本部は既に築四十年以上経っており、手狭になっているのだ。サイバー犯罪対策課は、二十世紀の終わりに発足したハイテク犯罪対策センターを改組して、ハイテク犯罪対策総合センター、さらにサイバー犯罪対策課になった新しい部署なので、本部に入りきれず、文京区に本拠を構えている。ここには公安部のサイバー攻撃対策センターなども入っており、警視庁の情報拠点と言っていい建物だった。岩倉は普段まったく縁がなく、足を踏み入れるのも初めてである。

いきなり訪ねても対応してもらえるとは思えなかったので、昨夜会った宮下に事前に電話を入れていた。昨夜は動揺しつつも普通に対応してくれたが、一夜明けると何となく態度が変わっていた。

「構いませんけど、お話しできることがあるかどうか」

「一応、手順ですから」被害者の周辺捜査という意味では、まったく普通の捜査である。ただし被害者が警察官というのは、やはり異例の事態だ。内輪の人間の仕事を探るというのは、普段はあり得ない捜査である。

「上に話を通しておきます」

「誰が対応してくれますか？」

「係長ですね」

「福沢さんは……」

「第一サイバー犯罪捜査の情報係」

「そこは何をしているところなんですか？」

「全般的な情報収集と管理ですね」

真新しいビルには、何となく入りにくい雰囲気が漂っている。セキュリティが本部よりもずっと厳しいということで、宮下が一階まで迎えに来ていた。来客用のパスカードを渡され、それを使ってセキュリティガードを何ヶ所も抜けていく。本部なら、正面出入り口で一度提示すればＯＫなのだが。

二階にある小さな会議室に通された。普通に窓がある何の変哲もない部屋だが、そこはやはり警察の建物である。どこか冷たく、硬い雰囲気が流れていた。

中では既に、一人の男が待機していた。内輪で名刺交換も変なものだが、正確を期するためにはこの方がいい。ちらりと名刺を見て——警察では珍しい、横型の名刺だった——岩倉は相手の名前を頭に叩きこんだ。笹本泰之（ささもとやすゆき）。本部の係長だから、階級は警部だろう。年齢は岩倉より少し下、五十歳ぐらいに見えた。

いきなり話に入るよりはと、岩倉は軽い雑談から入った。

「係長は、どこの部署出身ですか」

「私は公安です。一課と二課」

おっと、気をつけないと……公安出身者というのは、別の部署に異動しても、どこか秘密めいた雰囲気をまとっているものだ。実際には隠すようなことがなくても、いかにも何かありそうな態度を崩さない。

「元々こっちの世界に興味があったんですか？」

「いや、世間並みにネットを使うぐらいでしたよ。サイバー犯罪対策課が正式に発足した時に、異動になったんです」

「二〇一一年、ですか」

笹本がうなずいた。表情は一切変わらない。がっしりした四角い顎の持ち主で、いかにも意思が強そうだ。ワイシャツ一枚になっているので、肩と胸に筋肉がついているのが分かる。柔道で、相当本気で鍛え上げたタイプではないかと岩倉は想像した。

「福沢さんのことは残念でした」

「まったく、何が起きたのか……特捜の読みはどうなんですか」笹本が逆に質問した。

「強盗の線もありますが、今はまだ絞りこんでいません」

「警察官が強盗被害――洒落にならないな」

「他の線も考えていますよ。福沢さんは、何か重要な事件をキャップ格で捜査していたとか？　今日、家宅捜索（ガサ）に入る予定だったんですよね」

「結局延期しました。福沢が独自に持っていた情報もあったんですけど、それが分からなくて、家宅捜索の計画も立てられなかった」

「大きな損失ですね」

「まったく……」笹本が顎を撫（な）でた。「まあ、捜査はいいんです。相手に感づかれているわけではないから、家宅捜索は改めてやればいい」

「その件で、福沢さんが犯人の恨みを買っていたとは考えられませんか？」

「何を言い出すんですか」笹本が不審げな表情を浮かべる。

「仕事上のトラブルは、常に念頭に置いておかなくてはいけません。公安でもそれは同じでしょう」

「私は今、サイバー犯罪対策課の人間なので」笹本が冷たく言い放つ。「いずれにせよ、あなたが想像しているようなことはないですよ」

「断言できますか？」

「逮捕した人間から恨まれるのは、あり得る話だ。しかし今回は、まだ誰も逮捕していない。向こうはこちらを認知していない――自分が捜査の対象になっていることも知らないでしょう」

「そう言い切れますか？」

「サイバー犯罪の捜査は、まずネットをたどってやるのが常道ですよ。そういう中で、自分に捜査の手が迫っていることは、分かりにくい。逮捕されて初めて、マークされていたと分かることもあるんです」

「なるほど……全ての捜査において、そうなんですか？」

「ほぼ全て」笹本がうなずく。

「これまでに、福沢さんが関わった捜査で、トラブルになったことはないんですか？」

「ないですね」笹本が即座に断言した。

「言い切れますか？」

「トラブルがあれば、当然全員で情報共有してますよ。刑事部や所轄の皆さんがどうしているかは分かりませんが、サイバー犯罪対策課では、あらゆる情報を常に共有していますから」

「しかし、共有できないような情報もあるでしょう」

「いや、サイバー犯罪対策課の中では、隠し事はないんです。そもそも誰が何をやっているか、ログで全て記録に残っているわけですから」

「パソコンやスマホにかじりついているだけなんですか？　外で捜査することもあるで

しょう」岩倉は指摘した。

「もちろん」

「そういう時の記録まで残っていて、ちゃんと共有しているんですか」

笹本が一瞬黙りこむ。「全てを情報共有」というのがお題目に過ぎないのは明白だった。だいたい刑事も、見聞きしたことを一々上に報告するわけではない。そんなことをしていたら、上司のキャパシティはあっという間に一杯になってしまうだろう。

「それより岩倉さん、福沢と摑み合いになったとか？　一週間ほど前のことですね」笹本が急に話題を変えた。

「摑み合いはしてませんよ」正確に言えば、岩倉が一方的に摑みかかった、だ。しかしわざわざ訂正するつもりはない。訂正すれば、岩倉の立場がさらに悪くなる。

「私が聞いていた話と違いますね」笹本が目を細める。

「そうですか？　ところで福沢さんが、私を使って人体実験をやろうとしていたことは知ってますね？」

「人体実験……」笹本が苦笑した。「人体実験なんか、できるわけがないでしょう。大学との共同研究ですよ」

「研究するような余裕があるんですか」

「警察も、捜査しているだけでは時流についていけない。サイバー犯罪対策課では、課員が独自に研究することを奨励しているんですよ。二十パーセントルールというやつです」

「何ですか、それ」

笹本が怪訝そうに目を瞬かせる。そんなことも知らないのか、と言いたそうだった。

「仕事時間の二十パーセントを、将来に向けた投資に使う、ということです。すぐに結果が出なくてもいい。グーグルで有名ですよ」

「私を人体実験しようとしたことは、対策課挙げてのプロジェクトじゃないんですか？」

「いや、あくまで福沢の個人的な企画です。あなたが受け入れてくれれば、課として正式に取り組んだでしょうけどね」

「冗談じゃない。そんなことにつき合っている暇はないですよ」この件は、今でも話していると苛つく。

「捜査の発展のためであっても？」

「目の前の捜査優先です。現場を離れるわけにはいかない」

笹本が溜息をついた。岩倉は警戒した。この先、話がヤバい方に転がりそうな予感しかしない。

「あなたは、福沢の提案を何度も拒否した」笹本が指摘した。

「当然です」

「福沢も簡単には諦めなかった。何回も衝突しましたよね」

「おかげでこちらは、本部から異動する羽目になりましたよ」岩倉は皮肉を吐いた。

「本部にいなければ、しつこく言われないと思ったので」

「そんなに大袈裟な話じゃないんですけどね。何も生きたまま解剖しようってわけじゃないんだから」

岩倉としては肩をすくめるしかなかった。この話し合いは、どこまで行っても平行線をたどるだろう。

「とにかく福沢は、トラブルを起こすようなことはなかったですよ」

「今回の事件の捜査でも？」

「もちろんです」

「どういう捜査なのか、内容を教えて下さい」

「それはできない」笹本の顔が引き攣った。「捜査途中のことを、他の部署に教えるわけにはいかない。そんなことは、あなたもよくご存じでしょう」

「ことは殺人事件ですよ？　警視庁の仲間が殺されて、犯人が挙がらないとなったら、とんでもない恥だ。警官殺しは、一刻も早く解決しないと治安が揺らぐ」

「お題目ですな」

「本気で言ってるんですよ」

「とにかく、捜査途中のことは言えません」

「上から正式にお願いすることもできるんですが」岩倉は脅しにかかった。権威を笠に着るのは好きではないのだが……。

「どうぞご自由に」笹本が肩をすくめる。「それより岩倉さん、福沢と本格的なトラブルになってなかったんですか？」

「トラブルと言えばトラブルですよ。でも、殺すなんてあり得ない。一発ぶん殴れば、最終的には片がついた」

「殺せばもっと確実だ」

「本気で言ってますか？」

睨み合いが始まった。岩倉は絶対に引く気はない。結局、笹本がすっと目を逸らしたが、「勝った」という満足感はない。

「捜査にご協力いただけないんですか」

「そういうわけじゃない。必要ないと思っているから言わないだけです」

「必要あるかないかを決めるのは、特捜本部です」

「それは分かりますが、うちにも捜査の秘密があるので」笹本は引かなかった。

「殺しよりも大事な捜査なんですか？」岩倉が突っこんだ。「仲間が殺されたのに、早く犯人を逮捕したいと思わない？」

「それは特捜の仕事です。我々の捜査も、多くの人に影響を与えるものですからね」

どうしても譲る気はないようだ。これは、何か新たな手を考えないと。

サイバー犯罪対策課への事情聴取は、一筋縄ではいかない。

そのまま立川中央署に戻ってもよかったが、何の材料もないままでは気が引ける。もう少し福沢のことを掘り下げたい——岩倉は本部へ向かった。人事二課に話を聞いて、福沢の正式な「履歴書」を作るつもりだった。

人事二課は協力的で、すぐに福沢の履歴書は完成した。大学卒業後、警視庁入り。警察学校を出て、卒配で新宿中央署に赴任した。交番勤務から刑事課に上がり、捜査二係で刑事としての第一歩を踏み出す。二十七歳で本部の捜査二課に異動。第二係で贈収賄捜査を、特捜二係で詐欺事件の捜査などを担当した後、三十四歳で自ら希望してサイバー犯罪対策課に異動していた。三十歳で巡査部長試験に合格したが、警部補の試験には二回挑んでいずれも落ちている。

四十歳になる警察官のキャリアとしては、ごく平凡なものだ。二課時代に担当した事件の関係で総監表彰を二回受けているが、懲罰関係はなし。捜査二課時代の仕事ぶりも気になったが、それが今にまで尾を引いているとは思えない。捜査二課は様々な人間をネタ元にするが、職場を離れれば、そういう関係は切れてしまうのではないだろうか。仕事の枠を超えてプライベートなつきあいをしていれば別だが、警察官とネタ元は、なかなかそういう関係にならない。際どいというか、危うい関係になることが多いからだ。

気になったのは、福沢のプライベートだ。独身なのは別に問題ないとして、自宅の入っているマンション一棟が、福沢の所有だというのだ。

「これは噂ですけどね」人事二課の担当者は気さくな男で、書類に書かれていない情報もあれこれ話してくれた。「ご両親が資産家だったらしいんです。亡くなった後、遺産の一部としてマンションを受け継いだとか」

「マンション一棟といったら、かなりのものですよ」国立という都心からは離れた土地柄、そして三階建てのこぢんまりとしたマンションだということを差し引いても、家賃収入は馬鹿にならないだろう。あのマンションが、全体で十五室あることは既に分かっている。福沢自身が住んでいる部屋を除いても、十四部屋から毎月家賃が入るわけだ……一部屋の家賃が仮に十万円だとして、月に百四十万円、年間では軽く千五百万円を超える。四十歳の巡査部長の年収よりもはるかに多いわけで、彼が金のために警察の仕事をしているわけでないことは簡単に想像できた。

「いろいろ事情があるんでしょうが、親が持っていた物件をそのまま維持していくのも親孝行ということですかね」

「内規としては問題ないんですか？　副収入になるでしょう」

「働いて得る金ではないので、副業とは言えないですからね。実際、そういう不動産収入がある職員は、他にもいないわけではない」

「うーん……」岩倉は腕組みして思わず唸った。「世の中、不公平なこともあるわけですか」

「そういうものでしょう」

何となく釈然としない気持ちを抱いたまま、人事二課を後にする。既に午後一時。腹も減ったが、警視庁の食堂で食べる気にはなれない。どうしても、先日の福沢とのトラブルを思い出してしまう。

警視庁本部から立川に帰るのは結構面倒臭い。東京メトロの霞ケ関駅から丸ノ内線で四谷に出て中央線に乗るのが一番効率的だろう。乗り換えの四谷で降りて、何か食べていくか。

そう考えて一階まで降りた時、声をかけられた。

「ガンさん？」

振り向くと、伊東彩香が立っていた。南大田署時代の後輩で、本人は岩倉の「弟子」を自任している。なかなか根性のある刑事で、本部へ異動になってから機動捜査隊、捜査一課特殊班と順調にキャリアを積み重ねている。女性で特殊班勤務はまだ珍しいのだが、それだけ身体的・精神的能力を買われている証拠だろう。

「どうしたんですか？　珍しいですね」

「ちょっと、特捜の関係でね」

「あ、例の……サイバー犯罪対策課の件ですか」

「サイバー犯罪対策課が事件を起こしたわけじゃない」

彩香が、コロコロと転がるような笑い声を上げた。もう三十歳になっているのだが、元々童顔ということもあり、まるで高校生のような雰囲気だった。

「ご飯、食べました?」

「いや……」

「じゃあ、一緒に食べませんか? 私もまだなんですよ」

「ここの食堂は勘弁して欲しいな」彩香が事情を知っているかどうかは分からないが、避けたかった。

「農水省の食堂でどうですか?」

「ああ……」官庁街の霞ヶ関には、路面店の食堂はない。各省庁にある食堂の中では、農水省がレベルが高いと評判だ。岩倉は腕時計を見た。「まだやってるかな」

「確か、二時までですね」

「じゃあ、急ごう」急ぎ足で五分ほどだろう。地下鉄の出入り口がすぐ近くなので、帰る時も便利だ。

農水省の食堂は、一種の社員食堂だが、他官庁や仕事で来た人も利用できるので、常に賑わっている。しかし一時過ぎのこの時間になると、さすがにもう店内はガラガラだった。遅い昼食を食べている人が数人だけ……そしていかにも農水省の食堂らしく、全てのメニューに食料自給率が記されている。

彩香は釜揚げしらす丼を、岩倉はマグロの漬け丼を頼んだ。さっさと食べるには、丼が一番早い。

久しぶりにここで食事をしたが、こんなに美味(うま)かったかな、と驚く。マグロ漬け丼は、八百八十円にしてはしっかりしたマグロである。彩香のしらす丼も美味そうだった。ちなみに、マグロ丼の食料自給率は六十二パーセント。何となくいいことをしているような気になってくる。

彩香も、南大田署で刑事になりたての頃はゆっくりと食事をしていたのだが、いつの間にか食べるペースが早くなっている。刑事は「食べられる時に食べておけ」「できるだけ早く食べろ」と教育されるので、早飯になりがちだ。結果として待っているのは、肥満と胃の病気である。もっとも、彩香は初めて会った時からほとんど体型が変わっていない。若いから、食べた分はすっかりカロリー消費できるのだろう。

「ガンさん、何かやらかしたんですか」

ほぼ同時に食べ終えたところで、彩香がいきなり切り出したので、岩倉はお茶を吹き出しそうになった。

「何かって何だよ」

「立川の事件の関係で、噂になってますよ」

「マジかよ」いや、高城も同じようなことを言っていた。先日の食堂での一件が、やはり噂として広まっているのだろう。警察官というのは噂が大好きな人種で、聞いた話に余計な装飾を加えて広めてしまう。

「被害者とトラブっていたとか」

「それは事実だ。しかも昨日今日の話でもない。もう何年も前から、奴につきまとわれていたんだ」

「例の、サイバー犯罪対策課から追われてる話ですね」彩香が真顔で訊ねる。

「ああ。でももちろん、俺はやってない」

「それはそうでしょうけど」彩香が声を潜める。「ガンさん、狙われてますよ」

「誰に」

「特捜に入った一課の係から」

「マジかよ」高城の忠告が脳裏に蘇る。今朝も、捜査会議で顔を合わせた連中だ。そんな素振りはまったく見せなかったが、秘密主義は警察ではごく普通のことだ。これは何か対策を立てないと、ややこしいことになりかねない。当然岩倉は何もやっていないのだが、疑われても、それを晴らすためのアリバイを持ち出しにくいし、何より動きにくくなる。

「何か分かったら、情報、入れますよ」

「余計なことしてると、君も目をつけられるぞ」岩倉は忠告した。

「そんなの、いくらでもかわせますよ。もう新人じゃないんですから」

頼もしく思ったが「頼む」とは言えなかった。大事な後輩を、ややこしい事態に巻きこむのはまずい。彼女は捜査一課で順調にキャリアを積み重ねているのだから、少しでも傷をつけるわけにはいかないのだ。

彩香はなおも「情報収集します」「何かあったら知らせます」と言ったが、岩倉はことごとく断った。しまいには、彩香は露骨に不機嫌になってしまった。せっかく気を遣っているのに、ひどくないですか……。

「自分の身ぐらい、自分で守れるから。好意だけ、ありがたく受け取っておくよ」岩倉はトレイを持って立ち上がった。無条件で信じてくれる後輩がいるのはありがたいことだが、岩倉ぐらいの年齢になると、一つだけ、絶対に守らねばならないことがある。

後輩の足を引っ張るな。

4

立川中央署に戻って午後三時過ぎ。岩倉はすぐに、刑事課長の末永に報告した。といっても、サイバー犯罪対策課の件は後回しにして、福沢のキャリアについて説明する。

「現場のマンションが福沢さんの名義になっていることは、もう確認していますよ」末永が言った。

「念のために、何か問題がないか、確かめた方がいいと思います」岩倉は進言した。

「あれだけの不動産を持っているということは、金銭的なトラブルを抱えていた可能性も否定できない」

「強盗に狙われやすいとか」

「さすがに、アポ電に引っかかるとは思えませんけどね」

「いや、アポ電のテクニックも日々進化しています。警察官だから絶対に回避できるとは限りませんよ」末永が疑わし気に言った。この課長は、刑事部の中では盗犯担当の捜査三課が長かったのだが、事件全般に詳しいのは間違いない。多少気が弱いことを除けば、まあまあいい上司と言える。

「それで、サイバー犯罪対策課の現在の仕事については？」

「証言を拒否されました」

「拒否？」末永が眉を吊り上げる。

「現在、彼が担当していた仕事について確認したんですが、言えない、と。捜査中の事件の情報を他の部署に漏らすわけにはいかないということだそうです」

「ミスだったかな……」末永が顎を撫でた。「ガンさんを行かせない方がよかったですかね。福沢とトラブったという話は本当なんですか？」

おっと……いきなり核心を突く質問をぶつけられ、岩倉は口籠もった。しかし一番身近にいる相手に対して黙っているわけにもいかない。できる範囲で事情を説明しようとすると、末永の前の電話が鳴った。末永がびくりと身を震わせ、慌てて受話器に手を伸ばす。摑み損ねて、急いで取り直した。どうしてここまでびくつくのだろう。こういうところが駄目なんだよ、末永課長……。

「はい、末永――ああ、署長。はい、ええ、目の前にいますが」末永が岩倉をちらりと見た。「今ですか？　ええ、大丈夫だと思いますが……はい、それでは」

末永が受話器を置き、「署長がお呼びです」と告げた。

「署長が？」署長が、一介の刑事を呼びつけることなど、まずない。「何か聞いてませんか？」

「おそらく、ガンさんと被害者のトラブルのことですよ」

「知ってたんですか」

「噂が回るのは速いですよ」末永が真顔で言った。「馬鹿馬鹿しい話だとは思いますけど、そういうことを気にする人もいますからね」

「課長……」

「署長としても、気になるだけじゃないですか？　気になったら確認したくなるでしょう」

「冗談じゃない」岩倉は吐き捨てた。「こんなことで、足止めを食いたくないですよ」

「拒否したら、さらに足止めを食うことになりますよ」

そもそも、あんたがブロックしてくれればいいんだ。「岩倉は事件には関係ない」と言えばそれで済む……いや、事態はそんなに単純なわけではないだろう。

取り敢えず、目の前に現れた壁はぶち破るしかない。いや、そんなことをするには歳を取り過ぎた。壁があれば、少し遠回りでも迂回して避けることを考えねば。

署長は滝川瞳（たきがわひとみ）――警視庁ではまだ極めて珍しい女性署長である。それだけに何かと有名で、岩倉は一度も一緒に仕事をしたことがないにもかかわらず、そのキャリアのほとんどを知っている。生活安全部一筋で、特に少年事件のエキスパートだ。主に少年育成課、少年事件課に所属し、所轄では新宿中央署の副署長などを歴任してきた。前職は生活安全部理事官。現在五十九歳で、これが警視庁での最後の職場になるだろう。ちなみに夫も警察官で、警護課長を最後に二年前に勇退している。署長なので、当然庁舎の上にある官舎に住んでいるのだが、退職した夫も一緒についてきているのが何だか妙な感じだ。

署長はすらりと背の高い女性で——百七十センチぐらいありそうだ——訓示や点検の時など堂々として、その辺の男性署長よりもよほど頼りになる感じがする。

「ガンさん」岩倉が署長室に入っていくと、うなずきかけ「座って下さい」と指示した。

署長室は、署の課長全員が集まって打ち合わせできるように、かなり広いスペースになっている。署長のデスクの前には、長いソファが二脚向かい合わせに置かれていた。壁には、地元の高校生が描いた、本格的な油絵が二枚。こういうのは、昔から——岩倉が警察官になった頃から変わらない。地元の愛好家や学生が描いた絵が壁を飾っている。警察は地域の象徴、ということだ。変わったのは、テーブルに灰皿がないことである。昔は署長室のテーブルには、必ず立派なガラス製の灰皿があったものだ。署長が吸わなくても、来客が頻繁にあるので、灰皿は必須だったのだ。

二人はソファで向かい合わせに座った。署長は一瞬間を置き、いきなり切り出した。

「ガンさん、今回の殺しの被害者と揉めていたんですって？」

「揉めていたというか……ストーカー被害です。被害者は俺ですよ」

「どういうこと？」

「何年も前から、サイバー犯罪対策課が、俺を研究材料にしようとしていたんです」

「ガンさんの記憶力に関して？」

「ええ」岩倉はうなずいた。「その研究を進めようとしていたのが、今回の被害者の福沢さんです」

「それで、あなたが殺したの？」

「署長……」岩倉は溜息をついた。「冗談にしても笑えません」

「一週間ほど前に、あなたが被害者と揉めていたという話があるのよね。それも、よりによって本部の食堂で」

「揉めたというほど揉めてませんよ」

「あなたが摑みかかったとか」

「噂話にしては珍しく、話が大袈裟になってないんですね」あの状態が「殴り倒した」「半殺しにした」にエスカレートしていてもおかしくない。

「ガンさん……」署長が溜息をついた。「摑みかかったら、それは揉めてるって言うでしょう」

「こっちはストーカーの被害者なんですけどね」

「だったら当該部署に訴え出ればいいだけじゃない」

「無駄でしょう。ストーカーに関しては出足が鈍いのが、警察ですからね」思わず皮肉を吐いてしまう。

「とにかく……」署長がもう一度溜息をついた。「その揉め事は、多くの人に見られています。それを問題視している人もいるんですよ」

「まあ、確かに殺意はありましたよ」

署長がすっと眉を上げた。しかし岩倉の顔を見て、ゆっくりと首を横に振る。

「ガンさん、冗談でもそういうことは言わない方が」

「要するに、奴らは——奴は俺を人体実験の対象にしようとしたんです。生きながら頭を開かれて脳の中身を覗かれるなんて、考えただけでもぞっとしますよ」

「いくら何でも、そんなことしないでしょう」呆れたように署長が言った。

「分かりませんよ。大学が絡んでくる話でしたし、何をされるか、想像もできなかった」

「想像してたでしょう。頭を開かれるって」

「署長……」

「失礼」

署長が咳払いする。彼女が何をしたいのか——本気なのか冗談なのか分からなかった。これは一種の「査問」なのだが、どういう狙いかが読めない。

「ちょっと、刑事課長にも入ってもらいましょう」

「本気で俺を査問するつもりなんですか？」

「査問？」署長が目を細める。「善後策を検討するだけです。立川中央署としても、ここで失点するわけにはいかないので」

岩倉はむっとしたまま腕組みした。煙草を吸っていた頃なら、もう二本目に火を点けているところだろう。署長が立ち上がり、自席から電話をかける。それから一分後、末永が息せき切って署長室に飛びこんできた。

「刑事課長、座って下さい」

末永が、呼吸を整えながら岩倉の横に腰を下ろす。岩倉から見ても、異様に緊張していることが分かった。

「まず、最初に言っておきます」署長が宣言した。「この件について、ガンさんが犯人だとは思っていません」

「それを最初に言って欲しかったですね」

岩倉は愚痴をこぼした。それを無視して署長が続ける。

「しかし、捜査一課の中でも、ガンさんと被害者のトラブルを気にしている人がいるんです。こういうのは、最初にはっきりさせておいた方がいいでしょう。ガンさん、犯行当日のアリバイはありますよね」

「まさか、アリバイを確認される日が来るとは思ってませんでしたよ」

岩倉は皮肉を飛ばしたが、署長の表情は変わらなかった。本気でアリバイを確認したがっている——そこで岩倉は、早くも最初の高い壁を意識した。しかしここを何とかしないと、先へ進めない。

「どうなんですか？」署長がさらに突っこむ。「確か、事件が発覚した日は非番でしたよね」

「ええ……申し訳ないですが、前の日から、管内を出てました」

「どちらへ？」

「吉祥寺です」

「管外といっても、都外へ出たわけじゃないから」署長がうなずく。「何をしてたんですか」

「情報源と会ってました」

「情報源……誰ですか」

「それは言えません。仲間内にも言いたくない」

「それじゃ、アリバイは確認できませんよ」

「仕方ないですね」岩倉は腿を叩いた。「そうであっても、これ以上は言えません」

「大事なことですよ」

「こちらにとっては、情報源を守るのも大事なことなんです。それはお分かりでしょう？」

「ガンさん、仕事がかかってるんですよ」

ここは「情報源を守る」で押していくしかない。少しでも話を曲げれば、実里のことまで持ち出さざるを得なくなる。今は離婚してフリーになったから、誰に隠す必要もないのだが、彼女の存在はやはり秘密にしておきたかった。実里は女優である。舞台の活動が中心なので一般にはあまり知られていないが、「警察官と女優が結婚」とでもなったら、かなりざわつくのは簡単に予想できた。実里は一時――渡米する前に、何本かのテレビCMに出ていたから、それを思い出してピンとくる人もいるだろう。

岩倉は五十四歳になり、今は先輩よりも後輩の方がはるかに多い。つまり、岩倉をからかう人間はどんどん少なくなっているのだが、それでも誰に何を言われるかは分からない。

「情報源の話は、ここだけの秘密にします」署長が宣言した。「それを言ってもらえれば、私から一課を説得します。理由はいくらでも誤魔化せるから。私が納得することが一番大事なんですよ」

「署長も、捜査していく中で、情報源との関係をどう保っていくかには苦労されたでしょう」岩倉は訴えた。「情報源はたいてい、警察全体を信用しているわけじゃない。刑事と一対一の関係で、信頼が築けるんです。だからこそ、仲間内とはいえ、気軽に話すわけにはいきませんよ。俺にとっても大事な情報源なので」

「しかし今回の件には、ガンさんの人生がかかってますよ」

「大袈裟です」岩倉は苦笑した。

「どうしても言えない、ということですか」

「言えません」

平野の顔が脳裏に浮かぶ。飄々とした人間だから、ここで岩倉が名前を出しても何とも思わないだろう。ただし名前を出せば、当然アリバイの確認を受けることになる。平野自身には何らやましいことはないにしても、信義の問題がある。情報源は「守られている」と感じることで、さらにこちらを信用するようになるのだ。

「困りましたね」

「一課の連中が、俺を逮捕したがっているんですか」

「さすがにそれはないですけど……」

「だったら放っておけばいい。逮捕ということになったら、奴らの捜査の穴をいくらでも指摘してやりますよ」岩倉は皮肉を飛ばした。

「一緒に捜査している仲間ですよ。身内で争ってもしょうがないでしょう」

「ミスしたら、仲間だろうが何だろうが、関係ありません。叩きのめします」

「ガンさん、そういうことを言ってるから……」署長が溜息をつく。

「分かりました」末永がいきなり割りこんだ。「ガンさんには、特捜から外れてもらいます」

「課長……」何を言い出すんだ？　岩倉は思わず横を向いた。

「特捜にいれば、捜査一課からあれこれ言われる可能性が高くなる。いなければ目につかない。違いますか、ガンさん？」

「俺を隠すつもりですか？」

「……まあ、そういうことですね。特捜からは外れて独自に、自由に動いて下さい。ガンさんがいないと大きな戦力ダウンになりますから、捜査は当然やってもらう前提です」

「捜査一課には、何と言い訳するんですか？」

「体調不良、とでも」末永が平然とした口調で言った。

「絶好調ですよ」このやり方が上手くいくとは思えない。

「分かりました。そうしましょう」署長がすぐに末永に同調した。「ガンさんには特捜から外れてもらう。それでも、裏で一人で捜査は続けてもらう、ということでいいですね」

「いや、それは――」反論しかけて、岩倉は口をつぐんだ。これは……上手くいくかどうかは分からないが、悪い手ではない。大きな事件が起きれば特捜ができ、普段は一緒にいない刑事とも仕事をすることになる。警察の仕事はそれが普通なのだが、やはりどうしても煩わしい面は出てくる。そこを離れて勝手に仕事ができればと思うことも少なくなかった。一匹狼の戦い――ちょうどいい機会ではないか。

「分かりました。では、抜けます」

「こちらから逐一捜査の状況は流しますから。ガンさんの方も、何か分かったらすぐに教えて下さい」

「遅滞なく」岩倉は頭を下げた。「ただし、今夜の捜査会議には出ますよ。いきなりいなくなったら不審に思われるでしょう」

「まあ、そうですね」末永がうなずく。「じゃあ、普通に捜査会議には出て下さい。言うべきことがあったら言いますから」

それが捜査一課との喧嘩にならないといいのだが。古巣とトラブルに陥るのは、あまりいい気分ではない。

一番の問題であった福沢は死んだわけだし、自分は今や、捜査一課への復帰を考えてもいい状況になっているのだ。だからこそ、穏便に済ませたいという気持ちは強い。人の死を自分のために利用しようとしている自分が、少しだけ嫌になった。

夜の捜査会議では、当初から出されていた「強盗説」が一気に後退した。福沢の部屋を徹底して調べていた捜査一課の刑事の報告によるものである。

「寝室のデスクに、銀行の預金通帳などが入っていました。リビングルームには財布もあって、銀行のカード、クレジットカードなどは手つかずで残されていました」

「部屋に押し入った人間からすれば、探すまでもない状況だった、ということだな」特捜の指揮を執る本部の係長、山岡が報告に割って入った。

「そういうことかと思います」報告していた刑事が結論を出す。「それと、鑑識の報告ですが、室内に靴の跡が二人分、確認できています」

「賊は二人組か」と山岡。

　この話は、岩倉が昨夜聞いた隣の住人の証言と合致している。複数の人間の話し声が廊下から聞こえてきた——それはやはり、部屋に押し入った人間のものだったのだろう。

「鍵がこじ開けられた形跡はありません」刑事の報告が続く。「だから、賊は被害者と顔見知りだった可能性が高い」

「施錠していなかったとは……考えにくいか」

　多摩地区と東京二十三区では、住人の防犯意識にかなり差があるという。田舎ではドアに鍵をかけることなどない、という話もよく聞くが、国立は都会だ。しかも福沢は警察官であり、自宅にいる時でも鍵をかけずに過ごしているとは想像しにくい。

「いずれにせよ、犯人は鍵を持っていなかったはずです」刑事が結論を口にした。「鍵を持っていれば、施錠して出た可能性が高いと思います。それだけ、発見を遅らせることができたわけですから」

「ちなみに、家の鍵は見つかっているか？」

「玄関脇の壁にかかっていました。小さなフックがあって」刑事が指で8の字を描くような動きを見せた。

「それはそのままなんだな？」山岡が念押しするように聞いた。

「はい。ですから、やはり顔見知りが犯人で、被害者が自分でドアを開けた可能性が高いと思われます。あるいは、荷物の配達を装ったか」

岩倉は、口を挟みたくてうずうずしていた。福沢の両手首には、明らかに拘束されていた跡がある。口にもガムテープか何かが貼られていたはずだ。あれはどう解釈すればいい？　岩倉自身は、金のありかを聞き出すために、犯人が福沢を「拷問」したと思っていた。ただしこの仮説は、今の刑事の報告で崩れた。拷問せずとも、金はすぐに見つかったはずだ。単に家探しの邪魔にならないように拘束していたとしたら、金もカードも盗まずに出て行ったのは明らかにおかしい。

目的は金ではない。個人的な恨みか、仕事上でのトラブルによるものだ。そう考えると、サイバー犯罪対策課で福沢の仕事について確認できなかったのが痛い。

続いて、解剖結果が報告された。傷は首、胸と四ヶ所に及び、死因は失血死と断定された。四ヶ所も刺したというのは、かなり入念な殺し方——恨みの線が、岩倉の中で急浮上した。やはり顔見知りで、福沢もつい鍵を開けてしまったのではないか？

「被害者の資産状況ですが」別の刑事が報告を始める。「被害者の両親は数年前に相次いで亡くなりました。母親が七年前、父親が五年前……いずれも病死で、不審な点はありません」

「それで、あのマンションを相続したわけか」と山岡。

「元々、父親が地元の資産家だったようです。現場のマンションは投資用で、家族は近くの一戸建てに住んでいたんですが、被害者は両親の死後、その一戸建てを処分して、マンションに引っ越したようです。ちなみに概算ですが、年間の家賃収入は千二百万円程度と見られます」

会議室に、ざわついた空気が流れた。公務員にすれば、不労所得が年間千二百万円というのは、目を剝くような金額である。しかし何も悪いことをしていたわけではないから、福沢が責められるいわれはない。

「他に立川でアパートを一軒、さらに駐車場も経営していました。資産状況を完全に把握するにはもう少し時間がかかりますが、かなりの資産家だったのは間違いありません」

「となると、金絡みで狙われた可能性も出てくるな。強盗の線も、まだ完全に捨てないで捜査を続けよう。それと同時に、被害者の交友関係、仕事についても捜査を進めていく。以上だ」

捜査会議は無事に終わった。岩倉は発言を求められなかったことにほっとして、そそくさと会議室を抜け出した。誰かに声をかけられるのではないかと恐れたが、取り敢えず引き止めはされなかった。

署の外へ出て一息つく。これで明日からは自由の身だ。

とはいえ、狙われている立場に変わりはない。容疑者の気分が少しだけ分かったような気になり、岩倉は胸のざわつきと戦う羽目になった。

5

自宅へ戻り、岩倉はそそくさとシャワーを浴びた。雨はやんだが蒸し暑く、全身に嫌な汗をかいている。長い一日だった……ようやくさっぱりして、冷蔵庫から缶ビールを取り出す。実里に電話しようと思ったが、その前に電話で話しておくべき相手がいることに気づいた。

平野はすぐに電話に出たものの、疑わし気だった。

「私と電話している暇なんか、あるんですか？　殺しの捜査で忙しいでしょう」

「その件なんだが、俺は特捜から外れた」

「何かやらかしたんですか」

「犯人だと疑われているんだよ」

「ええ？」

岩倉は事情を説明した。ややこしい話なのだが、平野は察しがいいので、すぐに状況を理解してくれた。

「なるほど……私を守ってくれたわけですか」

「あんたの名前を表に出すわけにはいかないからな」

「そこまで気を遣わなくても……友だちと呑んでいたことにすればよかったじゃないで

すか」

「俺を友だちと認めてくれるのか」五十を過ぎて、新しい友だちができる可能性は極めて低いのだが。そもそも岩倉の方でも、平野を友だちと認識してはいない。あくまで貴重な情報源だ。

「嘘も方便って言うでしょう。ガンさんなら、それぐらいのことは平気ですると思いますけどね」

「友だちだって、アリバイの確認のためには事情聴取されるさ。とにかく、あんたが厄介な目に遭うのは申し訳ない」

「警察官を騙すのは、全然難しくないですよ」電話の向こうで平野が笑った。「一つだけ嘘を設定して、それを徹底して押し通せばいいんです。それも、嘘かどうか証明できないような嘘にすればいい」

「例えば？」

「私が神奈川県警にいた頃に、事件に関する情報交換で知り合ったとか。オフィシャルな話でなければ、記録に残っていないですから、絶対に証明できませんよ。ガンさんもそれに話を合わせてくれればいい」

「一つ嘘をつくと、他にも嘘をつかなくちゃいけなくなる。あの日、あんたとは九時半ぐらいに別れたじゃないか」

「……そうでした。その後、何をしてたんですか」

「それはあんたにも話せない」

「本当に被害者を殺していたとか」

「まさか」岩倉は溜息をついた。

「冗談ですよ。人に言えない相手と会っていたんでしょう」

「言ってもいいけど、相手を面倒なことに巻きこみたくないんだ」

「女ですよね？」平野が鋭く指摘する。まるで事情を知っているような口調だった。

「ノーコメント」

「まあ、いいですけど……とにかく岩倉さんは、仲間内には知られたくない人間二人と会っていた、と。証言は拒否。それじゃ、特捜から外されるのもしょうがないですね」

「外されたんじゃない。自分で外れることにしたんだ」岩倉は意地を張って訂正した。この提案をしたのは末永だから、岩倉の立場からするとやはり「外された」なのだが。

「結果は同じですよ」

「まあな」

「万が一、俺の存在がばれて、特捜の怖い刑事さんたちが話を聴きにきたら、適当に誤魔化しておきます」

「ああ」

「その際は、ガンさんにもすぐに連絡しますから。口裏を合わせて下さいよ」

「口裏を合わせられないように同時に事情聴取するのが、警察のやり方だけどな」

「そうでした。もう、そういうやり方は忘れかけていましたよ」軽く笑い、平野が電話を切った。

　さて、次は実里……事情を説明すると、彼女もすぐに分かってくれた。

「しばらく会わない方がいいっていうことよね？」

「ああ。警察が君のところへ行くとは思えないけど、念のためだ」

「後ろめたいことなんか、何もないけど」実里が面白そうに言った。

「そうだけど、君には迷惑をかけたくないんだ」

「素敵、なんて言うべきところかしら？」

「いや……」

「あまり気にしないで。何も無理する必要はないでしょう。会える時に会うっていうことで、今までもずっとやってきたんだし」

「そうだな」

　あっさり了承されて、少し気が抜けた。何と言うか……もっとべったりしてくれてもいいのに、実里は妙にサバサバしている。彼女の中で、自分の優先順位はそれほど高くないのではと考えると、ひどく侘しい気分になった。

　翌日は土曜日。岩倉は特捜を外れたので休んでもよかったのだが、さすがにそういうわけにはいかない。まず、動き回るための準備を整えた。自分の動きを追われないように、警察の公務で使っているメールやメッセンジャーは避ける。そのためにわざわざ、使い捨てのメールアドレスを設定した。そこからいきなりメールを送っても、迷惑メール扱いされてしまう可能性が高いので、取り敢えず末永に電話をかけ、独自に設定したメールとメッセンジャーのアドレスを伝える。

「用心し過ぎじゃないですか？」末永は呆れていた。

「どこから動きが漏れるか分からないから。サイバー犯罪対策課にかかったら、警視庁で使っているメールの内容ぐらい、簡単にハッキングされるでしょう」

「確かに……じゃあ、今後連絡は、このメールアドレスを使います」

「それと電話で。電話は通話記録は辿れるけど、内容までは分からないから。基本、電話がいいでしょう」

「分かりました」

「何か動きは？」

「土曜の朝からそんなことを聞かれても、答えようがないですよ」電話の向こうで末永が苦笑する。「それよりガンさん、何をするつもりですか」

「もちろん、福沢の周辺捜査ですよ。でも、特捜がやりそうなことはやらない。近所の人との関係とか、家族関係とか、財産のこととかは、そちらでも調べるでしょう？」

「ええ」

「だから俺は、福沢の仕事方面について調べようと思ってます」

「サイバー犯罪対策課から追い出されたのに？」

「何か手を考えますよ。それに、サイバー犯罪対策課絡みの仕事とは限らない。捜査二課時代の仕事が絡んでいるかもしれない」

「それはだいぶ前ですよ」末永が反論した。「さすがに、何年も前の事件が絡んでいるとは思えないけどなあ」

「捜査二課の場合は、俺たち一課や三課とは事情が違うんじゃないですかね。昔使っていた情報源との関係で揉めたり……ということもないではないような気がする」

言いながら、岩倉は自分の言葉に自信を失っていた。どちらかというと、福沢は捜査二課の仕事に興味を失って、サイバー犯罪対策課に異動したような気がしている。その辺りの事情を知っていそうな人間を探し出すのが、まず捜査のとっかかりになりそうだ。


警察官の人間関係を紐解くには、様々なアプローチがある。職場の同僚や先輩後輩に当たっていくのが簡単だが、民間企業や他の官公庁との一番の違いは、警察学校の存在である。高卒、大卒を問わず、警察官に採用されると最初は必ず警察学校で寮生活を送りながら基礎を叩きこまれる。その集団生活の中では特別な連帯感が生まれ、「警察学校同期」の絆は退職するまで――退職しても続くことがある。人数が多いし、勤務先が都内一円に広がっているから、同期会はほとんど開かれないが、仲がいい者同士、同じ職場にいる者同士の会合は頻繁に開かれる。そういう場では階級も関係なく、遠慮なしに会話が弾むものだ。

もう一つが「県人会」の存在である。警視庁はあくまで「東京都の警察」なのだが、公務員を目指す学生の就職先としては人気で、全国から人が集まってくる。当然のように同郷の仲間同士の「県人会」ができ、様々な情報交換や懇親の場などが設けられる。その中で一際有名なのが、警視庁を創設した川路大警視の出身地である鹿児島県人会、そして何故か人数が多い茨城県人会である。もちろん、東京出身者が最大勢力なのだが、「東京会」の活動はそれほど盛んではない。福沢の場合、当然東京会の人間なので、この線から人間関係を追っていくのは難しいだろう。

もちろん、サイバー犯罪対策課で聞き込みをすることは難しい。かといって、捜査二課時代の仕事ぶりを調べるのは、まだ気が早い感じがした。となると、やはり警察学校の同期を探して、仲のいい友人に話を聴くのがいいだろう。

福沢の「期」は分かっている。年齢四十歳。その辺りの年齢で、知り合いはいないか……スマートフォンの電話帳を探っていくと、すぐに思い至った。捜査一課時代の後輩で、岩倉が刑事の基礎を叩きこんでやった近藤が、確か今年四十歳ではないか。福沢と同じ大卒だし、警察学校で一緒だった可能性は高い。

近藤は今は、所轄の刑事課で係長をやっている。捜査技術に関しては「まあまあ」で合格点を与えられる程度なのだが、頭はよく、試験は得意だった。順調に昇任試験を突破し、今は岩倉と同じ警部補になっている。四十歳で警部補だから、本人にやる気があれば、この先最低警視にまではなれるだろう。管理職の道一直線という感じだ。

「土曜にすまない」岩倉は最初に詫びた。昔は土曜も日曜もなく働くのが普通だったが、今はこの辺については非常にうるさい。

「ガンさん？　どうしたんですか？　今、忙しいでしょう」

所轄の係長であっても、都内で起きた殺人事件については情報をキャッチしているのだろう。その辺は、岩倉が教えた通りだった。どんな事件でも頭に入れておけば、自分の捜査の参考になるから——。

「その件で、ちょっと知恵を貸してくれよ」

「いいですけど、ガンさんに言われると怖いな」

「怖くないよ。簡単な話だ。今回の被害者、警察官なんだ」

「ああ……」近藤の声が暗くなる。「福沢は同期なんですよ」

当たりだ、と岩倉は一人ほくそ笑んだ。表情を引き締め、話を続ける。

「被害者の周辺捜査をしている。事情を聴きたいんだけど、お前、親しかったか？」

「いえ、俺はそんなには……ちょっと変わった奴でしたし」

そうだよな、という言葉を呑みこむ。近藤は自分と福沢のトラブルを知らないようだから、このまま流してしまおう。

「変わってたのか？」

「パソコンオタクだったんですよ。まあ、俺らの世代だとパソコンぐらい普通に使えないと仕事にならないけど、あいつの場合、自分でプログラムを組むぐらいでしたからね」

「それは、なかなかだな」プログラムを組むことがどれほど大変なのか、岩倉にはいまいちピンときていなかったが。

「大学は理工学部だったんですけど、脳科学にも興味を持っていて、いつも難しい本を読んでました」

「なるほど」それで俺の記憶力にも興味を持っていたわけか……昔からの興味を仕事に活かそうとしていたことは評価できる。おかげでこちらは大変な迷惑を被っていたのだが。

「理系の人間っていうのは、よく分からないですね。我々とは頭の構造が違うんでしょうけど」

「そういう変わり者と、特に親しい人間はいなかったか？」

「そうですね……ああ、交通部の水野美南って知ってます？　今は所轄にいるはずですけど」

「知ってるよ。将来の署長候補だろう」

優秀な女性警官の名前は、岩倉の頭にインプットされている。女性が少ないが故に、優秀だと目立ってしまうということもあるのだが……水野美南は、昇任試験を全て一回で突破して、既に警部になっている。四十歳で署長候補と言われるのは、実際にそれだけ高い評価を受けているからだ。

「あいつは仲が良かったはずですよ。いや……一時つき合ってたんじゃないかな」

「それはかえって、話を聴きにくいかもしれないな」昔の恋人のことなど、話したがるものだろうか。

「大丈夫じゃないですかね」そう言いながら、近藤はあまり自信がなさそうだった。

「水野も結構変わってますから。サバサバしてるっていうか……別れても、福沢とは普通に友だちづき合いをしてたって聞いてますよ」

「オッサンの感覚では、そういうのはよく分からないな」自嘲気味に言ってから、ふと思い出した。「十年ぐらい前に、北多摩署管内で起きた事件、覚えてないか？」

「何でしたっけ」電話の向こうで近藤が身構えるのが分かった。古い事件を自分で見てきたように話す岩倉の洗礼を何回も受けて、うんざりしているはずだ。岩倉にすれば、事件のことなど、自分がかかわっていなくても覚えているのが普通なのだが、他の人はそうは考えないらしい。

「三十五歳の元恋人同士の痴話喧嘩だ。二人は高校の頃からつき合っていたんだけど、別れたりくっついたりを繰り返して……でも、二人とも二十代の終わりには別の相手と結婚した。ところが結婚しても、実際にはまだ関係が切れなかった。要するにダブル不倫の関係になって、それがもつれて最終的には女の方が男を刺し殺してしまった」

「どろどろじゃないですか。それ、うちの係が担当した事件じゃないですよね？」

「ああ」

「ガンさん、相変わらずですね……たまげますよ」

「いちいち驚くなよ。その水野美南の連絡先は分かるか？」所轄にいると、課長クラスでも泊まり勤務のローテーションに入らねばならないので、土日が休みとは限らない。

「分からないけど、ちょっと調べてみましょうか？　誰かに聞けば、携帯の番号ぐらい分かりますよ」

「分かったら、お前から連絡を回しておいてくれないか？　俺がいきなり電話するよりも警戒されないだろう。同期なんだから」

「まいったな……ガンさん、相変わらず人使いが荒いですね」

「ことは殺人事件なんだよ。無事に解決したら何か奢るからさ」

「だったら、焼肉でお願いします」

近藤が嬉しそうに言った。そう言えばこいつは、若い頃——独身時代から焼肉が大好きだった。結婚して二人の子どもに恵まれた今は、昔ほど自由に焼肉屋に行けないのかもしれない。

まあ、近藤に焼肉を奢る機会はないかもしれない。岩倉は立川中央署、近藤は南江戸川署勤務である。最寄駅は東京メトロの葛西。大袈裟に言えば東京の西の端と東の端で、簡単に会うわけにもいかない。

さて、一つ手は打った。あとは近藤が無事につないでくれて、今日中に美南と会えれば上々だ。彼女から情報が引き出せなくても、そこをとっかかりにして話を聴ける人の輪を広げていけばいい。

　連絡を待つ間に洗濯を済ませ、部屋に軽く掃除機をかけた。狭い１ＬＤＫだから、掃除もすぐに済んでしまう。こういうことが面倒でないのが、自分でも意外だった。別れた妻と暮らしていた家を出てから既に数年、ずっと一人暮らしを続けているが、時間がある限り、掃除や洗濯はきちんとやっている。さすがに苦手な料理はいつも作るわけにはいかないが、一応栄養バランスを考えて外食を楽しんでいる。優雅とは言えずとも、呑気な独身貴族と言っていい。定年になって数年も経つと、さすがにいろいろ不自由になってくるだろうが、それまでにはまだ間がある。自分には実里もいることだし……いや、彼女を「一人暮らしの侘しさを埋めるための存在」などと考えるべきではない。

　家事を一通り終え、ほっと一息ついてコーヒーを用意した。キッチンからリビングルームのソファに戻った瞬間、スマートフォンにメッセージが届いているのが分かった。近藤か……そう言えばあいつに、別のメアドを教えるのを忘れていた。後で伝えておかないと、と思ったが、メッセージを送ってきたのは彩香だった。

　何なんだ……このメッセンジャーは使わないようにするつもりだったが、いきなり電話をかけるのは最近の礼儀からは外れているのだろう。彩香も「電話していいですか」というメッセージを送ってきていたので、こちらからかけてしまうことにする。

「何かあったか？」

「ガンさん、特捜から外されたって本当ですか」

「君ねえ」岩倉は思わず苦笑した。「早耳過ぎるぞ。立川中央署にスパイでも飼ってるのか？」

「その辺は秘密でお願いします。それより、大丈夫なんですか？」

「そもそもそれは、正しい情報じゃない。外されたんじゃなくて、自分で外れたんだ」

岩倉は事情を説明した。しかし彩香は納得した様子がない。

「本当に大丈夫なんですか？」

「一人で捜査するよ。そういうのには慣れてる」

「うーん……」彩香が不満そうになった。

「何がそんなに心配なんだ？」

「捜査一課の中では、ガンさんに正式に事情聴取すべし、なんて言ってる人もいるんですよ」

「そういう奴がいたら、君が俺の代わりにぶん殴ってくれないか」

「お断りします」彩香があっさり言った。

「そう言えば、神奈川県警の所轄で、部下が上司を暴行した事件があったな。普通なら揉み消されるところだけど、ぶん殴った部下は空手二段で、上司は眼窩底骨折の重傷を負って視力が一気に低下した。さすがに問題になって部下は傷害容疑で逮捕され、警察は馘になった」

「ガンさん……いつもの事件トリビアをやってる場合じゃないですよ」彩香が溜息をついた。

「分かってるよ。取り敢えず、別のメールとメッセンジャーのアドレスを作ったから、今後の連絡にはそっちを使ってくれないか？　事件が一段落するまで」

岩倉が告げた二つのアドレスを、彩香が復唱した。

「後で確認用に空メール、送っておきます」

「ああ」

「それで、私は何をすればいいんですか？」

「何も頼んでないよ」これを恐れていたのだ。彩香が自分を「師匠」と慕ってくれるのは嬉しい限りだが、今回は事情が違う。何か厄介なことに巻きこんだら、それこそ申し訳ない。

「でも、ガンさん、動きにくいんじゃないですか」

「いや、一人だからむしろ動きやすい。たまに報告を入れておけば、あとは勝手に動けるよ」

「でも、手が足りないでしょう」彩香がまだ食い下がってくる。

「そんなに気にするなよ」岩倉は苦笑した。

「こういうこと言うと、ガンさんは怒るかもしれませんけど……最近暇なんですよ」

怒るどころか、岩倉はつい笑ってしまった。彼女にはこういうところがある。最近の若い刑事にしては珍しく、ワーカホリック気味なのだ。

「今の、笑うところじゃないと思いますけど」むっとして彩香が言い返す。

「——悪い。しかし今のところ、君の手をわざわざ煩わせるようなことはないよ。俺一人でやれる。調べていくうちに、手を借りる必要が出てくるかもしれないけど」

「その時はすぐに言って下さい」

「それより、情報に気をつけておいてくれないか？　外で一人で仕事をしていると、どんな情報が流れているか分からなくなる。君の方で注意しておいてもらって、何かあったら連絡してもらうということでどうだろう」

「もちろん、いいですよ」彩香が張り切って言った。「取り敢えず、十分気をつけて下さい。何があるか分かりませんけど……でもガンさん、思い切ってちゃんと弁明した方がいいんじゃないですか？　事件が起きた時のアリバイぐらい、証明できるでしょう」

「そう簡単にいかないんだよ。ややこしい事情があるんだ」

「ガンさん、何だか自分で人生を難しくしてませんか？」彩香が揶揄するように言った。

「好きでやってるわけじゃないよ」岩倉はつい反論した。「意識しなくても、複雑になっちまうんだ」

「それはそれで問題ですけどね。無意識って、タチが悪いですよ」

ずいぶん平然と言い返すようになったものだ……ニヤリと笑って、岩倉は電話を切った。後輩が生意気なことを言うのは、どちらかというと好きなのだ。その直後、近藤からメールが届く。
上手くつながった。さあ、戦闘開始だ。一人きりの戦い。

第二章　影の捜査

1

水野美南は、一目見ただけではあまり印象に残らない女性だった。身長百六十センチぐらい。面長の整った顔立ちをしているが、これと言った特徴がない。しかしこういう顔の方が刑事として有利だと、岩倉は経験から知っていた。パッと見ただけで相手に強烈な印象を与えるような顔だと、尾行や張り込みで失敗することもある。例外は、捜査一課にいる大友鉄ぐらいだろう。既に四十代後半に入っているが、整った容姿に衰えはなく、警視庁でイケメンコンテストをやったら、ぶっちぎりで優勝するに違いない。一方で尾行の名人でもあり、途中で気づかれたことなど、一度もないはずだ。

美南とは、吉祥寺で落ち合った。今は武蔵野南署交通課課長心得——勤務先が隣の三鷹なのだ。課長心得ということは、交通課のナンバーツー、次の機会にはそのまま交通課長に昇任するわけだ。まずは順調なキャリアと言っていい。

電話で話した限りでは、落ち着いた、低い声だった。実際に会ってもそれは同じだったが、何となく苛ついた雰囲気を漂わせている。それも当然か……警察官は、「参考人」としてでも、同僚に事情聴取されることに慣れていない。それに今日は土曜日。本来なら体を休めて、プライベートな用事に使える日なのだから。そんな時に呼び出されて、ご機嫌なわけがない。

一方、岩倉も落ち着かなかった。落ち合った喫茶店は吉祥寺駅の北口にある。洞窟のような造りの店で、天井は緩いアーチを描き、照明も抑えられている。岩倉は、実里と何度か一緒に来たことがあった……吉祥寺で落ち合うということで、咄嗟に知っているこの店の名前を挙げてしまったのだが、ここに実里が姿を現したら、面倒なことになるのではないだろうか。彼女が眉を一瞬吊り上げただけで岩倉を無視し、後から面白そうに「あの女の人、誰？」と追及してくる様子が簡単に想像できる。実里は、岩倉をからかって喜ぶ癖があるのだ。しかし二十歳も年下の女性にからかわれても、怒る気になれない。むしろ親愛の情だと思っている。

だが、説明や言い訳をするのは面倒臭い。

「何だったら、食事をしてもらっても」岩倉は切り出した。ちょうど昼時だし、この店には少ないながらフードメニューもある。カレーにトースト、サンドウィッチと、いかにも喫茶店らしいラインナップだ。一度カレーを食べたことがあるが、「喫茶店のカレー」のレベルをはるかに超えて味わい深かった。

「遠慮しておきます」美南が言った。「用件は、福沢君のことですよね」

「ああ」岩倉はうなずいた。ふと、彼女の指に指輪がはまっていないことに気づく。独身？　いや、結婚していても指輪をしているとは限らない。プライベートはどうなっているのだろう。「警察学校の同期、と聞いてます。今回は残念でした」

「そうですね……何だか、全然実感がないですけど」美南が肩をすくめる。「知り合いが殺されたのなんて、初めてです」最後は、声が消え入りそうだった。

「多くの人がそうだと思う」岩倉はうなずき、自分も声を低くした。「治安のためにも、警官殺しはできるだけ早く解決しなくちゃいけない。でも今のところ、これといった手がかりがないんだ。強盗の線も薄い。だから今、彼の人間関係を調べているんです」

「昔つき合っていたから、私に事情聴取するんですか？」

「いや――」向こうから話を持ち出してきたので、岩倉は一瞬言い淀んだ。これは「防御」だろうと判断する。こちらが聴く前に話を持ち出してしまえば、どうしても攻めにくくなるのだ。

「大昔の話ですよ。卒配されたのが同じ署で」

「つき合っていたのはその頃？」

「ええ。でも、そんなに頻繁には会えなかったですし、つき合っていたと言えるかどうか」

「お互い交番勤務だと、ローテーションも合わないしな」それに若い独身の警察官は、庁舎内かすぐ近くにある独身寮に入るのが決まりなので、プライベートはなかなかキープしにくいのだ。

「そういうことです。それに同じ署だと、どうしても人の目があるじゃないですか」

「それが邪魔になった？」

「変な噂を立てられると、査定に響くので」

そんなに早いうちから、自分の出世を考えていたわけか……それぐらい強烈な上昇志向の持ち主でないと、彼女のように順調に出世の階段を上がることはできないのだろう。

「なかなか大変なんだ」

「女性は特にそうですよ。変な相手と結婚すると、また偏見の目で見られるし」

「うちの署長も女性だけど」

「滝川署長は、ご主人も警察官ですから、むしろ周りには歓迎されたはずです」

「あなたは？」岩倉は彼女のプライベートに一歩踏みこんだ。

「独身です」美南がさっと両手を広げて、指輪がないことを自らアピールした。「相手選びも大変なんですよ。いろいろありましたけど、自分のキャリアとの兼ね合いもありますから」

「今のところ、結婚よりもキャリアを優先してる？」

「有り体に言えば」あっさり認めて美南がうなずく。「同僚でいい人がいれば結婚したかもしれませんけど、なかなか見つからないものですね」

「まあ……縁については何と言っていいか分からないけど」気の利いた返しも考えつか
ずに、岩倉は苦笑するしかなかった。「その後、福沢とのつき合いは？」

「普通に会うこともありましたよ。友だちとして」

「そういうの、気が重くない？」

「私はそんなこと、ありませんでしたけどね。向こうも——福沢君も、別に気にしていない様子でした。何て言うか……彼は、恋愛についてはあまり熱心じゃないんだと思います。だから今まで、独身だったんだろうし」

「かなり変わり者だった、という話を聞いてるけど」

「一般の、文系の人から見たら変わり者かもしれませんね。でも、コンピューターやネットの関係には詳しかったから、私はずいぶんいろいろ教わりました。それは助かりましたけど……」

「扱いにくい人だった？」

「亡くなった人のことをそんな風に言いたくはないけど、まあ、そういうところはありました。ご飯を食べる時も、彼の方からごく普通に誘ってくるんですから。まるでつき合っていた時期なんかなかったみたいに」

「それは——何というか、確かに男女関係に不慣れな感じがするね」

「ああ……そういう感じかもしれません」美南が納得したようにうなずいた。「向こうがこっちを友だちだと考えているなら、それも別にいいかと思って、たまにご飯食べたりしてましたけど、私もおかしいですかね」

「そんなことはないと思う。よほど気が合わないとか、生理的に受けつけないんじゃない限り、食事ぐらいしてもおかしくないよ」

「そうですか」

「最後に会ったのは？」

「しばらく会っていないですね」美南がスマートフォンを取り出した。画面上で素早く指を動かし、すぐに「ああ」と声を上げる。「去年の七月です。もう一年近くになるんですね」

「その時は、どんな感じで？」

「同期五人で会いました。私が武蔵野南署へ異動する送別会みたいな感じで。全員本部勤務だったので、確かに私は送られる立場ですよね」

「普段通りで？」

「普段通りでしたけど、一年も前の様子は、今回の事件には関係してないと思います」

「失礼」岩倉は咳払いした。「福沢はかなり変わったタイプの人だった――性格もそうだけど、生活も変わっていたと聞いてるんだけど。金持ちだったとか」

「ああ、親から土地や建物を相続した話ですよね？　その時は、手続きでいろいろ大変だったみたいですよ」

「しかし、金にはなる」

「相続税、半端じゃなかったみたいです。結局、元々住んでいた家を処分したのも、税金を払うためですからね。それに、異様に健康に気を遣ってました」

「ご両親が早くに亡くなったから?」

「お母さんが心筋梗塞、お父さんがクモ膜下出血です。どっちも遺伝する可能性があるし……毎日朝晩血圧を測って、健康診断を年二回受けてました。ご両親が亡くなった後は、会うと自分の体の話ばかりでしたね。凝りだすとキリがない人だったから」

凝っていたのは自分の健康状態だけでなく、仕事についてもそうだったわけだが。岩倉は話の方向を変えた。

「仕事はどうだったのかな。希望して、捜査二課からサイバー犯罪対策課へ異動するのは、かなり珍しいけど」

「でも、コンピューター関係、ネット関係は昔から詳しかったし、興味を持ってましたから。捜査二課の仕事よりもそっちが向いていると考えただけじゃないですか?」

「そういうこと、相談されたりしたことは?」

「いいえ、全然」美南が首を横に振る。「考えてみれば、仕事の話なんか、ろくにしたことなかったですね。サイバー犯罪対策課への異動も、後から聞いたぐらいです」

「何か、ヤバい捜査に手を出していた可能性は?」

「うーん……」美南が黙りこむ。顎に拳を当ててしばらく考えていたが、ほどなく「記憶にないですね」と結論を出した。

「捜査二課にいた頃は、ヤバい相手ともつき合っていたと思うけど」

「どうですかね」美南が首を傾げる。「そう言えば二課にいた頃、珍しく仕事の話をしていたこと、ありました」

「どんな感じで？」岩倉は身を乗り出した。今日初めて、まともな話が聴けるかもしれない。

「私が担当していた事件の関係なんですよ。七、八年前になりますけど、あおり運転の走りみたいな事件があって」

「それなら、正確には七年前だ」岩倉は即座に断言した。「首都高七号線を走っていた乗用車が、後続のトラックに煽られて中央分離帯に衝突。乗っていた家族四人のうち、運転していた父親と、助手席にいた長女が即死した。後部座席にいた奥さんと、まだ二歳の長男も重傷。現場は下り線で、一之江インターチェンジのすぐ手前だった。確か、発生から二週間後に犯人が逮捕された。大変な捜査だっただろう？」

「それは大変でしたけど……」美南が目を見開いた。「何でそんなこと知ってるんですか？」

「重大事件だから」

「でも、岩倉さんとは関係ないですよね」

「新聞はよく読むからね。どうやって犯人を割り出したんだ？」

「ひき逃げ事件の捜査と同じでした。現場に残されたトラックのパーツから車種を割り出して、都内と千葉の自動車修理工場に手配して……結局、修理工場からのタレコミで、犯人の車にたどり着いたんです」

「なるほど」岩倉は深くうなずいた。「その話を、福沢としたんですね」

「ええ。ただ、仕事と言えるのかな……知り合いのライターが、この事故に興味を持って取材したがっているから、誰か担当者を紹介してくれないかって」

「週刊誌か何かのライター？」あの男にそんな知り合いがいたのだろうか。

「だと思います。詳しい話は聞きませんでしたけど」

警察内部でも、マスコミ取材への対応にはばらつきがある。公安や捜査二課は徹底した秘密主義。捜査一課は、丁々発止のやりとりという感じだ。公式に取材に応じるのは捜査一課長と決まっているのだが、新聞やテレビの記者たちは、その下の理事官や管理官、さらにはヒラの刑事にまで食いこんで、情報を取ろうとする。これが交通部となると、ガードは大甘だ。普段の活動があまり大きく取り上げられることもないから、たとえ何かすっぱ抜かれても、いい宣伝になる、ぐらいに考えているのではないだろうか。改編期のテレビ特番の定番、「警察二十四時」モノでも、交通機動隊や交通捜査課への密着が多い理由がそれなのだ。美南も、気楽な調子で担当者を紹介したのかもしれない。

「誰を紹介したんですか」

「いえ、紹介しなかったんです」

「どうして？」

「雑誌の取材でも、広報を通せばいいじゃないですか。週刊誌担当の広報もいるんだし。正式な取材では出てこないような裏の情報が欲しかったんだと思いますけど、そういうのはちょっと……」

「それで、四角四面に対応した？」

「余計なリスクは冒したくないですからね」

やはりこういうタイプが出世していくのだろう、と岩倉は思った。ささいなことでも、捜査の秘密はあくまで秘密。マスコミとのつき合いは、向こうから文句が出ない程度に抑えておくべきだ――中間管理職になると、そういうことも評価の対象になる。

「しかし、福沢がマスコミ関係に伝手があったとはね。あまり、そういうイメージはないけど」

「どういう関係かは分かりませんけどね」

「君が聞いた限りの印象でいいんだけど、どう思う？　友だち？　それとも金で買われた？」

「何とも言えません」美南が肩をすくめる。

手詰まり――彼女は嘘をついているわけではないと岩倉は判断した。おそらく、たった一度交わされた会話で、彼女としても特に印象に残っているような一件ではなかったのだろう。

美南がゆっくりとコーヒーを飲んだ。店内を見回し、「この辺にこんな店があったの、知りませんでした」と言った。

「管轄が違うからね」彼女が勤務する武蔵野南署は、三鷹市を管轄している。吉祥寺を含めた武蔵野市は、武蔵野北署の担当だ。地続きの街だし、仕事で訪れることも少なくないだろうが、管轄外の街で、ゆったりくつろげる店を見つけるような時間はない。

「三鷹には、こういう喫茶店があまりないんですよ」

「そうなんだ」

「隣町なのに、ずいぶん印象が違いますよね」

「三鷹も落ち着いていい街なんだろうけど、賑やかさでは吉祥寺の方が上だろうね。昔からそうだよ」

「岩倉さん、吉祥寺にも詳しいんですね」

「ああ、まあ……」岩倉は咳払いしてコーヒーカップを取り上げた。実際は、まだ吉祥寺初心者と言っていい。実里が引っ越してきてから、度々訪れるようになっただけだ。

「今日、ここで会ったこと、内密にしてもらえますか？」急に真顔になって美南が頼みこんできた。

「もちろん、そのつもりだけど……」

「あまり変なことに関わりたくないんですよね」

「これは変なことじゃない。捜査だ」岩倉は訂正した。

「関係者として事情聴取、ということですよね？　警察官としてはあまり嬉しくない話ですよ」

「将来を気にしている？　こんなこと、別に問題にならないと思うけど」

「私のここから先のキャリアは、仕事の実績と査定で決まります」美南が両手を胸元に当てた。「変なマイナスポイントは、絶対に避けたいんですよ」

「こっちも捜査の関係だから、ここでの話が外に漏れることは絶対にない」岩倉は請け合った。「重要な話が出たら、正式に事情聴取して調書に残さないといけないけど、残念ながら、そういう流れにはならなかった」

「すみません、役に立たなくて」美南がさっと頭を下げる。

「いや、とんでもない」こちらも頭を下げておいてから、岩倉は小さな違和感に襲われた。「一つ、嫌なことを聞いていいかな」

「何ですか」美南が身構える。

「あなたは、あまりショックを受けているように見えなかった。仮にも一時はつき合っていた相手だし、今でも完全に関係が切れたわけじゃない。もっとショックを受けてもおかしくないと思う」

「ショックでしたよ、もちろん」美南が言った。「最初にこの話を聞いた時は……でも、私に何ができるわけでもないですから。それに取り乱した姿なんか、人に見せたくないんです」

「そこまで意地を張らなくても」

「意地を張らないと、まだまだ女性警官はやっていけないんです」

それは真実だ。警視庁では未だに女性警官は少数派で、組織の中で男性と同じように扱われるものではない。彼女のように上昇志向が強い人間は、同じように上を目指す男性警官よりも、ずっと重いプレッシャーにさらされるだろう。それは、岩倉が想像するよりもはるかにきついはずだ。

「警視庁初の女性部長に就任した時は、披露パーティに呼んで欲しいな」

「いいですよ。ご招待します」

ただし自分が元気ならば、だ。今四十歳の彼女が部長に就任するのは、おそらく二十年後になる。その頃自分は、どこで何をしているだろう。


土曜日だし、実里の顔を見ていこうと決めた。美南と駅まで一緒に行き、そこで別れる。実里の家の最寄り駅は、正確に言えば吉祥寺ではなく、井の頭線で一駅だけ離れた井の頭公園駅である。改札を抜けるとすぐに公園——というより、公園の中を線路が走っている。変わった環境の駅だが、付近一帯は静かな住宅地である。

一駅だけ電車に乗るのも馬鹿馬鹿しく、岩倉は歩いてしまうことにした。線路沿いには歩けないのだが、それでも住宅地の中を抜けてわずか十分ほどである。吉祥寺大通りに入って、JRと井の頭線の高架を順番にくぐり抜ける。JRの南側は、北側ほどは賑やかではなく、駅を少し離れると静かな住宅街になる。井の頭通りに出てしばらく歩き、途中で右折するのが、実里のマンションへ向かういつものルートだった。水門通りと呼ばれるこの細い道路沿いにはマンションなどはなく、ほとんどの家が一戸建てである。中には「お屋敷」と呼ぶに相応しい、広い敷地の家もあった。土曜の昼下がり、歩いている人は少ない。住むにはいい環境の街だ。引っ越してきた当初、実里は蒲田との環境の違いに戸惑っていたが……いや、蒲田からこの街に引っ越して来る前にニューヨークでの日々を挟んでいるから、ギャップは大変なものだろう。

吉祥寺駅から井の頭公園駅まで行くルートはいくつもあるが、岩倉は途中から公園内を歩く道順を選んだ。十分ほどのささやかな散歩だが、少し緑の雰囲気に浸るのもいい。

今日は暑くもなく寒くもなく、散歩も悪くない。降っていたが大した雨ではなく、実際岩倉は傘もさしていない。いつものマウンテンパーカーを着てフードを被っているだけで、十分雨は防げた。濡れたベンチに腰かけるわけにはいかないが、公園を覆い尽くす木立の中に入って、しばし休憩する。大きく枝が広がっているので雨も遮られる。穏やかに湿った空気を味わうのも悪くない。

さて、昼飯はどうしようか。今日は実里は完全オフのはずだ。舞台やその準備がある時はそちらに専念し、そうでない時はガールズバーでアルバイト、というのが彼女の日常である。ＣＭ出演で顔も知られるようになってきたから、そろそろガールズバーでのバイトはやめた方がいいのでは、とさりげなく言ってみたこともあるのだが、彼女は「こういうバイトは性に合ってるから」と岩倉の言うことをまったく聞かなかった。バイト代はいいし、時間の融通も利くので、劇団員が働くにはいい職場だから、と。

取り敢えず連絡を入れておこう。家まで五分のところまで来て電話を入れるのもずいぶんのんびりした感じだが、予告なしで訪ねるよりはましだろう。彼女とのつきあいも長くなってきたが、この辺は互いに変に礼儀を保っている。

スマートフォンを取り出したところで、ふいに空気が変わったのに気づいた。

誰かいる——見張られている。

こういうのは勘としか言いようがないのだが、誰かが近くで岩倉を見ている。いや、もしかしたら尾行されていたのか？

スマートフォンをパーカーの胸ポケットに入れ、彼女の家がある方向とは反対側に歩き出す。公園の中を西へ向かう感じだ。すぐに、池の前に出る。公園内にある池は「井の頭池」の名前で知られているが、東の端にあるこの池は、「ひょうたん池」と別の名前で呼ばれているようだ。橋で区切られている別の池、ということだろうか。

この辺には桜もあり、その季節には花見客で賑わうのだが、今は梅雨時なのでそこまでの人出はない。岩倉は「オッサンが暇潰しで公園の中を散策している」体を装い、ゆっくりと歩いた。後ろ手を組んで、橋の上から井の頭池を見渡していると、自分が急に年寄りになってしまったような感じがする。

橋から、公園の中をぐるりと回る遊歩道に足を踏み入れる。ここはタイル敷きできちんと整備されていて、散歩もしやすい。途中、木立の中に入ると、急に人気がなくなって寒気を感じる。今度は逆に東へ向かう。公園の中だから、ちょっと横道に入って身を隠すこともできないのだが、相手を混乱させる手はないではない。

背後には人の気配があるが、振り向くわけにはいかない。この辺は駆け引きのようなものだ。さて、どこでどうするか。このまま井の頭公園の中を一周するわけにはいかない。

途中、井の頭線の高架にぶつかる。その直前で、岩倉は少し歩調を早めた。頭より少し高い位置を走っている高架の下を早足で通り抜け、すぐに右に折れる。そちら側は、タイル敷きの遊歩道から外れ、土が剝き出しになっている。降り続く雨のせいで地面は緩んでおり、靴の下でぐずぐずと嫌な音を立てた。再び高架の下を潜って、元来た方向へ駆け足で戻る。

一人の男と目が合った。中肉中背。ワイシャツに灰色のズボン、黒いジャケットというクールビズのような格好である。岩倉と正面から対峙してしまったことに気づいたのか、さりげなく黒い傘を前に倒して顔を隠す。しかしその一瞬で、岩倉は相手の顔を記憶に叩きこんだ。大きな鼻。左側に黒子（ほくろ）があり、それが強い印象を与える。細い顎には、無精髭を生やしていた。年齢は三十歳ぐらい――二十代ではなさそうだ。

捜査一課の若手か、と一瞬考えた。向こうは俺を疑っている。ということは、動向確認のために尾行してもおかしくはない。自分だって、「容疑者候補」に対しては、まず普段の行動を確認する。

男はそのまま、歩調を早め、岩倉はすぐに逆尾行を始めた。こちらの存在を知られてもいい。「尾行しているぞ」と敢えて隠さないことで、相手にプレッシャーをかけられるのだ。互いに顔を見てしまったから、今更隠れて尾行する意味もないし。

男は高架下を抜けると、すぐに左に折れた。実里の家とは逆方向の、住宅街の中に入って行く。このままどこまでも尾行できる——しかし岩倉にとっては運の悪いことに、途中でタクシーが通りかかった。男がすかさず手を上げ、タクシーを止めて乗りこんだ。当然、追いかけても間に合わない——舌打ちしながら、岩倉はタクシーのナンバーと会社名を頭に叩きこんだ。会社とナンバーが特定できれば、ここで乗せた相手がどこまで行ったかは把握できる。

タクシーを見送り、雨の中、その場にたたずむ。今のはいったい何だったんだ?

2

実里は、昼前まで寝ていたという。そのせいか、声がどこかぼんやりしていた。

「昨夜、遅かったのか?」もしかしたら、本当はまだ寝ていたのを起こしてしまったのかもしれない。

「終電過ぎちゃった。タクシー使ったから、大損害」

「そうか……」昨夜は何をしていたのだろう? バイトではなかったはずだが……訊ね

ようとすると、彼女の方で先に切り出した。

「口説かれちゃった」

「え？」

「演出の藤堂さんに」

「藤堂さんって、前に君がいた劇団の……」

「そう、プロデューサー。十月に三茶で舞台があるんだけど、それに出ないかって」

実里は今、実質的にフリーだ。事務所には属しているが、基本的に仕事は自分で選んでいる。前の劇団から独立したのはトラブルがあったからではなく、他の劇団でも芝居をしてみたい、という前向きの気持ちからだった。

「それで、そんなに揉めたのか？」

「揉めるわよ。簡単にイエス、とは言えないでしょう。藤堂さんは厳しいし、次の舞台から間がないし」実里は、八月に下北沢での舞台を控えている。彼女曰く、舞台は「消耗戦」。一つの舞台を終えると、最低一ヶ月は芝居から離れてリフレッシュが必要になる。そのパターンからすると、十月の芝居に出るのは、タイミング的に難しいだろう。八月一杯舞台を務めたら、九月は休み、次の舞台の準備は十月からにしたいはずだ。

「飯は？」岩倉は話を変えた。

「食べていない。起きてお茶を飲んだだけ」

「遅めのランチにしないか？」

「いいけど、ガンさん、今どこにいるの？」

「君の家の近く」

「あら、じゃあ、何か作るけど」

「いや、家には行かない」

岩倉の言葉のきつさに反応して、実里が黙りこむ。言い方がまずかった、と思ったが、一度口をついて出てしまった言葉は取り消せない。取り消しても、言葉が与えた記憶は相手の脳に確実に残る。

「外で食べよう」

「どこにする？　この辺はお店がないから、吉祥寺？」

「いや」彼女の生活圏では会いたくない。用心し過ぎかもしれないが、自分と彼女の身を守るためには、どれだけ気を遣ってもいいのだ。「三鷹台にしないか？」吉祥寺から渋谷へ向けて二つ目の駅だ。

「三鷹台？　降りたこともないけど」

「俺もないよ。でも、飯を食うところぐらいはあるんじゃないか」

「三十分ぐらい、もらえる？」

「もちろん」それでも午後一時半。土曜日の遅いランチにはいい時間だ。

念のため、歩きではなく電車を使う。もしかしたらまだ別の人間が尾行しているかもしれない。電車の乗り降りを繰り返せば、相手を混乱させることができる。

二つ先の久我山まで行って、一度改札を出てまた入り、今度は下り電車に乗る。取り敢えず、尾行されている様子はなかった。

三鷹台の駅に降りてみたが、見事に何もない……駅を降りるとすぐに住宅街が広がっているだけで、商店街らしい商店街もなかった。駅の周りには食事ができる店がちらほらあるが、ラーメン屋や蕎麦屋というわけにもいかないだろう。結局、駅に隣接したビルに入っている洋風居酒屋に目をつけた。まだランチをやっているので、ここで食事を取りがてら話をしよう。

すぐに、実里から電話がかかってきた。

「駅まで来たけど、ガンさん、どこ？」

岩倉は店の名前と場所を告げて、先に店に入った。一時半なので、既にランチ時の客は引いている。一階にある店で、二方がガラス張りなので外からもよく見えてしまう。人目を避けるために、店の一番奥のテーブル席に陣取った。ほどなく、実里が入って来る。明るい青のレインコートに傘。長身で、どんな格好をしても似合うので、一瞬見惚れてしまった。自分が女優とつき合っているのが、未だに夢だと思う時がある。

傘を畳みながら、実里が岩倉の斜め前に腰を下ろした。

「どうしたの？　ガンさん、今日はちょっと変だけど」

「後で話す。取り敢えず、何か頼もう」

いかにも洋風居酒屋らしいランチメニューが並んでいた。ガパオライス、タコライス、ローストビーフ丼……しばし悩んだ末、牛スジカレーにした。サラダとスープ、飲み物がついて九百五十円は、お値打ちと言っていいだろう。最近は、ランチで千円を切るメニューを見つけると、えらく得をしたような気分になる。

岩倉が警察官になったばかりの九〇年代始めには、街には昔ながらの定食屋がまだいくらでもあった。しかしバブル崩壊を経て、そういう個人経営の店はどんどん消えてしまった。今はどこで外食するにしても、手早く済ませようとしたらチェーン店になってしまう。便利だが、味気ないことこの上ない。岩倉は元々、食べることにさほど情熱を燃やすタイプではないから、取り敢えず腹が満たされればそれでいいのだが、実里と一緒の時はそれでは侘しい。

「さっき、尾行されたんだ」注文を終え、岩倉は小声で切り出した。

「本当に？」実里が眉をひそめる。「それ、このあいだの件と関係あるの？」

「あるかもしれないし、ないかもしれない」実際、まだ何も分からないのだ。

「大丈夫なの？」

「今のところは。だけど、用心した方がいいと思う。しばらく会わない方がいいな」

「そんなに大変な状況なの？」実里は疑わしげだった。

「いや、まだ何とも言えないんだ。でも、用心するに越したことはない」

「ガンさん、心配性だもんね」実里がからかうように言ったが、今日は目が笑っていない。

「電話やメールはいいけど、実際に会うと、君の存在が相手にばれてしまう恐れがある。今のところ、向こうが君を知っているかどうかは分からないけど、できるだけ隠しておきたいんだ」

「やだ、愛人みたい」

「そういうわけじゃないけど……」今や離婚して完全に独り身になった岩倉は、実里とつき合っていることを誰かに責められる謂れはない。しかし誰かを罠にかける、あるいは陥れようとした時、家族や恋人は格好の攻撃材料になるのだ。実里は一般人ではないから、攻撃しにくいとも言えるのだが、相手が本気になれば、どんな手でも使ってくるだろう。スキャンダル攻撃でも始められたら、簡単には反撃できない。

「じゃあ、しばらくお別れね」

「やめてくれよ」岩倉は顔の前で手を振った。「言い方がよくない」

「でも、離れてるのも慣れたでしょう？　ずっと東京とニューヨークだったんだから」

「きつかったけどな」岩倉は顔を擦った。「心配でもあったんだぜ。何かあっても、ニューヨークだとすぐに飛んでいけるわけじゃないから」

実際には、危険もクソもなかったわけだが。ニューヨークに滞在中の彼女は、コロナ禍のせいで、ほとんどまともな活動ができなかったのだ。憧れの舞台に立ったのも、ほんの短い期間。語学学校に通って、ニューヨークの俳優志望者がよくやるように大きなダイナーでバイトをして――と考えていたようだが、夢はほとんど叶わなかった。岩倉としては、治安を心配していたのだが……ロックダウンされても、街を出歩く人がいなくなるわけではない。そういう街ではむしろ、概して治安が悪くなるものだ。ただし実里の感覚では「非常に安全」だったという。

「私も、子どもじゃないんだから」実里が笑いながら言ったが、やはり目は真剣なままだった。

「子どもでも大人でも関係ない。用心してし過ぎることはないんだ」岩倉は強調した。

「分かった。十分気をつけるわ」

「何かあったら、すぐに連絡してもらって……本当に危ないと思ったら、一一〇番通報でもいい」

「そこでガンさんの名前を出したらどうなるかな」

「それは……」岩倉は絶句した。本当に捜査一課が自分を追い回しているとしたら、名前を出すのはかえって危険かもしれない。まあ、その辺は実里の機転に期待するしかないだろう。度胸は据わっているし、自分のことは自分で守れるタイプだ。

何とか話はまとまったが、気持ちは落ち着かない。牛スジのカレーはよく煮こまれていて、普段だったら「美味い」と声を出していたかもしれないが、今日はとてもそんな気になれない。

食事は、気分で七割方決まるものだ。

　本当は実里を家まで送るべきだったが、今はそれもリスキーだ。一緒に井の頭線には乗ったが、車内では離れて座り、実里は一人で井の頭公園駅で降りる。さっと岩倉にうなずきかけ、腰のところで軽く手を振ってみせただけで、言葉は交わさずに別れた。

　岩倉は吉祥寺駅まで戻った。まずやるべきは、タクシー会社への確認。タクシー会社は概して警察には協力的なのだが、携帯から電話してもすぐに信用してもらえるとは限らない。所轄の電話を借りて、そこから連絡したいのだが……武蔵野市を管轄する武蔵野北署が、隣の三鷹駅から歩いて行ける場所だと思い出した。

　雨の中、駅から五分ほど歩いて署に到着する。交差点の角に立つ庁舎は、どこか警視庁本部の建物と似た感じがした。比較的新しい庁舎で、昔の警察署のような威圧感はない。

　土曜なので、署全体が当直に入っている。岩倉は、当直責任者の交通課長に話をして、電話を借りることにした。向こうはすぐに事情を察してくれた。

「だったら、交通課の電話を使ってくれ。今日は今のところ、何もないから」

「すみません」

　頭を下げ、一階の交通課に陣取ってタクシー会社に電話をかけ、覚えていたナンバーを告げる。

「その時間帯に乗せたお客様がどこまで行ったか、確認すればいいんですね？」電話に出た相手も呑みこみが早い。

「ええ。分かったら、武蔵野北署にお電話いただけますか」

電話番号を告げようとしたが、向こうから「番号は承知しています」と言われた。普段から、警察とは何かとやりとりがあるのだろう。タクシー会社は、警察にとっては「目」でもある。常に街中を走り回っているから、犯行現場に出くわしたりすることも珍しくない。今は大抵のタクシーがドライブレコーダーを積んでいるので、「走る防犯カメラ」という感じにもなっている。警察がタクシー会社に便宜を図ることはないが、タクシー会社としては、警察に協力していることでイメージアップにもつながる、とでも思っているのだろう。

五分もしないうちに、目の前の電話が鳴った。受話器を取り上げると、先ほど聞いたばかりのタクシー会社の男の声が耳に飛びこんでくる。

「お問い合わせの件ですが、井の頭公園の東の端の方から乗せたお客様ですね？」

「そうです」

「吉祥寺駅――南口まで行きました」

「なるほど」駅まで退避したわけか……。

「運転手とは連絡が取れますから、詳しいことをお知りになりたいなら、直接電話していただけますか？」

「いいんですか？」

「構いません。警察から電話があるかもしれないと言っておきました」

気の回し過ぎだとも思ったが、ありがたく運転手の携帯電話の番号を教えてもらってメモした。署の電話を使って運転手に連絡を入れる。実車中ではなく待機中のようで、運転手はすぐに電話に出た。

「西村（にしむら）さんですか？　立川中央署の岩倉と申します」丁寧に名乗り、話を継ぐ。「お忙しいところ、申し訳ありません。ちょっと話を聴かせていただきたいんですが」

「先程、会社から連絡があった件ですよね？　いいですよ」運転手は愛想がよかった。

「今、どちらにいらっしゃいますか？　近ければ伺いますが」

「こちらから行きますよ。武蔵野北署ですよね？」

「ええ」あまりにも親切過ぎてかえって気味が悪くなる。

「場所は分かりますので……今、吉祥寺の駅前で待機中ですから、十五分もあれば着けると思います」

「いいんですか？」

「警察には協力しますよ」

「では、一階でお待ちしています」

電話を切り、思わず首を傾げる。調子が良過ぎるというか、何か弱みがあるので、ここでへいこらして印象をよくしておこうという感じだ。

余計な先入観を持たないようにしようと考えつつ、自販機でお茶を二本買った。交通課の部屋をそのまま借りることにして、取り敢えず外に出て運転手を待つ。目の前は中央大通りと八丁通りの交差点。土曜の午後、しつこく降り続く雨のせいで、人通りはほとんどない。武蔵野市というと、吉祥寺という人気の街しかないような印象があるのだが、武蔵野北署は吉祥寺ではなく武蔵野市の「地理的な重心」に存在している。市役所に至ってはさらに北の方、練馬区との境近くに位置している。日本の自治体は、必ずしもきっちりした都市計画に従って作られたわけではないので、交通網と繁華街や行政の中心がずれていることも珍しくない。

——そんなことを考えながら雨を眺めているうちに、一台のタクシーが八丁通りを走ってきた。先程井の頭公園近くで見たナンバーと合致する。岩倉は、出入り口の脇にある駐車スペースにタクシーを誘導した。運転手が降りてくると、すかさず頭を下げる。

「お仕事中に申し訳ありません」

「いえ、警察に協力できることは何でも協力しますよ」実際に会っても、気味が悪いほど愛想がいい。

岩倉は交通課に西村を案内し、お茶を勧めた。西村は不自然なほど恐縮してペットボトルを受け取ったが、飲もうとはしなかった。自分と同年代、五十代……ただし、髪はほぼ白くなっている。岩倉はまだ、髪色も毛量も年齢を感じるような変化はなかった。

「今日の午後一時前ですが、井の頭公園のすぐ近くで客を乗せましたね」

「ええ」西村がタブレット端末を取り出す。最近は、走行記録もこんな風に残しているのだろう。

「吉祥寺の駅前で下ろしたと聞いています」

「そうです。南口です」

「どんな客だったか、覚えていますか？」

「三十歳ぐらいの男性でしたかね」西村がタブレットから顔を上げる。

「何か話はしましたか？」

「いえ、行き先を言っただけでした。その後は、着くまで一言もなかったですね」

「払いは？」

「現金です」

「領収書は渡しましたか？」

「いや、特に頼まれなかったので」

　とすると、あの男は警察官ではないのか？　岩倉は、警察学校時代に教官から言われたことを思い出した。「どんなことでも、金を使ったら領収書をもらえ」と。「俺たちは、税金で仕事をさせてもらっている。無駄遣いしないためにも、領収書は絶対必要だ」というのがこの教官の鉄の教えだった。つまり、領収書がなければ、仕事で使った金は絶対に戻ってこないということだ。結果的に、捜査一課時代は、特捜本部に入っていない待機中には、領収書の整理と請求書書きでかなり時間を食っていた。実際には、領収書をもらう余裕もなく、自腹を切ってしまうこともあったが。タクシーで犯人を追跡している時など――そういうことは滅多にないが――お釣りさえもらわなかったこともある。

もっとも最近は、電子マネーで支払うことも多く、以前ほどには「領収書」としつこく言われなくなった。要するに金を使った記録が残っていれば何でもいいのだから。

しかし今回、問題の男は現金で支払った。急いでいたわけではないだろう。岩倉は徒歩、自分はタクシーだったのだから、簡単に逃げ切ることができたと思っていたに違いない。だったら余裕がある——領収書をもらうのが、警察官の習い性だ。そう考えると、問題の男は警察官ではない可能性が高い。

「何者だと思いましたか？」

「いやあ、そこまでは」西村が頭を掻いた。「何もなければ、お客さんのことは一々覚えてないですから」

「まったく会話はなかったんですか？」岩倉は念押しした。

「ない……ないですね」西村が首を捻る。

「そうですか。特に印象に残ったことはないですか？」

「普通のお客さんでしたからね」

「前に乗せたことは——ないですよね」

「ないですね」

しばらく話をしたが、有益な情報は出てこなかった。まあ、こんなものだろう。必ずしも、一気に捜査が進むとは限らない。今、他にできることといえば、駅の防犯カメラのチェックぐらいである。要請すれば映像はもらえるかもしれないが、吉祥寺駅近辺にどれぐらい防犯カメラがあるか……自分一人でチェックしていたら、いつまで経っても終わらないだろう。しかし正式な捜査というわけではないから、捜査支援分析センターに頼るわけにもいかない。あそこなら最新の機器が揃っているし、センター員も映像の分析などに慣れているから、問題の男がどこに向かったか、すぐに分かるかもしれない。

しかし最近、SSBCは警視庁で一番の花形部署と言っていいぐらい忙しくなっている。街角の防犯カメラの数が増え、大きな事件が起きる度に、分析の依頼が持ちこまれるのだ。大袈裟に言えば、SSBCの前で、各部の刑事たちが列を作っている。

岩倉としては微妙な気分でもあった。街角に増える防犯カメラは、捜査のやり方を一気に変えた。現場、あるいはその近くで怪しい人間が映っていれば、リレー方式で防犯カメラの映像をチェックし、上手くいけば犯人の自宅まで割り出せる。合理的だし、ミスも少ないのだが、「足で稼ぐべし」と叩きこまれてきた岩倉にすれば、少し寂しい感じもする。防犯カメラが十分に普及すれば、現場を歩き回る刑事など必要なくなってしまうかもしれない。そして監視社会が完成する。

西村を解放し、交通課長に礼を言った。

「いったい何事?」暇なのか、交通課長が切り出してきた。

「いやあ……尾行されまして」嘘をついても仕方ないと思い、岩倉は打ち明けた。

「尾行?　あんた、何か悪いことでもしてるのか?」

「清廉潔白とは言えませんね」

交通課長が声を上げて笑う。しかしすぐに真顔になった。

「うちの管内で、何かヤバい話でもあるのか？」

「管内なのは間違いないですけど、ご迷惑をおかけするようなことじゃありませんよ」

「それならいいけど……もういいのか」

「大丈夫です。どうも、ご面倒をおかけして」

一礼して、署を辞した。ひどくモヤモヤする一日になってしまった。わざわざ吉祥寺まで出て来たのに、分かったのは誰かが自分を狙っているということだけだ。福沢殺しについては、手がかりもほとんど得られていない。

いや、そんなこともないか。

美南に聞いた話の中で、福沢の知り合いのライターの件が気になっている。ライターといっても様々——まともな雑誌などできちんとした記事を書くライターもいるだろうし、集めた材料をネタに人を脅すような人間もいると聞く。福沢の知り合いだというライターは、いったいどんな人間なのだろう。

署に顔を出すわけにはいかない。いや、特捜本部が置かれている会議室に行かなければ、特に問題はないのではないかと考え、岩倉は立川に戻って署に入った。刑事課の自分の席に向かい、習慣でパソコンを立ち上げてメールを確認しようとして、手を止める。支給のパソコンを使えば、ログを把握されてしまう。土曜に動いていると分かれば、また怪しまれるだろう。

　自席の電話を取り上げ、特捜に電話をかける。誰か知らない人間が取ったらすぐに切ってしまうつもりだったが、幸い、末永が出た。事件発生直後の土曜日なので、当然出勤しているわけだ。

「何かありましたか？」末永は疑わしげだった。

「ちょっと報告しておきたいことがあります。今、刑事課にいるんですが」

「降りますよ。ガンさんがこっちに来るとまずいでしょう」

「助かります」

　電話を切り、壁の時計を睨みながら末永を待った。秒針が二回りしたところで、末永が刑事課に入って来る。二人は、課長席の横にある応接セットに場所を移した。

「福沢は、ライターとつながりがあったようです」

「ライター？　どんな？」末永が目を細めた。

「たぶん、事件関係のライター」

「正体は？」

「まだ割り出してません。割り出せないこともないと思いますが」

「うーん、どうかな」末永が腕組みをした。「それだけの手がかりじゃ、わざわざ人手を割いて調べるわけにはいかないですね」

「やるとしたら、俺一人でやりますよ。海のものとも山のものとも分からない話だから。

それとも一つ、一課は本気で俺を狙っているんですかね?」

「何かあったんですか」

「尾行されました」

「尾行? ガンさんを?」末永が目を見開く。

「捜査一課の刑事だったら、即座に馘ですね。俺に気づかれるようじゃ、尾行検定三級も失格だ」もちろん、そんな検定はないが。

「間違いなく刑事なんですか?」

「いや……その可能性は低いかな。取り敢えず、特捜に入っている捜査一課の刑事に似たような人間がいないかどうか、確かめてもらえませんか」

「何か特徴は?」

「三十歳ぐらい。顎が尖って、鼻がでかい。鼻の横にかなり目立つ黒子がある」

「なるほど。まあ、特徴的な顔ですかね」

「中肉中背で、体格には特徴はない」

「顔で割り出しますか……でも、私が知っている中では、そういう刑事はいないはずですよ」

「それでも、念のために確認を」

しかし、仮に捜査一課が自分を尾行したとしたら、こんなヘマはしないだろう。岩倉も、立川中央署員も知らないような人間を使うはずだ。年齢から言って、機動捜査隊の若手でもおかしくない。

　しかし、捜査一課の人間でないとすると、話はややこしくなる。尾行されるようなことはしていないのだが。

　そのまま自宅へ引き上げることにした。考えをまとめないと……署にいると、やはり誰かと会ってしまう恐れがあるのだ。こういう時は自宅に籠って、外に出ないのが一番安全だ。

　窓を開けて空気を入れ替えようとしたが、湿った空気が入ってくるだけなので、すぐに閉めてしまった。夕方、部屋の灯(あか)りも点けずに一人がけのソファに腰かけ、じっと考える。考えても、一歩も前に進めなかった。考えるには材料が少な過ぎる。ただし、福沢の捜査二課時代の仕事をひっくり返してみる必要はあると思った。仕事というか、人脈を。人間のつながりを探っていけば、何かしらトラブルの原因が見つかるものだ。特に捜査二課の刑事は、怪しい人間とつながりができることもあるから、その辺が今回の事件につながっている可能性もある。

　いつの間にか、午後七時になっていた。何もしていないのに腹は減るのか、と情けなくなる。とはいえ、夕飯は食べなければならない。仕方なく、またマウンテンパーカーを着こんで外へ出た。雨は上がっていたが、空気はじっとりと湿っていて、肌にまとわりつくようだった。間もなく、とんでもない暑さに耐える日々が始まる。日本には、いつの間にか快適な季節がなくなってしまった。

五十を過ぎて独身だと、毎日の食事にも困る。自炊の習慣があればいいのだが、岩倉はほとんど料理をしないままこの歳になってしまった。必然的に食事は外食中心になる。署にいる時は食堂で済ませてしまうこともあるが、普段は何軒かの店をローテーションで回していた。近くにいい定食屋があるのだが、通い詰めて顔見知りになってしまうのが嫌だったのだ。自分が刑事だということも、知られたくない。

この店には十日ほど行っていないから、ここでいいだろう。何しろ家に一番近くて、料理もそこそこ美味い。

土曜日の夜、店内は半分ほど埋まっていた。東京は独り者の街であり、どんな飲食店に行っても、一人で食事をしている人間がいる。この店も例外ではなく、独身男の貴重な栄養補給所という感じだった。

定食もあるが、様々な料理を組み合わせて注文もできる。岩倉は栄養バランスを考えて、いつも複数の料理を頼んでいた。昼がカレーだったから、少しさっぱりしたものを……アジの南蛮漬けと肉じゃがの二つをメインのおかずにし、それにほうれん草のおひたしもつけた。栄養バランス的には、まあまあ悪くないだろう。

「漬物はいらないんでしたよね」中年の女性店員に言われ、岩倉は「ええ」と小声で返事するしかできなかった。この前の健康診断で少し血圧が高めだったので、最近はなるべく塩分を控え目にしている。味噌汁は半分残すようにしているし、漬物には手を出さない。この店で何度か「漬物抜きで」と頼んでいるうちに、顔も注文も覚えられてしまったようだ。

今日の夕食はどうにも味気ない。昔からそうなのだが、捜査が行き詰まっている時には、どうしても心から食事を楽しめないのだ。若い頃は、特に特捜本部に入って忙しい時は食事だけが楽しみだったのだが、最近は「腹が膨れれば何でもいい」という感覚になっている。ただし、心の行き詰まりは、間違いなく食欲にも影響を与えるようだ。

急いで食べ終え、さっさと店を出る。いつの間にかまた雨が降り出していた。傘を持ってこなかったので、パーカーのフードを被って雨を避ける。こいつもそろそろクリーニングに出さないと、と思った。

マンションの前まで来て、岩倉は思わず足を止めた。

人が待っている。しかも知り合い——南大田署時代の同僚の、川嶋市蔵(かわしまいちぞう)だ。同僚とはいえ、得体の知れない不気味な男である。この男は、警察内部の「スパイ」「始末屋」として知られているのだ。正規の仕事とは関係なく、汚い仕事、警察官に対する極秘調査などを引き受けている「スパイ」が、警察内部には一定数いると言われている。川嶋の場合、サイバー犯罪対策課から依頼されて、岩倉の周辺を探るために南大田署に赴任してきたのだった。そんな馬鹿な人事があるかと驚いたが、スパイの仕事というのはそういうものだろう。ただしその仕事は失敗した。岩倉は逆に川嶋の弱点を摑み、拮抗した状態を作り上げたのである。その後岩倉は立川中央署に異動し、川嶋との関係も切れていたのだが――この男は今、何をしているのだろう。

「どうも」川嶋がゆっくりと近づいて来て、途中、大きな傘を広げる。以前よりも少し太ったようだ。元々だらしなく腹が突き出た男だったのだが、その後も生活を一切改善していないのだろう。服装がだらしないのも同じ。今日も、ワイシャツ一枚にグレーのズボンという格好だが、シャツの裾がはみ出ているし、ズボンの折り目は完全に消えて、皺(しわ)が寄っている。鳴沢了(なるさわりょう)だったら、一目見ただけで鉄拳制裁しているだろうな、と皮肉に思った。岩倉は会ったことはないが、鳴沢は伝説の刑事の一人である。何故か新潟県警を辞めて警視庁に入り直した人間で、異常に四角四面、ルールを守ることを何より優先している。服装にもうるさく、趣味は靴磨き、と聞いたことがあった。スーツの着こなし、ネクタイの締め方にも厳しいルールがありそうだ。

「何の用だ」岩倉はできるだけ無愛想になるように意識して言った。

「面倒なことに巻きこまれているそうですね」首をぼりぼり掻きながら川嶋が言った。

「何の話だ？」岩倉は惚(とぼ)けた。頭の中では警報が鳴り響いている。川嶋に岩倉の監視を依頼し、南大田署へ異動させたのがまさに福沢なのだ。まさか、この二人は未だに繋がっているのか？　川嶋も、俺が福沢を殺したと考えて復讐を企てている？　いやそれはあり得ない。川嶋のようなスパイは、人情や人間関係で動くものではあるまい。裏では金が動いているというのがもっぱらの噂だ。そういう人間は、より多くの金を積まれれば、元の依頼人をあっさり裏切る。

「立川中央署の特捜。岩倉さんが、犯人じゃないかって疑ってる人もいるそうですね」

「疑うのは勝手だ。ただ、その線で捜査を進めていくと、いずれ恥をかくことになるけどな」

「まあ、それは私には関係ないことで」川嶋が耳を引っ張った。

「あんた、今どこにいるんだ？」

「本部ですよ」

「本部のどこに」

「それはまあ、いいじゃないですか。楽しく仕事をしてますよ」

「あんたが楽しいだけで、周りの人はまったく楽しくないと思うけどな。また、いろいろな人間を怒らせてるんじゃないか？」

「まさか」川嶋が低い笑い声を立てた。「私は人に迷惑をかけるような人間じゃない」

「俺が経験したこととは違うな」

「いやいや」

川嶋が話を誤魔化した。岩倉は、自分の中にある怒りのゲージが、既に「90」まで跳ね上がっていることを意識した。こんな短時間で、ここまで人を怒らせることのできる人間は滅多にいないだろう。ある意味才能だが、当然何の役にも立たない。

「福沢というのも、いろいろ面倒な人のようですね」

「あんた、何か知ってるのか？」

「まだ知りませんよ」

「まだ？　これから調べるつもりなのか？」

「どうですかねえ。でも、なかなか興味深い人ではあるようだ」

「何なんだ？　誰かに頼まれたのか？」

「いつもそんな風に動いているわけではないので」川嶋が否定した。

「それで、俺に何の用なんだ？」

「十分気をつけて下さい」

「何に？」苛立ちがすっと引っこみ、代わりに疑念が湧き上がってきた。この男の情報収集能力を舐めてはいけない。実際には、福沢がどんな環境にいたのかについても、既に把握しているのかもしれない。そこから調べ始めて、岩倉よりも先を行っている可能性もある。

「捜査一課の話か？」このまま神経戦を続けてもよかったが、今の岩倉にはそんな余裕はなかった。

「捜査一課も厄介ですけど、それ以外にも……岩倉さん、虎の尻尾を踏んだかもしれませんよ」

「俺は、そんな厳しい仕事はしていない」少なくとも、誰かに恨まれるようなことはないはずだ。

「そうですか……でも、人はどこで恨みを買うか、分かりませんからね」

「あんたは何か分かってるのか？」

川嶋が無言で肩をすくめた。その動きが、また岩倉を苛立たせる。ほんの短時間でも、まともに会話ができるような人間ではないのだと実感した。

「ま、一応の忠告ということで。岩倉さんとは縁がないわけでもないですからね」

「意味が分からないな」

「実は私も、まだ分かってないんです。何か分かれば、伝えますよ」

「それで恩に着せられても困る」

「別にそういうつもりはないです」

「だったら罪滅ぼしか？　あんたには散々嫌な思いをさせられたからな」

「その辺は、話すつもりはありませんよ」

川嶋がさっと一礼し、歩き出す。横を通り過ぎた直後、岩倉は振り返って「川嶋」と声をかけた。川嶋が無言で振り返る。

「あんた、バンドでドラムを叩いてると言ってたな？　今もやってるのか」

「何ですか、いきなり」川嶋は明らかに困惑していた。

「いや、いつ敵になるか分からない人間のことは、何でも知っておいた方がいいだろうと思ってさ」

「残念ながら、バンドは解散しました」川嶋が、本当に悲しそうに言った。「コロナ禍で、ライブも練習もできなくなりましてね。メンバーの一人は商売を畳まなくちゃいけなくなったし、バンドどころじゃないんですよ」

「それが本当かどうかも分からないけど」

「無事に活動再開したら、ライブのチケットを送りますよ。私がドラムを叩いているのを見たら、少しは納得してもらえるんじゃないですか？」

「ジャンルは？」

「ヘビメタ」

冗談じゃない。五十も半ばになって、大音量のヘビメタで耳にダメージを受けたくはなかった。いや、これも嘘かもしれないが。どう見ても、川嶋とヘビメタは結びつかない。

一つだけ、この男に関してはっきりしていることがある。

正体不明のクソ野郎だ。

3

家に戻っても、もやもやした気分は消えなかった。やはり川嶋は、人を不快にさせることでは天下一品の能力の持ち主だ。

シャワーを浴びて、さっさと寝てしまおうと思った。洗濯物が溜まっているのが気になったが、着るものがないわけではない。シャワーではなくちゃんと風呂に入ろうと決めて、湯船に湯を張り始めた。一杯になるまでに、やはり洗濯をしておこうか……汚れ物を放りこんで、洗濯機の「開始」スウィッチを押したところで、スマートフォンが鳴り出す。また面倒な話かと思ってリビングルームに戻ると、娘の千夏からだった。娘からの電話は嬉しい限りだが、不安にもなる。去年大学生になった千夏から連絡が来る機会は、どんどん減っているのだ。それ故、何かトラブルではと警戒してしまう。

「何かあったか？」第一声で思わず訊ねてしまう。

「何もないわよ。どうしたの？　怖い声出して」

「いやいや……何でもない」ほっとしてソファに腰を下ろす。「元気か？」

「元気だけど、ちょっと困ってるんだ」

「何が」十九歳の娘の悩みというと何だろう。男関係……それが一番多そうだが、そんなことで相談を持ちかけられてもたまらない。

「私、バイト始めたって言ったよね」

「ああ」これも少し心配な話だ。千夏は年が明けてから、出版社でバイトを始めた。いわゆる雑用係で、直接本作りに関わるわけではないようだが、いろいろと大変な仕事であろうことは簡単に想像できる。「何かトラブったか？」

「ううん、バイトは順調。お金もいいし。でも、ちょっときついのよ」

「きついなら辞めてもいいんじゃないか？　バイトなんだから、そんなに責任を感じる必要もないだろう」

「辞めないわよ」むっとして千夏が反論した。「仕事は面白いから。ただ、遅くなる時があるのよね。そういう時、家が遠いから……」

「一人暮らししたい？」遠回しの説明だが、すぐに真意が分かってしまう。

「分かる？」

「千夏が考えてることぐらい分かるさ。それで、ママに反対されてるんだろう」

「うん」

「それは、俺には何とも言えないな。今は、ママにあれこれ言える立場じゃないから」

実際、離婚して以来一度も会っていないどころか口もきいていない。こちらとしては完全に縁が切れたつもりだし、向こうも同じだろう。

「でも、ちょっと話してくれるぐらい、できない？」

「ママは何で駄目だって言ってるんだ？　金の問題か？」

「そう。わざわざ家を借りる必要なんかないでしょうって言われた」

要するに、金を出す気はないわけか……岩倉の妻は城東大生産工学部の教授である。普通の勤め人とは感覚が違うはずで、娘のバイトの内容についても理解が及ばないのでは、と思った。岩倉の仕事も、まったく分かっていなかった——そもそも分かろうともしなかったのだから。

「うーん、それはちょっと、どうしようもないな」

「パパが資金を出してくれるっていう案はない？」

「物件の目処、ついてるのか？」

「何となく不動産サイトは見てるけど、まだ。そういうの、パパの方が詳しくない？　一人暮らしのベテランでしょう」

「ありがたくない褒め言葉だな」考えてみれば、家を出て実質独身状態に戻ってから、もう五年以上になるのだ。引っ越しも二度……いや、家を出た時も入れれば三回になる。

「パパはどう思う？　別に一人暮らししたっていいよね？　その方が、大学もバイトも効率がいいし」実際、通学も、乗り換えが二回あって一時間以上かかる。もっと遠くから通っている学生もいくらでもいるだろうが、千夏にとっては許し難い「非効率さ」なのだろう。本当は大学の隣に住みたいぐらいではないか。

「でも、一人暮らしを始めると、最初はやたら金がかかるんだぜ。引っ越し費用だけじゃなくて、家具や電化製品を揃えたりしないといけないから」

「電化製品は、サブスクで安くあげようかなって思ってるけど」

「ああ、今はそういうのがあるのか」とはいえタダというわけではないから、金は出ていく一方だ。稼いだバイト代が家のために消えてしまうのは、馬鹿馬鹿しい気もする。しかし、人生のどこかで一度一人暮らしを経験しておくのは、決して悪いことではない。岩倉としては防犯面が気になるが、そういうところがしっかりしたマンションを探せばいいだろう。

「ママを説得してもらうの、駄目？」

「それは駄目」岩倉は断じた。「お前ももうすぐ成人なんだから、それぐらい自分で何とかしないと」

「それがきついんだけどなあ……ママ、ああいう人だから」

自分にしか興味がなく、人の話は聞かない。最初から自分の中に結論を持っていて、議論をしていても、それにそぐわない話は全てオミットしてしまう。仕事の上ではそういうやり方もありかもしれないが、家にまでそのルールを持ちこまれると、さすがにきつい。結婚生活が続くうちに、岩倉は常に自分の全てを否定されているような気分になってきたのだった。もちろん、向こうには向こうの言い分もあるだろうが、聞いても納得できるものではなかっただろう。

「だけど、そこは自分で頑張らないと。ここで独立できないようじゃ、いつまで経ってもママの言いなりだぞ」

「じゃあ、パパは引っ越しは賛成なんだ」

「まあ……まあ、そうだな」どうしても歯切れが悪くなる。引っ越し費用のことを考えただけで頭がクラクラしてきた。今は自分で好きに給料を使えるが、それでも臨時出費としては痛過ぎる。

電話を切り、思わず溜息をついた。甲高い警告音が風呂場の方から響いてくる。おっと、お湯がいっぱいになったか。

完全に子どもが親から離れるのはいつ頃なのだろう。多くの子どもが、大学進学で一人暮らしを始めて独立する。千夏は一年遅れという感じだが、これが独立の契機になるかもしれない。手がかからなくなるのは悪いことではないが、何となく寂しい気もする。親として歳を重ねるとは、こういうことか。

翌日、岩倉は電話の呼び出し音で起こされた。朝から何だよ……とぶつぶつ文句を言いながらサイドテーブルに置いた時計を見ると、もう九時である。まずい。今日も朝から電話作戦で、福沢の周辺捜査を続けるつもりだったのに。うっかり寝坊した。

かけてきたのは彩香だった。

「起こしちゃいました？」

「いや、起きてたよ」嘘をついても意味がないと思ったが、つい言ってしまった。昨夜は、古い未解決事件の見直しをしていて、夜更かししてしまったのだ。定年後に、未解決事件の情報を集めた本を出版するのが岩倉の長年の夢である。そのために、今からいろいろと資料集めをしているのだ。「日曜の朝からどうした」

「今日、空いてますけど」

「おいおい――」

「手伝わせて下さいよ」彩香が訴えた。

「やめた方がいい」岩倉は、低い声で説得した。「何だか状況がヤバくなってるんだ」

「何かあったんですか？」

昨日、尾行されたことを話す。説明し終えると、彩香は「だったら、二人で動いた方が安全ですよ」と平然と言った。

「君を危険に巻きこむかもしれない」

「二人いれば、尾行されていても逆尾行できるじゃないですか」

「そんなに上手くいくとは限らない」

「私ももう、駆け出しじゃないんですけど」むっとした口調で彩香が反論する。

「それは分かってるけど、君を巻きこみたくないんだ」

「じゃあ、私の情報、いらないですか？」

「何だよ、勝手に動いたのか？」

「電話を二、三本かけただけです」澄ました声で彩香が言った。「でも、会えそうな人を見つけましたよ。福沢さんの知り合いです」

「二課時代の？」

「サイバー犯罪対策課の、以前の同僚です」

「それは……まずくないかな」自分がサイバー犯罪対策課から疑念の目で見られていることは、岩倉も十分意識している。

「大丈夫です。もう異動してますから。連絡先も分かりますけど、どうします？」

「それを教えてもらえれば――」

「私がアポを取る、でいいですね」彩香が強引に話を進めた。

しょうがない。彩香も、最初に会った時にはどうにも頼りなく、初めて遺体を見て倒れそうになっていたぐらいなのだが、その芯に強いものがあることはすぐに分かった。「芯が強い」と言えば前向きな感じだが、要するに頑固だ。言い出したら聞かないし、滅多なことでは自説を変えない。

「分かったよ」岩倉は溜息混じりに言った。「待機してる。上手くつながったら電話してくれ」

「了解です。すぐ折り返します」

自分がやろうとしていたことを、彩香が先にやってくれたわけだ。せっかくお膳立てしてもらうのだから、このチャンスを何とか上手く利用しないと。

人にお膳立てしてもらうような歳になったのか、と何だか情けなく思う。


昼前、岩倉は渋谷にいた。いつ来ても、この街はざわついていて落ち着かない。特に日曜の昼ともなると、とてもまともに歩ける状態ではなかった。平日はサラリーマンが多いのだが、週末は若者中心。彼らのエネルギーに押し流されそうになる。

中央線から井の頭線へ乗り継ぎ、井の頭線渋谷駅があるマークシティに入る。渋谷は、JRの線路付近が一番谷底になる特徴的な地形で、周辺のビルの階数が何となく実際とずれているような印象を与える。彩香が指定してきた「四階」も、実際に四階なのかどうか、ピンとこなかった。

指定されたのは、通路の両側に飲食店が並ぶ一角にあるチェーンのカフェだった。人が多くて落ち着かないが、渋谷で落ち着いて話す場所など、簡単には見つからないだろう。マークシティの上層階のホテルに部屋を取るぐらいしか手がない……しかし、わざわざそんなことをするのもどうかと思う。今まで、このカフェ以上にざわついた場所で、複雑な話をしたこともあるのだ。周りの目が気にならないでもないが、経験的に、こういう店では隣の人が何を話しているか、どんなに耳を澄ましても完全には聞き取れないことも分かっている。それに今日は、二対一の勝負だ。自分が話を聴いている間、彩香は周辺に気を遣ってくれるだろう。誰か怪しい人を見つけたら、すぐに終了すればいい。

彩香は先に来て待っていた。呼び寄せた人間はまだ来ていないので、少し打ち合わせをする時間はありそうだ。岩倉は自分の分のコーヒーを買って、席についた。通路に向かって入り口が常にオープンになった店なのだが、彩香は一番奥の席を確保していてくれたので、ざわつきはそれほど気にならない。

「相手は何者だ?」

「半年前までサイバー犯罪対策課にいた人です。女性。三十歳」

「若いな」

「所轄から直にサイバー犯罪対策課に上がったんです。でも腰かけだったみたいで、一年ぐらいしかいませんでした」

「で、君は知り合いなんだな?」

彩香が微妙な表情を浮かべ、何かクリームのようなものが入った飲み物を一口飲んだ。カップを離すと、口の周りに白く薄い髭ができている。

「知り合いとは言えないかな。名前は前から知ってたんですけど、直接の面識はないんです」

「そうなんだ」

「機動捜査隊時代の先輩の知り合いで……当時から、『変な人だ』っていろいろ聞かされてました」

「変な人は困るな」岩倉は顔をしかめた。まともに話ができる相手だといいのだが。

「変っていうのは、趣味とかそういうことですよ。普通に話はできます。ちゃんとうちで仕事をしているぐらいですから」

「今はどこにいる？」

「ＳＳＢＣ」

「もしかしたら、パソコンオタクなのか？」

「詳しいみたいです。サイバー犯罪対策課もＳＳＢＣも、パソコンやネットが武器になるのは同じですよね？　本人も、どちらかの部署への配属を期待していたみたいですけど、サイバー犯罪対策課は性に合わなかったようで……側面支援の方がいいみたいですね」

「なるほど。で、変な人っていうのは、どういう意味で？」

「女性なんですけど、趣味がガンプラ」

「ガンプラ？」

「知りません？」

「知らないな」ピンとこない言葉が増えてきたのも、歳を取った証拠かもしれない。

「面倒臭いんで、後で検索して下さい……あ、来ました」

彩香がすっと背筋を伸ばした。通路の方を見ると、背の高い、スリムな女性が周囲を見回しながら店に入って来たところだった。長い髪は後ろで一つにまとめ、顔の半分ぐらいの大きさの丸眼鏡をかけている。彩香が立ち上がって一礼すると、胸の前で軽く手を振ってこちらに近づいて来た。まるで古い友人に久しぶりに会ったような感じ――彩香も初対面のはずだが。

「どうも」軽い調子で挨拶して、岩倉たちの前に腰を下ろす。濃紺の丈長のワンピースという格好で、剝き出しの腕は血が抜けたように白い。見た目は、背が高いごく普通の女性という感じで、「警察臭」はなかった。

「岩倉です」

「聞いてます。石田真琴（いしだまこと）です」

「お休みのところ、すみません」岩倉は丁寧に頭を下げた。態度や口調から気安いタイプだと判断していたが、こちらはまず丁寧に接した方がいい。

「いえいえ、大丈夫ですよ」相変わらず口調は軽い。

「コーヒーでいいですか？」彩香が声をかける。

「あ、豆乳アーモンドキャラメルラテのスモールでお願いします」さらりとややこしいメニューが出てくるあたり、このチェーン店の常連なのかもしれない。

彩香が注文しにカウンターへ行ったところで、真琴が早々に切り出した。

「福沢さんのことですか？」

「ええ。驚いたでしょう」

「それはそうですよ」真琴が、大袈裟に胸に両手を当てた。「こういう経験、滅多にないですよね」

「そうですね……彼とは親しかったんですか？」

「課の同僚でしたけど、特に親しかったわけではないですね。普通の先輩です」

「彼は普段、どんな仕事を？」

「ネット系の詐欺の捜査の担当でした。ああいうのは、もぐら叩きみたいなものですけどね。一人摘発しても、それで一罰百戒にならないんですよ。次々に新しい手口が出てきますし」

「でしょうね」岩倉はうなずいた。「何か、サイバー犯罪対策課でトラブルはなかったんですか？　捜査に関してでも、同僚との関係でも」

「まさか、内輪の犯行だとでも言うんですか」眼鏡の奥で、真琴の目が大きく見開かれた。

「いやいや」岩倉は慌てて首を横に振った。「流れで聞いただけですよ」

「トラブルはないと思いますよ」真琴が即座に否定した。「でも、とにかく忙しい人だったから、私が知らないこともあると思います」

「忙しい？」岩倉はむしろ暇だと思っていた。だからこそ、自分を実験材料に研究を始めようなどというアイディアを思いついたのではないだろうか。

「ええ。よく残業してましたし」

「サイバー犯罪対策課が、そんなに残業するとは思えないけど」岩倉は口調を崩した。そろそろいいだろう。

「そんなこともないですよ」真琴が子どものように頰を膨らませた。「サイバー犯罪対策課の相手は、二十四時間、三百六十五日動いています。こっちもそれにつき合わないといけないんですから」

「そうか、そっちの世界のワルには、昼も夜もないわけだ」

「そういうことです」真琴がうなずいた。「でもそれ以外にも、いろいろやってたみたいですよ」

「と言うと？」

「福沢さん、元々捜査二課出身でしょう？　当時の情報源と、今でも接触していたみたいです」

「そういうこと、分かるものかな」捜査二課の基本は「秘密主義」だ。社会の裏側で蠢く様々な人たちを情報源にしているが、それを同僚にも教えないことが多いという。手柄を独り占めにするためでもあるし、情報源をなるべく警察から遠ざけ、危険な目に遭わせないためでもある。大物総会屋やヤクザ、ブローカーなど、本当は警察が取り締まりの対象にしなければならない人間も多いのだが、情報源は情報源である。守らなければならないという感覚は、岩倉にも理解できた。実際自分も、平野の存在が表に出ないように気を遣って、今回の捜査から外れたのだから。

「自分で言ってましたよ」真琴がさらりと打ち明けた。「昔の情報源にいつまでも餌をやらないといけないから、面倒臭いって」

「餌か……」警察には機密費があり、そこから情報源に金が流れることもよくある。ただし捜査二課を離れた福沢は、そういう機密費は使えなかったはずだ。情報、ということだろうか。あるいは自腹で金を使っていたか。彼にはそれぐらいの余裕はあったはずだ。

「福沢さん、お金持ちですよね」

「それは有名な話だったんだ」

「本人が自慢してたわけじゃないですけど、そういうのって自然に分かるじゃないですか。今回の事件が起きて、本当だったんだって分かりましたけど……でも、自分のお金を仕事に使うのって、筋違いな気がしますけどね」

「そもそも、そんなに仕事熱心な人間だとは思わなかった」

相当額の不労所得があり、しかも独身。懐に入ってくる金は、全て自分のために使えたのは間違いない。しかし、四十歳で独身の男がぼんやりと考え始めるのは、年齢を重ねてからのことだろう。家族がいないまま体の自由が利かなくなったら——という不安が、次第に大きくなってきてもおかしくない。仕事のために自腹を切っていたかどうか……。

「そんなに深く話したことがないから、よく分かりませんけどね。でも、仕事しているアピールだとは思えませんでした」

そこへ彩香がカップを持って戻って来た。白い飲み物……上に茶色いシロップのようなものがかかっている。これが「キャラメル」だろう。一口飲んで、真琴が嬉しそうな表情を浮かべる。

「捜査二課への復帰を狙ってたのかな」岩倉はさらに話を続けた。

「そうかもしれません。サイバー犯罪対策課は新しい部署ですから、どんなキャリアの人が行くべきなのか、まだ正解はないんですよ。何も知らない人が上司で来たりするから、面倒なことも多いんですよね」

「ネットにまったく詳しくない人とか？」

「そうなんです」深刻な表情で真琴がうなずく。「ネットを使うのと、その仕組みを理解していることは、全然違いますから。本当は、理系の人を狙って採用して、最初からサイバー犯罪対策課で仕事をして、そのまま上にいく——みたいなのが理想でしょうね。

普通の刑事の仕事は、一生懸命やれば覚えられますけど、ネット系は、コンピューターの基礎知識がないときついですから」真琴が耳の上を人差し指で突いた。

「耳が痛い話ですね」岩倉も人並みにネットは使うが、そのシステム——裏側まで分かっているとは言い難い。自分の年代の文系の人間は、だいたいそんなものだろう。「福沢は、希望してサイバー犯罪対策課に異動したそうだけど、やっぱり捜査二課の方がよかった、ということだったのかな」

「そうかもしれません。でも、福沢さんは他の課員よりもネット系はずっと詳しかったですけどね。元々理系ですし」

彼女と話しているうちに、理系と文系の間には、越え難い溝があるような気がしてきた。理系の人間が頭を絞って作ったものを、文系の人間はただ消費するだけ……今、世の中の仕組みを作っているのは、実は理系の人間なのかもしれない。

「二課時代の情報源とトラブっていたという情報は？」

「私は聞いてません」

彼女が聞いていないだけで、何かあったのかもしれない。これは、捜査二課時代の同僚にも話を聴かないといけないな、と岩倉は頭の中でメモした。

「女性関係は？」

「いやあ、それこそ全然聞いてないですね」真琴があっさり言った。「彼女がいれば分かりそうですけどね」

「そうですか？　上手く隠す人もいますよ」自分のように。実里の存在は、誰に対してもできるだけ秘密にしておきたい。

「私は分かりますよ。例えば——岩倉さん、今、彼女がいるでしょう」

「まさか」どきりとして、低い声で否定するしかなかった。

「でも、独身じゃないですか？　離婚されたとか……それで若い彼女がいるとか」

「俺のことを調べたのか？」誰かに聞けば、離婚したことぐらいは分かるだろう。

「いえ。でも、見れば何となく分かります。こういう勘は、だいたい外れないんですよね」真琴は何故か嬉しそうだった。

「離婚したのは事実だけど、彼女のほうはね……それぐらいの勘じゃあ、飯は食えないと思うよ」

「そうなんですか、残念」

「いや、残念と言われても」

「宴会芸としてはいいかもしれませんね」

今のやりとりで雰囲気が少しだけ緩くなる。岩倉は自分のコーヒーを一口啜ってから続けた。

「とにかく、福沢には女性関係はなかった、と」

「つき合っている人はいなかったと思いますよ。最近はどうか、分かりませんけど」

「過去の恋愛関係で揉めていたとか？」

「そこまでは分かりません」

結局、それ以上の情報は出てこなかった。ただし、捜査二課時代の情報源の話が気になる。先日のライターの話と合わせて、福沢は意外と過去を引きずって生きている人間だと分かった。異動すると、それまでの仕事や人間関係をばっさり切り捨ててしまう人間もいるが、福沢はそういうタイプではなかったようだ。


真琴と別れ、彩香と昼飯を食べることにした。あまり歩きたくないので、マークシティの中で食事ができそうな店を選ぶ。日曜の昼時とあってどこも満員……結局、ハンバーグ専門店で列の最後尾に並んだ。十分ほど待たされた後で、ようやく店内に入る。テーブルの配置に余裕がある店なので、少しぐらい内密の話をしても大丈夫そうだ。

二人とも普通のハンバーグセットを頼む。注文を終えると、彩香が思わず頭を下げた。

「すみません、あまり役にたちませんでしたね」がっかりした表情で謝る。

「いや、そうでもない。取り敢えず、福沢の昔の話に突っこんでいく方針は立った」

「過去とのつながりですか」

「ああ」

「だったら、そっちの人脈も探さないといけないですね」

「それは、俺の方で心当たりがないでもない」

「そうですか？」彩香が首を傾げる。

「そりゃそうさ。俺の方が、君の倍以上長い期間、警察にいるんだから。知り合いも多い」

「じゃあ、その辺はガンさんにお任せするとして……今日、これからまだ誰かに会います？」

「会えれば会う。だけど、君がつき合う必要はないよ。せっかくの日曜なんだし」

「別に、やることもないですから」

「それも侘しいね」

「ガンさんも同じじゃないですか」

今までは、非番の時はできるだけ実里と会っていた。一種の別居婚、週末婚のようなものだが、この距離感が岩倉には心地良かったのも事実である。会えない空白は仕事で埋めなくてはならない。

最初にコーンポタージュが運ばれてきた。昔懐かしい味というか、岩倉が子どもの頃、初めてファミリーレストランに入って飲んだスープの記憶が蘇る。チェーン系の店では、どこでも同じようなスープを出すのかもしれないが。

スープを飲み終えないうちにハンバーグがやってきた。ハンバーグを覆っているアルミ箔にナイフを入れると、ふわっと湯気が漂い出す。ハンバーグは濃い茶色のデミグラスソース塗れで、ハンバーグ以外の肉片もちらちらと見えた。ビーフシチューでハンバーグを煮こんだような料理らしい。つけ合わせには、丸々一個のジャガイモ。昼にしては豪華だ。

「福沢さんの話を聞いて、ちょっと考えちゃいました」

「何を？」

「四十歳で独身って、どんな感じなんですかね。将来のこととか、不安にならないんですかね」

「一人も気楽だよ」岩倉としては、偽らざる本音だ。

「でもガンさんだって、心配になること、あるでしょう」

「今のところはない。体調も特に悪くないしな。病気でもすれば弱気になるかもしれないけど、取り敢えずは気楽な一人暮らしだよ」

「若い彼女がいるからですか？」

「おいおい」当てずっぽうの真琴の言葉に比べれば、自分のことをよく知っている彩香の発言は厳しく感じられる。「さっきの彼女の言葉、信じたのか？」

「そういうわけじゃないですけど、ガンさん、ちょくちょく怪しいことがありますよね」

「まさか」

「だいたい、その歳にしては趣味が若いじゃないですか」

「そんなことはない」

「そうですかねえ」彩香がハンバーグにナイフを入れた。

「だとしたら娘の影響じゃないかな。娘はまだ十九歳だし」

「そういう感じじゃないんですけど」

「よせよ」岩倉はストップをかけた。「不毛な会話だ。君こそどうなんだよ。一人暮らしがそんなに侘しいなら、さっさと結婚すればいいのに」

「あてがあれば、とっくにしてますよ。周りもうるさかったし……でも、あれって何だったんですかね？　二十代の頃は、周りから散々『結婚しろ』って言われたんですけど、最近全然聞きません」

「警察は昔からそうだよ。男も女も関係なく、若いうちに結婚しろって言われる」実際、「警察官は家庭を持って初めて一人前」と、格言のように言われていた。

「三十代になったら、いきなり賞味期限が切れたみたいな感じがして、嫌なんですけど」

「そんなの、気にしなければいいじゃないか。結婚しろってしつこく言われるのは鬱陶しいだろう」

「そうなんですけどねえ」彩香が溜息をついた。「でも、女性警官のキャリアデザインは、男よりもずっと難しいんですよ。先輩たちは皆、それで苦労しているし」

岩倉が若い頃はまだ、「女性警察官はさっさと結婚して家庭に入るべし」という空気が強かった。かなりの能力、可能性を持っているのに、結婚で辞めてしまった同僚や後輩が何人いたことか。今考えると実にもったいない。今は、女性警察官を少しでも増やそうというのが警視庁全体の目標になっているから、昔のように「結婚、即退職」という感じは薄れているが。

「結婚する気がないわけじゃないですから……誰かいい人、いないですかね」彩香が急に真剣な表情になった。

「警察の中にはいくらでもいるけど、職場結婚でいいのか？」

「うーん、それもちょっと、ですね。お互いの仕事が分かってるから、やりにくいことも多いだろうし」

「外部には、適齢期の知り合いはいないなあ。本気だったら、何とか探しておくけど」

「わざわざ探してもらうのは、申し訳ないですよ」彩香が慌てて言った。「知り合いがいれば、という話です」

　彼女が本気で結婚したいのかどうか、分からなくなってきた。実際、それほど本気で悩んでいるようには見えなかったのだ。

　彩香より先にハンバーグを食べ終え、スマートフォンを取り出す。電話帳をスクロールして、自分の記憶を補強した。そう言えば……長らく会っていないが、捜査二課には知り合いがいた。ただし、もう退職してしまっている。とはいえ、辞めたのはそんなに昔ではないし、最後は理事官まで務めた人だから、捜査二課内の現在の事情にもある程度通じているはずだ。

「会えそうな人がいるぞ」ジャガイモの皮をナイフで丁寧にむきながら食べている彩香

に声をかけた。

「誰ですか？」

「ＯＢだ。大昔、所轄の刑事課で先輩だった人だよ。というより、俺に刑事のいろはを叩きこんでくれた、当時の係長だ」

「適任ですね」彩香がうなずく。

「もう仕事はしていないはずだけど、最後まで捜査二課で辞めたから、福沢のことも知っているかもしれない」

「会えるんですか？」

「今、電話をかけてみる。ゆっくり食べててくれ」

立ち上がった岩倉は、彩香の鉄板の上に散ったジャガイモの皮の残骸をちらりと見た。

「丸焼きにしたジャガイモは、皮も美味いんだぜ」

「皮は好きじゃないんです」

「もったいない」

「ガンさん、いつも細かいところにこだわりますよね」

岩倉は肩をすくめた。神は細部に宿る――いや、ジャガイモの食べ方を話題にしている時には、この言い方は大袈裟か。

4

田川孝夫は、昔からどこか懐が深く、余裕のある人だった。実家は明治時代から浅草にある蕎麦屋。観光客などで常に賑わう名店で、マスコミにもよく紹介される。そこの五代目の田川が、どういうつもりか警察官になった。そして定年まで勤め上げた後は家を継ぎ、蕎麦屋の社長に収まっている。本人は蕎麦打ちをしたことなど一度もないと言っていたが、それは専門の職人がいるから大丈夫なのだろう。

電話を入れるとすぐに、家まで来るようにと言われた。そのまま、銀座線で浅草まで移動する。渋谷からは一本なのだが、さすがにかなり遠い……今、立川中央署管内で事件が起きて呼び出されたら大遅刻だな、と少し心配になった。

雷門通りを西へ向かって歩き、五分。通り沿いにあるマンションが田川の家だった。昔は「蕎麦屋の二階に住んでいる」と言っていたはずだが、いつの間に引っ越したのだろう。マンションまで来てちらりと振り返ると、スカイツリーがすぐ近くに見える。かなり年季の入ったマンションで、昭和の香りがする。オートロックでもなく、ホールからすぐにエレベーターに乗れた。家は七階——最上階だ。

ドアの前に立ってインタフォンを鳴らすと、田川が自分でドアを開けて出てきた。髪はすっかり白くなっているが、体型は現役時代とほとんど変わらない。濃紺のポロシャツに色の抜けたジーンズという格好は、現役時代よりもずっと若々しかった。

「ご無沙汰してます」岩倉はすばやく頭を下げた。

「いやいや、こちらこそ」

「今日は、二人なんですよ」彩香が挨拶できるようにと、岩倉はさっと脇にどいた。

「捜査一課特殊班の伊東です」

「これはこれは」田川が顔を綻ばせる。「若い女性のお客さんなんか滅多に来ないから、緊張するね」

ちらりと横を見ると、彩香は困ったような笑顔を浮かべていた。田川は昔から口が軽いのだが、特に悪気はない。先に彼女に説明しておけばよかったな、と悔いた。

廊下の先にあるリビングルームに通される。雷門通りに面した広々とした部屋だが、中は物で一杯なので狭く見える。特に目立つのは観葉植物で、統一性のない鉢植えがあちこちに置かれていた……そう言えば田川は、昔から書類の整理が苦手だった。若い頃、「俺みたいになるなよ」と真剣な表情で言われたのを覚えている。結果、岩倉は何でもかんでも覚えてしまうようになった。

田川の妻とも久しぶりに会った。昔から若々しい人だったが、とても既に六十歳を超えているようには見えない。背筋もぴしりと伸びて、何か運動でもやっていそうな雰囲気だった。しばらくぶりに昔話もしたかったが、岩倉と彩香にお茶を出すと、すぐに別室に引っこんでしまう。

「蕎麦屋の二階に住んでいるんだとばかり思ってました」岩倉は軽い雑談から入った。

「あそこには今、甥っ子夫婦が住んでいるよ。次期社長なんだ」

「そうなんですか？」

「うちの兄弟は、蕎麦打ちの才能がなかったからなあ」田川が頭を掻いた。「何故か甥っ子は蕎麦打ちが上手い。まあ、俺はあいつが一人前になるのを待って、本当に引退して悠々自適の生活をしたいな」

「今だって悠々自適じゃないんですか」岩倉は指摘した。「ハワイにはまっているんですよね？」

「何で分かった？」田川が怪訝そうな表情を浮かべる。

「壁の写真です」岩倉は自分の近くの壁を指さした。「あの写真、自分で撮られたものでしょう」

「そうだよ……素人写真だって分かるか？」田川が目を丸くする。

「ええ」

「正直言って、暇だからさ。朝、店を開ける時に顔を出して、閉めてから金勘定をするだけなんだ。後は、地元の商店街の人たちとのつき合いぐらいだから、時間に余裕はあるんだよ。本当はハワイに移住したいけど、さすがにそんな金はない。節約に節約を重ねて、年に二回のハワイ行きだけが楽しみなんだ」

「それだって、羨ましいですね」

「ガンさんは、暇になったら死んじまうんじゃないか？」

「定年後の楽しみは、もう見つけてあります」

「そうかい」田川が嬉しそうに言って、彩香に視線を向ける。「お嬢ちゃんには、こういうオッサン同士の会話は面白くないな」

「いえ……」

「おっと、お嬢ちゃんは失礼か。今時、そういうことを言うと時代遅れだよな」

「そんな風に言われたの、子どもの頃以来です」彩香は笑みを崩さなかった。

「そうか……俺もすっかり時代遅れだな」田川が自分の頭をぴしゃりと叩く。

「いえ、そういうつもりで言ったんじゃありません」彩香が慌てて言い訳した。

「まあ、気をつけますよ。それより、福沢のことだったな」一転して田川が表情を引き締める。

「ええ」

「うん……」田川がお茶を一口飲んだ。「あいつも、なかなか変わった奴でね。しかし、まさか殺されるとは思わなかった。新聞を見て、腰を抜かしたよ」

「同僚が殺されるなんて、滅多にありませんよね」

「ああ」

「ゼロではないですけど。例えば東村山の事件は……」

「よせよ」田川が顔をしかめた。「あれは、警察にとっては恥だぜ」

交番勤務中の巡査長が襲われ、殺された事件である。拳銃も奪われる重大事件だったが、結局犯人は逮捕されないまま、時効が成立した。田川の言う通り、警視庁に永遠に刻みこまれた「恥」だ。

「失礼しました」岩倉は頭を下げた。

「まだ見通しは立たないのかい？」

「ええ」

「奴は資産家だからな。強盗じゃないのか」

「今のところ、その線は薄いんです。金目のものがまったく奪われていませんから」

「そいつは変な話だな」田川が腕組みして首を捻る。「で、ガンさんは、怨恨の線じゃないかと疑ってるわけだ」

「そうなんです。捜査二課時代に何かあったのでは、と。今でも、当時の情報源とつながっているという情報があるんです」

「それで揉めた？」

「あり得ない話じゃないでしょう？　二課の情報源は、危ない人間も多い」

「それは、ガンさんたちの思いこみじゃないか？」田川が面白そうに言った。「大物総会屋や情報ブローカーが二課の情報源だったのは、昭和の時代の話だよ」

「そうですか……でも、危ない人間とのつき合いはあるでしょう」

「それは否定できない」田川がうなずいた。

「福沢も？」

「うーん、どうかな」田川が渋い表情を浮かべる。「あんたなら分かると思うが、情報源はそれぞれの刑事が抱えるものだ。他人には基本的に教えない」

「例外もあるでしょう」

「まあな。先輩から引き継ぐこともある」

「福沢の場合はどうですか？　田川さんが紹介した情報源がいるとか」

「それはないな」田川が即座に否定した。

いきなり手詰まり……田川とは長いつき合いだから、向こうも腹を割って話してくれると確信していたのだが、そもそも知らないのではどうしようもない。嫌な沈黙を、彩香が切り裂いた。

「福沢さんは、どんな人だったんですか？」

「そうねえ」田川が首を傾げる。「まあ、変わり者ではあったよ。ああいうのをオタクって言うんだろうね。ネットのことなんかは、俺があいつに教わることばかりだった。だから、サイバー犯罪対策課に異動すると聞いた時も、なるほど、と思ったよ」

「刑事としてはどうかとも思いますが」彩香がさらに突っこむ。「何だか、自分の枠に入りこんでしまって、人づき合いができないようなイメージもあります」

「それが、必ずしもそんなこともないんだな。社交的なオタク？　そういう感じだった」

「だけど、ちょっとピントがずれてる感じはしますよね」岩倉は嫌な記憶を抱きながら指摘した。「人の気持ちを考えないで、自分の都合でぐんぐん押してくるところとか」

「ガンさん、あいつと何かあったのか？」

「まあ……」岩倉は頰を搔いた。そうか、自分が福沢のターゲットにされたのは、既に田川が警察を辞めた後だから、例の「実験」について知らなくても不思議ではない。いくら情報通の人間でも、組織を離れた途端、情報の入る線は一気に細くなるのだ。「ちょっと不快な思いをさせられました」

「ガンさんも、福沢と接点があったのか」

「向こうから一方的に、ですけどね。詳しいことは言えませんが」思い出してもまだ腹が立つ。死者に対しては敬意を払わなくてはいけないのだが……。

　気を取り直して質問を元の路線に引き戻す。

「捜査二課の人は、マスコミ関係者とつき合いはありますか？」

「新聞記者とか？　それはまあ、他の部署と同じじゃないかな」

「新聞やテレビの記者じゃなければ？　フリーのライターですかね」

「それはあるよ」田川があっさり認めた。「ライターにもいろいろな人がいるけどな。自分でノンフィクションの本まで出すような人から、本当に記事を書いているかどうか分からないような――情報屋みたいな奴まで。ただ、そういう人間の方が、いいネタを持ってたりするんだけどな」

「そういう人って、どんな風に金を儲けてるんでしょうね」岩倉は焦らず攻めていくことにした。人間の記憶というのは不思議なもので、意外なきっかけで、忘れていた話を思い出すこともある——それこそ、岩倉の元妻の研究範囲だ。

　そこでふと、やるべきことを思いついたが、どう転がしていけばいいかまでは分からなかった。

「情報ってのは、昔も今も金になるんだよ。コウモリみたいな奴もいるしな。敵対する人間同士の間を行ったり来たりして、あれこれ情報を吹きこむんだ。そんなことをしているのがバレたら痛い目に遭うけど、そこに金が生まれる可能性もある」

「取材というか、情報の媒介をしているだけですか」

「そういう人間は、二課にとってはむしろ役に立つんだよ……そうか、思い出した。奴にはつき合っていたライターがいたはずだ」

「本当ですか」岩倉は身を乗り出した。これで情報がつながる。

「いや、最初に言っておくけど、名前は分からないよ」田川が残念そうに言った。「そのような話を聞いただけだ。もう六、七年ぐらい前——俺が辞める直前の頃だった。それも吞んでいる時に聞いた話だから、確たる情報と言っていいかどうかは分からないけどな」

　それは危ない。岩倉も田川とは何度となく吞んだが、彼の吞み方はひどく乱暴なのだ。さっさと吞んでさっさと酔っ払うのが目的で、しかもそれほど強くない。警察官は、完全に潰れるまでは呑まないように教育されているのだが、岩倉は酔い潰れた田川を家まで送ったことが何度もあった。それで田川の妻とも顔見知りになったのだが……その頃田川は、既に三十代半ばから後半ぐらい。分別のある酒とのつき合い方を覚えていてもおかしくない年齢だったのだが。

「どんな感じの話だったんですか？」

「ライターとつき合う時のコツ、みたいな話を聞かれたんだよ」

「どのレベルのライターと？」

「週刊誌とかに普通に書いているようなライターだろうね。俺らが一般的に想像するようなライターってことだ。確かね……」田川が一瞬目を閉じた。「例えば『週刊ジャパン』とか。あそこに書いているとしたら、かなり腕のいいライターじゃないかな」

「その頃は、『週刊ジャパン』も今ほど武闘派的なカラーじゃなかったと思いますけどね」

岩倉は、『週刊ジャパン』の編集長・脇谷と知り合いだ。あまりいい出会いではなかったが、最終的にトラブルが収束した後は、向こうからこちらに連絡がくるようになった。一緒に酒を呑むような間柄ではないが――向こうは何度も誘ってきているのだが岩倉は巧みに逃げていた――電話がかかってくれば普通に話はする。岩倉としても、将来的に何か役に立つのではという目論見もあって、関係は切らないように気をつけていた。二課の刑事も、マスコミの人間とは同じようにつかず離れずのつき合いをしているのではないだろうか。

その脇谷が言っていたのだが、「雑誌は編集長のもの」だそうだ。編集長の意向一つで、カラーはいくらでも変わる。今までハードな政界スキャンダルで売っていた雑誌が、編集長が替わった途端に健康特集ばかりやるようになるとか……言われてみれば、そんなふうに変身してしまった雑誌を、岩倉もいくらでも知っている。そして六、七年前の『週刊ジャパン』は——よく覚えていないが、今のようにスキャンダル・事件報道で他誌を圧倒するようになったのは、脇谷が編集長になってからではないだろうか。

「そうかもしれない。昔は俺もよく読んでたけど、最近は新聞に出る広告を見ただけで疲れちまうんだよ」

「他の週刊誌が情けないから、『週刊ジャパン』にネタが集中するんでしょう」

「そうかもしれない」田川がうなずく。「とにかくあの時は、『週刊ジャパン』の話が出たんだった。まあ、俺もいい加減なことを言ったような記憶があるんだ。『週刊ジャパン』に書いているようなライターなら、信用していいんじゃないかって」

「確かにあそこは、優秀なライターしか使わないイメージがありますよね」

事件やスキャンダルを扱う雑誌のレベルも様々だ。適当な噂でもすぐに記事にしてしまうので、「あそこはそもそもフィクションだから」と馬鹿にされて炎上さえしない雑誌もあるが、『週刊ジャパン』の場合は情報の確度が高い。新聞やテレビが記事を後追いすることもよくあるのだ。六、七年前と今では記事の内容もかなり違うと思うが、当時もしっかりした記事を載せていたのは間違いないだろう。そう言えば、脇谷も言っていた。「うちは、一回でも間違いをやらかした人は切りますからね」と。『週刊ジャパン』の場合は、社員記者も大勢いる。そういう人間を簡単に切ることはないだろうが、外部のライターに関しては、「失敗したら二度と使わない」という方針で接しているようだ。一回でも失敗したら、というのは厳し過ぎるような気もするが、緊張感を保つためだろう。

「あれは、ライターと上手く関係ができるかどうか、という話だったんじゃないかな」

「今でもつながっている可能性がありますよ。つい最近も、そういう話があったそうです」

「なるほど」田川が納得したように言って、お茶を一口飲んだ。「ということは、あいつも捜査二課への復帰を考えていたのかもしれないな。昔の情報源をずっとキープしていたのも、そのためじゃないか？」

「捜査二課の刑事として、彼はそんなに熱心だったんですか？」特定の出来事に関して異様な執着を持つ人間だということは、岩倉もよく知っているが。

「事件化したことは一度もなかったけど、ぶっ飛んだネタをよく持ってきたよ」

「例えば？」

「武器商人の話とか」

岩倉は思わず背筋を伸ばした。武器商人といえば、ＭＥＴＯ。未だに正体の分からないあの組織を、そんなに昔から追いかけていたのか？　だとしたら、福沢も捨てたものではない。とはいえ田川が「ぶっ飛んだ」と言うぐらいだから、裏の取れない噂のようなものだったかもしれない。

「実際に、そういう事案が立件されたこともありますよ」

「知ってるよ。二年ぐらい前だろう？」

「あれ、俺も絡んでたんですよ」

「ガンさんが？　一課マターじゃないだろう」田川が目を見開く。

「南大田署にいた時です。所轄の刑事課なら、何でもやりますよ」

「ま、そうだな」田川がうなずく。「それが、福沢が持ってきたネタと同じものかどうかは分からないが」

「それはそうですね」岩倉も同意せざるを得なかった。しかしどうにも引っかかる……。

「俺も少し網を張ってみるよ。捜査二課の連中も何か知っているかもしれないし」

「そういう情報があるなら、特捜に流して欲しいですけどね」

「それは、状況によるな」田川の表情が険しくなった。「進行中の事件に関連するような情報だったら、特捜に流すとは限らない」

「殺されたのは内輪の人間ですよ」岩倉は思わず目を見開いた。「殺しで、情報をカットするなんてあり得ない。殺しよりも重大な事件なんか、あるんですか？」

「ここで一課と二課の意地の張り合いをしても意味ないだろう」田川が薄く笑う。ＯＢ

ならではの余裕という感じだった。

「ちょっと待て」と言って立ち上がると、テレビの横にあるサイドテーブルの引き出しを探った。一冊の手帳を持って戻って来ると、ソファに腰を下ろす。

「何人か、福沢と関係が深そうな刑事を紹介するよ。向こうが会うかどうかは、ガンさんの腕次第だけどな」

「頑張ってみます」

この聞き取り調査が成功だったかどうかは何とも言えない。ほんの小さな手がかりを摑んだだけだから……しかし、「人の鎖」が繫がっていくということでは、成功と言っていいだろう。岩倉は捜査一課が長かったが故に、他の部署の刑事との関係があまりない。特に捜査一課と二課は共同して捜査をすることはまずなく、普段から互いに馬鹿にし合っているような感じがある。岩倉に言わせれば、捜査二課は「大したこともないのにこそこそ内緒話をしている秘密主義者」だし、二課から見れば一課は「自分たちが警察の代表みたいな面をして威張っている」だろう。互いの言い分には、一理あるようなないような……。

「厄介そうな事件だな」

「ええ」

「解決しても、ヤバいことになるかもしれないぞ」田川が忠告した。

「ですね。情報源が事件にかかわっていたら、組織全体の問題になりかねない」

「ただ、ガンさんならそういうことには忖度しないだろう……とはいえ、捜査二課がヤバいことになりそうだったら、少しは忖度してくれよ」田川がさっと頭を下げた。「OBのちょっとしたお願いだ」


岩倉と彩香は田川の家を辞して、仕事ができそうな場所を探した。これから電話攻勢を始めなければならないのだが、どこか喫茶店に陣取って、というわけにはいかない。しかし、浅草の所轄は駅からかなり離れているし、日曜の午後で人出も凄まじい。そこまで歩く気にもなれず、駅前まで出て、しばらく立ったまま相談した。結局彩香がスマートフォンで、行きやすい所轄を検索する。

「台東中央署がいいんじゃないですか」彩香が結論を出した。

「上野か……あそこも混んでるだろう」

「動物園も公園も西口ですよ。署がある東口は、そんなに混んでないはずです」

「じゃあ、移動するか」浅草からなら、銀座線で一本だ。

台東中央署は、上野駅を出て、首都高の高架をくぐったすぐ先にある。駅からのアクセスの良さで言えば、渋谷中央署と互角だ。ここも大規模警察署の一つであり、署員数は三百人を超える。ただし「格」は、次第に低下してきたと言っていいだろう。かつて上野は、東北方面への玄関口であり、様々な人が行き交っていた。それ故事件も事故も多かったのだが、新幹線の起点・終点はすべて東京駅になり、上野から新幹線に乗る人はぐっと減った。今は浅草と同じように、上野動物園などを抱えた観光地の警察署、という感じになっている。雑踏警備は未だに大変なようだが、昔——岩倉が警察官になった頃に比べれば、ずいぶん楽になっただろう。

「上野は、松本清張の世界なんだよな」署に着いた途端、岩倉は思わずつぶやいた。

「何ですか？」

「松本清張、知ってるだろう」

「名前は。読んだことはないですけど」

「東北へのゲートウェイである上野では、東北出身者の怨念がうずまくような事件が起きる……そんな感じだ」実際にそういう内容の本があったかどうかは分からないが、イメージはある。

「よく分かりません。上野って、印象が薄いんですよ。結構遠い感じがしますね」

「確かにな」

二人は当直の署員に挨拶し、交通課の一角のデスクを借りた。さっそく彩香が手帳を広げる。

「どこから行きますか？」

「どうするかな……」岩倉も迷った。「それぞれどんな人かは分からないから、手当たり次第に電話してみるしかない。取り敢えず、門脇(かどわき)管理官辺りから始めるか」

「ガンさんのことだから、電話番号まで全部覚えてるんでしょう？」

「さすがに全員は覚えてないよ」岩倉は苦笑した。「手帳、見せてくれ」

田川は「話が聞けそうな人」ということで五人ほどの名前を挙げてくれた。当然彩香は、全員の名前と連絡先電話番号をメモしている。相変わらず丁寧で読みやすい字だった。

手分けして電話をかけ始めたのだが、この作戦はうまくいかなかった。まともに取り合ってくれなかったり、電話に出なかったり……携帯電話に知らない番号からかかってきても無視するのが当然だ。平日、勤務先に電話する方がいいかもしれない。

「上手くいきませんね」彩香が疲れた口調で言った。

「しょうがない。明日以降、まき直しだな。今日接触できなかった人は、勤務先にかけてみよう。直接行ってみてもいい」田川が話を通してくれていればいいのだが、さすがにそこまでは期待できない。

「私も手伝いますよ」彩香が申し出た。

「いや、直接顔を見せて話したりすると、君も嫌われるかもしれない」

「それは——確かにちょっと嫌ですね」彩香が表情を曇らせる。

「休みの日に手伝ってくれるのはありがたいけど、平日は知らんぷりしてる方がいいんじゃないか？　何か事件が起きて、その現場に間に合わなかったら大事だぜ」特殊班にとっては、現場が全てだ。立て籠り事件などが起きると、現場での解決に尽力しなければならない。出遅れは絶対に許されないのだ。

「それはそうですね。でも、夜なら手伝えますよ」

「まあ、その辺は状況を見てからにしようか」岩倉は腕時計を見た。既に午後四時過ぎ。ここまで手伝ってもらったから、昼飯だけではなく夕飯も奢りたいところだが、さすがにまだ早過ぎる。「そのうち、夕飯を奢るよ」

「ご飯はいつでも嬉しいです」本当に嬉しそうに彩香が言った。

「今日は解散にしよう。明日からまたやり直しだ。何か分かったら、すぐに連絡するから」

「本当ですか？　ガンさん、秘密主義だから」

「俺は二課の刑事じゃないよ」岩倉は苦笑した。

「でも、私生活は謎じゃないですか」

「そんなことに興味を持つなよ」

「すみません」頭を下げたものの、彩香は笑っていた。

「じゃあ、引き上げよう。君、今家はどこだっけ？」

「高円寺です」

「そうか……途中まで一緒に行くか」

「自然にそうなりますね」

二人は署を辞して駅に向かった。神田乗り換えで中央線に……立川まで一時間以上かかる。やはり、自分は東京のかなり西の方で暮らし、仕事をしているのだと意識した。

日曜の夕方近く、電車はちょうど空いている時間だ。しかし席はほぼ埋まっていて座れない。今日も結構歩いたので疲れていたのだが……新宿を過ぎると降りる人が多いから、そこで座れるかもしれない。少し前までは、電車で座ることなどまったく考えていなかったのだが。

電車の中では、ややこしい話をすることもできない。二人は南大田署時代の同僚の噂話をして時間を潰した。

「安原は元気か？」

「プレッシャーで大変みたいですよ。強行犯担当の管理官って、やっぱり滅茶苦茶忙しいんですね」

捜査一課の組織は複雑だ。様々な事件を担当する係が複数あって、警部である係長がそれぞれの指揮を執っているのだが、さらに複数の係を統括する管理官が上にいる。自分が統括する係が全て特捜本部に入ったりすると、毎日あちこちを飛び回って、本部の自分の席を温める暇もない。

安原は捜査一課時代の岩倉の後輩で、刑事としてのノウハウを一から叩きこんでやった男なのだが、昇進して岩倉よりも階級が上になり、南大田署では「刑事課長と部下」の関係になった。階級と年齢の逆転現象は、警察ではよく起きるのだが、仲がよかっただけにぎくしゃくして、必ずしも快適に仕事ができたわけではなかった。

「安原はいつも、気を遣い過ぎなんだよ。偉くなったんだから、もっと楽にやればいいのに」

「性格って、そう簡単に直りませんよ」

「君がいれば、支えてやれるのにな」

「それは、担当が違うから、どうしようもないですね」

ああいう人間は、退職した途端に大病を患ってしまったりするものだ。人間、いかにストレスを溜めないようにするかが大事……「ストレス」という言葉がキーワードになって岩倉は切り出した。

「ちょっと困ったお願いをしていいかな」

「何ですか」

「俺が離婚したのは知ってるよな」

「ええ、まあ」彩香が曖昧に返事をした。

「サイバー犯罪対策課が、俺で人体実験しようとした話は？」

「ええ、聞きました」

「実は、サイバー犯罪対策課――福沢がやろうとしていた実験で、カウンターパートになっていたのが、俺の元妻なんだ」

「何ですか、それ？」彩香が混乱した表情を浮かべた。「離婚前の話ですよね？」

「別居してたから、実質離婚していたみたいなものだけど……それはともかく、君、ちょっと話を聴いてみてくれないかな」

「うーん……何だか微妙な感じですね」彩香は明らかに腰が引けていた。「気をつけないと、面倒臭いことになるんじゃないですか」

「だから君に頼むんだよ。微妙な話だからこそ、だ」岩倉は彩香にうなずきかけた。

「奥さん——元奥さんに福沢さんの様子を聞く、ということですよね」

「ああ。定期的に接触していたはずだから、何か変わったことがあったら、気づくかもしれない」

「まあ……やってみてもいいですけど、あまり期待しないで下さいよ。ガンさんとの関係は、隠しておいた方がいいですよね」

「もちろん」

そこでネタが出てくるとは思えないが、やらないよりはやった方がいい。少しでも可能性がありそうなことには当たって潰していくのが、捜査の基本だ。

新宿駅で人がどっと降りて、さらに降りたよりも多くの人が乗ってきた。立川まで立ちっぱなしかもしれないと思った瞬間、岩倉は奇妙な違和感を覚えた。

「誰かに見られている」彩香の顔を見ないでささやく。

「え？」

「この前、尾行されたんだ。同じ人間がまた後をつけて来るとは思えないけど、動かしているのは同じ人間かもしれない」

「捜査一課ですか？　容疑者として？」

「そうとは思わないけど、とにかく何とか正体を掴みたい。協力してくれるか？」

「もちろんです」

「次で一回降りて、すぐに戻る。その時におかしな動きをする人間――」

「そういうやり方は分かってます」彩香が笑いながら抗議した。

「じゃあ、中野で。その後、適当なところで降りるから、逆尾行を頼む。連絡はメッセージで」

「了解です」

作戦開始。二度目は逃がさない。絶対に尻尾を掴んでやる。

第三章　襲撃

1

中野駅で一度ホームに降りる。わざとらしくスマートフォンに視線を落としてから、岩倉は隣のホームに移った。後ろを振り返らずとも、相手の気配ははっきりと感じられる。総武線の車両に乗るとすぐに発車のメロディが鳴った——彩香の姿は見えないが、間違いなく逆尾行を開始したはずだ。

電車が動き出すとすぐに、彩香からメッセージが入る。

尾行者は三十歳ぐらい。身長百八十センチ。痩せ型。白い半袖ポロシャツにジーンズ。

短い間に、取り敢えずの外見は頭に叩きこんだようだ。返信はしなかったが、すぐにまたメッセージが入る。

大きめの青いメッセンジャーバッグを斜めがけ。靴は黒いハイカットのスニーカー。

顔の特徴が知りたいところだが、彼女が見ているのは相手の背中だけだ。しかしここまでの情報だけでも、何とか確認はできるだろう。後はどこかの駅で降り、上手く相手を挟み撃ちして、問詰したい。どこでやるか……こういうことは、明るいうちにはやりにくいものだ。今日も雨模様だが、まだ暗くなってはいない。どこかで時間を稼ぎたいが、あまり遅くまで引っ張り回すと相手も警戒してしまうだろう。昼間のうちに勝負をかけることにした。相手は、岩倉の動向確認をしたいだけだろうから、どこまでも付いて来るだろう。何だったら立川まで戻って、家の前で捕獲してもいい。自分がよく知る場所の方が、何かと対処しやすいが……向こうがこちらの家を把握していない可能性もある。わざわざ家まで案内してしまう必要はないだろう。

何度も出たり入ったりすると怪しまれるので、取り敢えず高円寺はやり過ごす。電車が発車した時点で、岩倉は彩香にメッセージを送った。

阿佐ケ谷で降りる。

すぐに「了解です」と返信があった。

阿佐ケ谷で降りても、行く当てはない。警視庁の刑事は、事件が起きれば都内どこへでも出かけて行くが、全域を詳細に知っているわけではないのだ。そして阿佐ケ谷は、岩倉にとってまったく馴染(なじ)みのない街である。もしかしたら、この駅では一度も降りたことがないかもしれない。

改札を出ると、北口と南口は自由通路でつながっているのが分かった。どちらへ行ってもいいのだが、取り敢えず、尾行している相手に「迷い」を見せてはいけない。特に考えもないまま、南口に出て歩き出した。ロータリーの中央部分の横断歩道を突っ切って、あまり早くならないペースで歩き続ける。彩香は歩くのが遅いわけではないが、あまりにも早足だと、尾行者も怪しむだろう。

駅前のメーンストリートである中杉通りに出て、南へ向かって歩き出す。中杉通りは一応片側二車線なのだが、歩道寄りの車線にはパーキングスペースが並んでいるので、実質的には片側一車線になっていた。

夕方、少し空気は冷えてきたのだが、ずっと緊張したまま歩き続けているので、体が内側から熱くなってきた。スマートフォンは手に持ったまま。地図アプリで、自分の居場所とこれからどこへ向かうかを確認しようと思った瞬間、彩香からメッセージが入った。

尾行続行中。一人だと思われます。

返信はしない。既読になるから、彩香も特に返信は求めないだろう。この状況では、情報は一方通行で構わない。

二、三分歩くと、道路脇に小さなマンションが増えてくる。もう少し歩くと、丸ノ内線の南阿佐ケ谷駅にたどり着いてしまうと気づいた。阿佐ケ谷駅から南阿佐ケ谷駅へ徒歩で移動するのは、自然なのか不自然なのか……相手は自分の動きをどう見ているだろう。

雨が少し激しくなり、街はいっそう暗くなった。思いついて、信号のない小さな交差点を右へ曲がる。途端に、一戸建ての家が建ち並ぶ住宅街になった。道路は狭く、大きな火事でも起きたら、この辺一体は全滅だな、と嫌な気分になった。東京は無節操に広がった街で、きちんとした都市計画に基づいて作られた部分があまりないので、こういう火災に弱い住宅街があちこちに広がっている。

どこかの店に入ったらどうなるだろう、と考えた。刑事が尾行している時、相手が気づいているのかいないのか、どこかの店に入ることがある。そういう場合、対応は様々だ。相手が出てくるまで待つか、同じ店に入ってしまうか。飲食店の場合、どちらの方法を選択しても上手くいかないことが多い。店に入ったら、カウンターしかない小さな店で、隣に座らざるを得なくなる時もある。外で待っていると、相手がすっかり酔うまで待たされ、二時間、三時間も雨の中で立ちっ放しになる恐れもある。今回も、相手にそういう嫌がらせをしてやろうかとも思った。しかし、住宅街の中にある天ぷら屋もイタリア料理店も閉まっている。日曜は定休日なのか、夕方の営業が始まる前なのか。その先に床屋の看板が見える。床屋に入れば一時間ぐらい相手を待たせて苛立たせることはできるが、嫌がらせ以上の意味があるとは思えなかったのでスルーする。

この辺りの住宅街は碁盤の目とは程遠く、曲がりくねっている。そこが、岩倉にとってはチャンスだ。右左折を繰り返しているうちに、向こうの背後を取れるのではないか？　尾行しているつもりがいつの間にか尾行されていると気づくと、冷静さを失う。そのタイミングで攻撃に出れば、一気に相手を確保できる可能性が高くなる。

——しかしその作戦を、メッセージでは彩香に上手く伝えられない。こういうやり方に、特に名前があるわけではないのだ。仕方ない、取り敢えず勝手に動こう。何とか尾行者の背後に回れば、自然に彩香の背後につくことにもなる。その時点で自分の居場所を知らせ、改めて作戦を考えて伝えればいいだろう。

クリーニング屋の前でさらに、細い道を右折する。一分ほど歩いてから交差点を左折した。この先は行き止まりになりそうな予感がしたが、途中でまた右折できる路地があったのでそちらへ入る。

やたらと入り組んだ道なので、何度も右左折を繰り返しているうちに、岩倉自身、自分がどこにいるのか分からなくなってきた。地図アプリで確認している暇もない。いつまでもこんなことを繰り返していると、そのうち荻窪駅付近に出てしまうかもしれない。相手も、そろそろこちらの動きが怪しいと思い始めた頃だろう。この辺で勝負に出るか……岩倉は戸建ての家の狭い隙間に入りこんだ。相手がどれぐらい離れているか分からないから、こちらが路地に入ったのか、家と家の間の隙間に身を隠したのかは、判断できないだろう。

この先が難しい。出るのが早過ぎると、相手はこちらに追いつかないだろう。相手がちょうど通り過ぎ、自分を見失ってきょろきょろしているようなタイミングがいいのだが、ここに隠れたままでは判断しようもない。彩香に確認している暇もなさそうだ。

こういう、人があまり歩いていない住宅地での尾行は難しい。相手との距離感を上手く保つのが困難なのだ。十メートルでは近過ぎる。二十メートルが安全な距離か……岩倉は念のために、二十五数えて道路に戻った。

途端に、尾行者と正面から出くわしてしまう。岩倉が消えたためか、相手は立ち止まって周囲を見回していた。長身、白い半袖ポロシャツにジーンズという彩香が伝えてきた通りの格好で、大きなバッグを斜めがけにしている。ただしマスクとサングラスを着用しており、人相ははっきりしない。

さっと周囲を見回したが、彩香の姿は見えない。しかしこのタイミングを逃すと、尾行者と直接対峙できなくなる。

「おい」

岩倉は男に一歩詰め寄った。相手は無表情で、黙って岩倉の顔を見ている。反応がないのでさらに近づいた。腕を伸ばせば胸ぐらを摑めそうな距離。

「どういうつもりだ？　どうして俺の後を——」

最後まで言い終わらないうちに、男が動く。手を後ろに回すと、いきなり岩倉に向かって一歩踏みこみ、腕を振るった。がつん、と鈍い音がして、頭に強烈な衝撃が伝わる。それがすぐに痛みに変わり、岩倉は視界が暗くなるのを意識した。気を失っているわけではない——流れ始めた血が目に入ったのだ。慌てて一歩下がろうとした瞬間、腹を蹴り飛ばされる。相手の動きが見えなかったためほとんど不意打ちのようなもので、倒れこむ時に右の足首を捻ってしまった。

まずい——次の攻撃に備えて、倒れたまま道路の上で身を丸める。しかし次の一撃はなかった。

「ガンさん！」彩香の叫び声が聞こえた。

いいタイミングだよ……男が駆け出す足音が聞こえた。すぐに彩香が走り寄って来て、岩倉の前でひざまずく。

「ガンさん、大丈夫ですか？　血が……」

「追え！」岩倉は必死で叫んだ。彩香一人に追跡させるのは危険だが、何とか相手の正体を知りたい。

「駄目です、怪我してます」

「俺は大丈夫だ。追ってくれ！」

彩香が立ち上がって駆け出す。クソ、何なんだ……尾行がばれて、暴力的な手段に出るということは、相手は捜査一課の人間ではあるまい。誰かが自分を狙っている。その正体が想像もつかないだけに、気味が悪かった。

騒ぎを聞きつけて、岩倉がへたりこんでいる前の家の人が出てきた。相変わらず視界が暗いので——もしかしたら目をやられてしまったのかもしれない——相手は腰が曲がりかけた男性、としか分からない。

岩倉はすぐに「一一〇番通報して下さい」と頼みこんだ。同時に、体を捻ってズボンの尻ポケットからバッジを取り出す。

「警察です」

「警察……」

「一一〇番を！」叫ぶと、頭がガンガン痛んだ。

「一一九番でしょう」意外に冷静に言い直して、男が家に引っこんだ。

どっちでもいい。この怪我を見たら、救急隊員もすぐに警察に連絡するだろう。捜査は必ず始まる……岩倉は道路にへたりこんだまま、自分の体を点検した。スマートフォンのカメラを自撮りモードにして顔を確認する。やられたな——額を一撃されて出血したようで、顔の左半分が血に濡れていた。それで左目がほとんど見えなくなっているのだと分かり、一安心する。右足首の痛みはひどい。経験的に、骨折の痛みではないと分かるが、捻挫ぐらいはしているだろう。満足に動けないと、今後仕事がやりにくくなる。

救急車もパトカーもなかなかこない。都内での救急車のレスポンスタイム——通報が入ってから現着までの時間は六分強のはずだが、岩倉の感覚では十分経っても誰も現れない。いや、時間を測っていたわけではないから正確なところは分からないのだが。

彩香が戻って来て、「すみません」と第一声を発した。

「逃げられたか……」

「言い訳しません。私のミスです」

「しょうがないよ」

彩香がすぐにひざまずき、バッグからハンカチを取り出して岩倉の頭に当てた。

「汚れるぞ」

「そんなこと、どうでもいいです！」叫ぶ彩香の声は震えていた。

ハンカチで傷口を押さえてもらっただけで痛みが少し鎮まり、気持ちも落ち着いてきた。そこへ、先ほど助けに出てくれた男性がまたやって来た。

「これ、使って」絞った濡れタオルを差し出してくれる。

「大丈夫です」

岩倉は遠慮したが、彩香が素早く受け取って傷口に当てる。

「出血は止まってます」ほっとしたように彩香が言った。

「年齢のせいで、血流が悪くなってるんだろう」岩倉は軽口を叩いたが、気は晴れなかった。そこでようやく、救急車のサイレンが聞こえてくる。

「消防が先に来たな。一応、所轄にも連絡してくれ」

「いいんですか？」彩香が声をひそめて訊ねる。「身内にも、こっちの動きは知られない方がいいんじゃないですか？」

「消防が出動したから、自動的に警察にも連絡が入るよ。君の方で先に連絡しておいた方がいい。その方が怪しまれない」

救急車が到着し、彩香が立ち上がった。救急隊員を誘導して戻って来る。担架が用意されていたが断り、岩倉は屈強な救急隊員二人の肩を借りて立ち上がった。めまいが襲ってきてふらついたが、何とか踏みとどまる。

「大丈夫ですか」若い方の救急隊員が呼びかける。

「足を捻挫したみたいです。頭は大丈夫」今のめまいは、明らかに頭を殴られたショックによるものだが、「大したことはない」と自分を安心させるために、小さな嘘が必要だった。だいたい、先程の一撃は小さく重い凶器によるもので、だからこそこの程度で済んでいるのだ。もっと重く大きな凶器だったら、死んでいたかもしれない。

支えられて歩き出そうとした時、岩倉は道路に落ちている細長い棒を見つけた。

「伊東、それ」

岩倉が指示すると、彩香がすぐにハンカチ——岩倉の血で汚くなっていた——を取り出し、棒を取り上げる。

「特殊警棒ですね」

警察がよく使う、伸縮自在な警棒だ。振り出せばその勢いで伸びるものもあるし、ボタンを押すタイプのものもある。通販サイトでも売っているから、手に入れるのは難しくない。ただし、持ち歩いていると軽犯罪法違反に問われる恐れもある。「護身用」という言い訳も通用しない。

「これが凶器ですか？」彩香が訊ねる。

「分からない。ただ、そういうもので殴られた感じはする。君の方で、所轄に渡してくれ」

「分かりました」

救急車に乗りこむ。隊員は横になるよう勧めたが、岩倉は拒否した。座ったまま、しばらく様子を見られる。脈拍、血圧とも平常ではないが、この状態では仕方ないだろう。応急処置として、救急隊員が消毒してガーゼを額に当て、テープで止めてくれた。それだけで、ずいぶん楽になったようだ。

「めまいはしますか？」

「大丈夫です。傷の具合は？」

「額の生え際のところですね。縫うか縫わないか、微妙なところでしょう。ショックが心配ですが――ええと、まず名前を確認させて下さい。普通に喋れますね？」

「もう喋ってるじゃないですか」順番が逆だと思いながら、岩倉は名乗り、住所、さらに「職業、警察官」と明かした。

「仕事中ですか？」

「極秘の」

岩倉の言葉の意味を計りかねてか、救急隊員が首を捻ったところで、彩香が救急車に乗りこんできた。

「病院までつき合います」

「ここの所轄に連絡は？」

「しました。もうこっちに向かっています」

「だったら君はここに残って、所轄の連中に状況を説明してくれ」

「でも……」

「大した怪我じゃない。後で連絡するよ」

「どう説明しますか？」

それに関しては困った。岩倉は救急車の中を移動し、隊員たちに背を向けて、話を聴かれないように声をひそめた。

「君は偶然ここにいたことにしてくれ」

「それじゃ、無理がありますよ。信じてもらえません」

「君の家、隣の駅じゃないか。散歩してたとか何とか、適当に理由をつけてさ」

「雨が降ってるのに、この時間に？」

「そこは演技力で頼む」

「ガンさんはどうするんですか?」

「俺の方も適当に言っておく」

「分かりました……誰か、連絡しておく人はいますか」

一瞬迷った。実里には知らせておきたい。しかし今、彼女と会うのは危険過ぎる気がしたし、彩香にもその存在は知られたくない。どうせ大した怪我ではないのだから、取り敢えず治療を終えてから自分で連絡しよう。しかし、所轄には知らせておかねばならないだろう。後で教えたら、面倒なことになりかねない。

岩倉はスマートフォンを取り出し、末永の携帯の番号を教えた。

「立川中央署の刑事課長だ。連絡しておいてくれ。ただし、絶対に大袈裟に伝えないように」

「分かりました。所轄への説明を終えたら、病院に行きますからね」

「駄目だ。君はこの件に関わっていないんだから——関係ないことにしておいた方が、この先も動きやすくなる」

「……了解です」彩香が渋々引いた。心配してくれるのはありがたいが、彼女は自分の「隠し財産」にしておきたい。自分の敵が誰だか分からないが、彼女の存在が知られていなければ、今後こちらも動きやすくなる。

救急車が走り出した。車が揺れると気持ちが悪くなってきて、岩倉は結局横になった。めまいもきついが、右足首の痛みもひどい。万一骨折していたら、これから自由に動けなくなるわけで、捜査は頓挫してしまうだろう。

それだけは避けたかった。


病院に到着すると、すぐに検査と治療が始まった。軽い脳震盪は起こしているようだが、取り敢えず頭部に関しては重傷ではない。右足首はレントゲンを撮ったが、こちらも骨折ではなかった。何とか松葉杖なしでも歩けそうなのでほっとする。

検査結果を聞いただけで、もう大丈夫という気になってくる。しかし病院側は、念のために明日の朝一番で頭部のＭＲＩ検査を実施するという。それで異常なければ、退院。一晩病院の厄介になるのか……すぐにでも抜け出したかったが、当直の医師は慎重だった。

「とにかく一晩、様子を見させて下さい。頭の怪我は、後から症状が出てくることもありますから」

専門家に言われると、抵抗はできない。どうせ今日は、この状態では動き回れないのだから、一晩休んでおくのもいいだろう。

病院お仕着せのパジャマに着替え、空いていた個室に入れられる。夕飯の時間は過ぎていたが、特別に食事を出してもらえた。しかし、魚の煮付けにほうれん草のお浸し、小盛りのご飯に味噌汁という侘しいメニュー――しかも全て冷えており、一口食べただけで食欲は失せてしまった。むしろ飢えようと決意して箸を置く。

そこへ、所轄の刑事二人がやって来た。一人は四十代のベテラン、もう一人はいかにも駆け出しという感じの若者である。「中尾（なかお）」と名乗ったベテランの刑事が、丸椅子を引いてベッド脇に腰かけた。

「大変でしたね」第一声で同情の言葉を口にしたが、まったく感情がこもっていない。この一件を胡散（うさん）臭く思っているのは明らかだった。

「いえいえ」岩倉はわざと軽い口調で答えた。ここは、変な疑いを持たれないように注意しないと。上手い話を作って言い逃れるしかない。この件の捜査を所轄に任せる気もなかった。自分のことぐらい、自分で面倒を見ないと。

「今日は何だったんですか？　何かの捜査で？」

「まあ、そうですね」

「何の捜査ですか？」

「それはちょっと……」

「岩倉さん」中尾が渋い表情を浮かべる。「隠し事はなしにしましょうよ。同じ刑事じゃないですか」

「言えないこともある」

「立川中央署は今、特捜を抱えていますよね。その関係ですか？」

岩倉は何も言わずに考えた。イエスと言ってしまえば中尾は納得するだろう。それで終わればいいが、そこからさらに突っこまれると面倒になる。結局、何とか相手を説得することにした。

「確かに今、うちが抱えている事件はそれだけだ」

「その関係で捜査していた、ということでいいですか？」

「ノーコメント」

「岩倉さん……」中尾が溜息をつく。

「俺は今、フリーハンドで動いている。今日何を捜査しているか、上司にも一々報告しないんだ」

「そんなこと、ありますか？」

「俺ぐらいのオッサンになれば、そういう判断も許されるんだ。うちの刑事課長は俺より年下だし、一々細かいことを報告されてもかえって面倒だろう。大事なことだけ報告するようにしていた」

「それで今日は、あんなところで何をやっていたんですか？」中尾はまだ引かなかった。

「課長にも報告していないことを、他の所轄の人には言えない」

「いやいや……直接立川中央署に確認しますよ」

「聞いても分からないと思うけど」

「岩倉さん、捜査に協力するつもり、ないんですか？　それとも、聞かれるとまずいことでもある？」

「こういう時、話を変えるのも手だよ」

「はい？」中尾が目を細める。

「相手が喋らない時は一度話題を変えて、やり直す。相手が喋りやすい話題だってあるんだから——ベテランのあんたに、そんな話をする必要はないと思うけど」

中尾の耳が真っ赤になった。今にも爆発してもおかしくない様子だが、何とかこらえている。我慢強さだけは一流のようだ。

「それより、現場で凶器らしいものが見つかっていたと思うけど」

「ああ、捜査一課の女性刑事が届けてくれましたよ——知り合いですか？」

「所轄時代の後輩」

「たまたまあんなところにいたんですか？」

「本人は何と言ってる？」

「散歩していてたまたま出くわした、と言ってますけど」

「だったらそうなんじゃないかな」

中尾の頬がぴくぴくと引き攣った。我慢もそろそろ限界に来ているかもしれない。

「凶器は、特殊警棒みたいなものに見えたけど」

「警察の正規のものじゃないですよ」

「間違いなくそれが凶器？」

「それは鑑定してみないと分からないですね。しかし、以前からあそこに落ちていたとは思えない」

「犯人の指紋が取れるかもしれない。手袋はしてなかったはずだ」

「いきなり襲われて、そんなところまで見えたんですか？」

「目はいいんだよ」岩倉は自分の目を指さした。「まだ老眼も心配しなくていい」

「そうですか……相手は？」

　岩倉は人相を説明した。中尾は一切メモを取らず、背後に立ったままの若い後輩に任せている。

「知り合いではない？」

「初めて見る顔だね。マスクにサングラス姿だったから、ちゃんと見たわけじゃないけど」

「どちらへ逃げたかは、分かりますか」

「いや」岩倉は肩をすくめた。「あの辺は初めて歩く街なんだ。どっちに何があるか分からない」

「そんな街で何をしていたんですか？」

　話が最初に戻ってしまった。どうも中尾は、気になったことを一つずつ解決しないと先へ進めないタイプらしい。捜査は必ずしも、一から十へ向かって順番に進んでいかなくてはいけないものではないのに。まず分かるところから始めて、謎は後回しにしてもいい。

　しかし岩倉が曖昧な答えを繰り返したために、中尾はとうとう切れた。

「岩倉さん、自分でこの件の落とし前をつけるつもりじゃないでしょうね」

「まさか」岩倉は包帯で覆われた頭をそっと触った。「怪我は頭だけじゃない。右足首も捻挫してるから動けないよ。それにここは、俺の管内でもない」

「明らかに何か隠していますよね」

「捜査に必要なことは喋ったはずだ」

「そうは思えない」

睨み合い。この手詰まりの状況からどう抜け出すかと思案し始めたところで、ドアをノックする音がした。こちらの返事を待たずに、スライド式のドアが細く開く。末永が顔を出した。

「ガンさん」

「課長」

中尾がさっと立ち上がる。課長――目上の人間に対しては素早く反応するように、警察官は教育されているのだ。

「すみません、ご面倒をおかけして」末永が謝りながら病室に入って来る。もう、人で一杯の感じ……ここは個室といってもそんなに広くないのだ。

「いえ、大変でしたね」中尾が愛想良く言った。「怪我が軽かったのは幸いです」

「ちょっと、いいですか？　二人で話したいので」

末永が切り出した。途端に中尾が嫌そうな表情を浮かべる。しかし所属こそ違え、自分より階級が上の人間にそう言われて、反抗はできない様子だった。中尾が若い刑事に目配せし、病室を出て行く。

ドアが閉まると、末永が椅子に腰をおろした。

「どうしたんですか、ガンさん」

「面目ない」岩倉は頭を下げた。「また尾行されたんだ」

「この前と同じ人間ですか？」末永が目を見開く。

「違う、別人だ。ただし、動かしているのは同じ人間かもしれない」

岩倉は事情を説明した。話が進むにつれて、末永の目つきが厳しくなる。

「この前尾行してきたのは、捜査一課の人間じゃないだろう？」

「少なくとも、特捜にいる人間じゃないですね。ただし、本部の別の係から誰か来ていたら、何とも言えない」

岩倉はうなずいた。捜査一課は四百人の大所帯だ。所属している人間も、同僚全員の名前と顔を一致させられるわけではない。

「凶器は特殊警棒だけど、警察の正規品じゃなかった」

「警察官が犯人だったら、むしろ正規品は使わないでしょう。すぐに足がつく」末永が指摘した。警察の備品は全てナンバーが振られ、きちんと管理されている。特殊警棒でも同じだ。

「どこでも手に入れられるものですよ。今のところ、容疑者候補はゼロだ」

「それでガンさん、所轄にはどこまで話したんですか」

「あまり話してません。こっちの手の内は知られたくないので……尾行されていたことも、話していない」

「話してもいいんじゃないですか？　こっちの所轄できちんと捜査してもらうのも手ですよ。うちは人手が足りないんだし、そもそもここは管内でもないんだから」

「いや、自分のことは自分で面倒を見ます。ちゃんと片づけますよ」

「今回の特捜とは関係ないかもしれませんよ」末永が指摘した。

「そうかもしれないけど、ここは自分で落とし前をつけたいんです」

「危険ですよ」末永が警告した。

「どうかな。向こうは二回、失敗してるんですよ？　しかも今回は傷害事件になってしまったから、正式な捜査が入ることも分かるはずだ。もう俺を襲ってくるようなことはないと思います。大人しくしてるでしょう」

「しかし、やっぱり危険ですよ」末永が繰り返す。

「だったら、警護でもつけてもらいましょうかね。警備課辺りに、ガタイのいい若い奴がいるでしょう」自分は水戸黄門で、助さん格さんを両脇に控えさせて……と考えると頬が緩んでしまう。

「ガンさん……そんな連中を引き連れて捜査するつもりですか？」

「前代未聞でしょうね」岩倉はふと、巨体で強面（こわもて）のセキュリティに背後を守られたハリウッドセレブを想像した。実際にセレブが襲われるようなことはあるのだろうか？　あれは一種のファッションではないか？

「とにかく、適当に口裏を合わせて下さい」岩倉は丁寧に頼みこんだ。

「あまり納得できませんね」

「まあまあ……明日の朝、連絡します。たぶん無事に退院できると思いますよ」

「少し休んだらどうですか？」

「そうもいかない。オッサンになると、ちょっと休んだだけで、体も心も駄目になりますからね」

末永は退室し、中尾たちの事情聴取が再開された。「何故」あそこにいて「何を」やっていたかについては言葉を濁し続けたが、状況については詳細に説明する。犯行の状況が分かったので、取り敢えず中尾たちも納得したようだった。

事情聴取が終わって、午後八時。ずっと病室に籠っているので分からないが、もう面会時間は過ぎていて、これからは人も来ないだろう。それにしても腹が減った……しかし動きようがないのでどうしようもない。そうだ、一階の待合室には大抵自販機があるから、甘いコーヒーでも飲んで空腹を宥めよう。

そう決めてベッドから抜け出す。右足を床に下ろして体重をかけると、やはり痛みはひどい。何とか立ち上がってみたが、ほぼ左足一本で歩くようになってしまい、一階まで往復したらどれぐらい時間がかかるか分からなかった。まずいな……これでは、明日退院してまともに動けるかどうか分からない。

ノックの音がした。苛ついた声で「はい」と返事をしてしまう。ドアが開くと、彩香が「何してるんですか」と非難するように言った。

「リハビリ」我ながら馬鹿馬鹿しいと思いつつ岩倉は言った。

「馬鹿言わないで下さい……夕飯、食べたんですか？」

「いや、ほとんど食べられなかった。最近の病院食にしてはひどかったんだよ」

「そんなことじゃないかと思って……差し入れです」

思わず顔が綻んでしまう。彩香は元々よく気がつくが、これは本当にありがたい。腹が膨れればぐっすり眠れて、回復も早いだろう。ベッドに腰かけ、彩香が差し出した紙袋を受け取る。中から、肉のいい香りが漂い出してきた。

「何だい？」

「カツサンドです」

「カツサンド……」覗きこむと、きちんとパックされたサンドウィッチが入っていた。コンビニのものではない。手で持つと、かすかな温かさが伝わってきた。

「この病院の近くに、カツサンドの専門店があるんです」

「カツサンド？」

「今は何でも専門店があります。美味しいですよ」

「そんな店、よく知ってるな」

「実はここ、うちのすぐ近くなんです。その店、私も時々行くんですよ」

「じゃあ、ありがたくいただく。君は？」

「済ませました。二人で病室でご飯食べてたら、まずいでしょう」

「そもそもよく入ってこられたな」

「バッジの威力です」

　ベッドに腰かけたまま、サンドウィッチのパックを開ける。包丁の冴えもよろしく綺麗にカットされたサンドウィッチの断面からは、分厚いカツと千切りキャベツが覗いている。パンは軽くトーストしてあった。一口齧ると、肉とソースの味がつんと口腔を刺激する。体調万全だったらバンザイを叫びたくなるような味だった。辛子がきつく効いていて、キャベツがカツの熱で少ししんなりしているのもいい。これは、カツサンドの一つの完成形と言っていいのではないだろうか。

「あ、飲み物です」

　彩香が冷たい缶コーヒーを差し出した。一口飲むと、苦味と甘味で脂っぽさが洗い流され、次の一口に挑戦する気持ちが猛然と湧いてくる。

「確かにこのカツサンドは美味いね」

「それで、カツサンドに一番合う飲み物は缶コーヒーなんですよね」

「君、カツサンド評論家なのか？」

「そういうわけじゃないですけど」彩香が苦笑する。

食べ終えると、すっかり腹が膨れた。これで今夜はゆっくり眠れそうだし、何より急に元気が戻ってきた感じがする。考えてみれば昼はハンバーグ、夜はカツサンドで、五十四歳の胃にはあまり優しくない一日になってしまったのだが、やはり肉には体力を回復させる即効性がある。

「ゴミ、持ち帰ります。カツサンドの残骸が見つかったら、怒られるでしょう」

彩香が言ったので、カツサンドのパックを袋に突っこんだ。それを渡して、ほっと一息つく。

「今回の件は、アクシデントだと思うんだ」岩倉は言った。

「はい」彩香が急に真顔になる。一瞬で仕事の雰囲気を取り戻した。

「相手は、単に俺を尾行して動向確認するだけのつもりだったんだと思う。それが、たまたま正面からぶつかってしまったから、逃げるために俺を襲った」

「そうですね」

「だから、これは奴らにとっても失敗だったと思う。ただし、前にも尾行されたことは、所轄の連中には話していない」

「私も話しませんでした」

「それでいい」岩倉はうなずいた。「この件は必ず、俺が自分で決着をつける。君はしばらく、表に出ないでくれ。向こうが君の存在に気づいていなければ、戦力として隠しておきたいんだ」

「分かりました」彩香があっさり同意した。「表立っては動かないようにします。何かあったら連絡してもらうということで」

「もちろん」

「了解です」彩香が立ち上がった。「帰りますけど、何か必要なもの、ありますか？買ってきますよ」

「いや、明日の朝には退院するから。立川に戻ったらメッセージでも送っておく」

彩香を送り出し、病室で一人になる。さっさと寝てしまおうと思ったが、さすがにまだ時間が早い。頭と足首の痛みは耐えられないほどではなかったが、それよりもあれこれ考えてしまって眠れなくなる。

まあ、いい。どうせいつかは寝るのだし、明日の朝には看護師に起こされるだろう。それで体調が悪くなければ、ここを出て行くだけだ。

明日以降、やることがある。まず、どこか隠れ家を探さなければならない。自宅に戻るのは危険な感じがしたし、まだ捜査一課が自分に目をつけている可能性もあるから、署内に泊まりこむにもリスクがある。金はかかるが——さすがに経費では落ちないだろう——ホテルを転々とするのが一番安全かもしれない。立川にはホテルがいくつもあるから、一週間ぐらいは毎日ホテルを替わってもやっていけるだろう。その間に捜査の目処をつける。

何だか悪いことをしているような気になってきた。まるで逃亡者のように。

2

結局午前中いっぱい、病院に拘束された。ＭＲＩ検査の予定が埋まっているところを、「緊急」ということで何とか割りこませてもらったのが午前十時。初めてではないが、ヘルメットのような器具で頭を完全に固定され、視界もゼロの状態で機械に突っこまれると、さすがに軽い恐怖を覚えた。別に閉所恐怖症ではないのだが、ここで地震が起きて機械が崩れ落ちたら、と嫌な想像をして気持ちが落ち着かない。それに、猛烈な打撃音が頻繁に耳を刺激するのもたまらなかった。それを相殺するつもりなのか、ずっとクラシック音楽が流れているのだが、音量が小さいので何の役にも立たなかった。どうせなら、ヘビメタでも流してくれた方がましだ。

検査結果を聞いたのが十一時半。脳には損傷なし、傷口も縫わずに済んだので、結果的にやはり軽傷という診断になった。後は地元の病院で引き続き手当をしてもらえば大丈夫。右足首の痛みもだいぶ引いていた。病院を出る時に松葉杖を貸し出そうかと言われたが、断る。代わりに湿布を大量にもらった。これを貼って、後は自分でがっちりテーピングすれば、何とか普通に歩けるようになるだろう。

念のためにと普段から保険証を持ち歩いているので、精算もすぐに完了。病院を出ただけで「解放された」感じで、体調がよくなった気がした。

担ぎこまれたのは警察病院で、最寄りの高円寺駅は結構離れた場所にある。徒歩二十分ぐらいだろうか。何でもなければ歩いてしまう距離だが、さすがに今日はきつい。病院の前で待機しているタクシーを拾って、駅まで向かった。

下りの中央線はガラガラで、座れた。少し体を慣らすために立っていようとも思ったのだが、何も余計な負荷をかける必要はないだろう。それに、昨夜はそこそこ寝たはずなのに、妙に疲れていた。慣れない場所で一晩寝ると、逆に疲労が溜まるのかもしれない。

末永には病院を出る時に電話しておいたが、彩香に連絡し忘れた。電車の中からメッセージを送り、「無事退院した」と伝える。彩香からは秒の速さで「了解です」と返信がきた。

彼女にはだいぶ世話になってしまったから、後で何か奢ってやらないと……しかし事件がきちんと解決するまで、それは先送りだ。

末永は、今日は非番にしていいと言ってくれたが、署に顔は出すつもりだった。何ができるわけでもないが、特捜本部の動きは知っておきたい。

リハビリのつもりで、立川駅から署までは歩いていくことにした。最寄駅は多摩モノレールの高松駅なのだが、ＪＲからモノレールの立川北駅で乗り換えて一駅だけ乗るのも面倒臭い。途中で休憩すれば、何とか立川駅から歩いていけるだろう。しかし、腹も減った……病院の朝食は予想通り量も少なく、それに既に午後一時半を過ぎている。このまま昼食を抜いたら、途中でばててしまうだろう。とはいえ、立川駅から署までの間に、食事ができる場所はあまりない。最短距離で行くには、昭和記念公園の中を突っ切っていくのがいいのだが、公園にも売店などはなかったはずだ。かといって、駅の方へ戻るのも面倒臭い。こういう時はグリーンスプリングスか……ここは商業施設、ホテル、オフィスなどが入った新しい複合施設で、南北に長い造りになっている。東側にはモノレールが走り、建物との間には豊かな街路樹が整備されていて、散策にも適した場所になっている。飲食店は洒落たカフェなどが多いのだが、美味い蕎麦屋が一軒あるのを思い出した。かなり以前、世田谷通りにある蕎麦屋にたまたま入って、本格的な味に驚いたことがあるが、グリーンスプリングスに同じ名前の店を見つけたので調べてみると支店だと分かった。世田谷の店が本店で、いつの間にかチェーン展開していたらしい。

昨日の昼以来、米を食べていないのが気になるが……外に置いてあるメニューを見ると、ミニ天丼セットがある。これにしよう。

ランチタイムを過ぎた店内は、がらんとしていた。木を多用した、落ち着いた内装のせいか、座った途端に気が抜けてしまう。それにしても……立川も日々表情が変わる。災害時には都の司令塔にするために再開発が進められたこの辺りは、いかにも清潔・人工的な感じで、危険な匂いはまったくしない。かつては、米軍立川基地の拡張に反対する大規模な市民運動があって、血腥（ちなまぐさ）い事件も起きているのだが、今、そんなことを知っている若い住人はいないだろう。岩倉も知識として知っているだけだ。何しろあの砂川闘争は、一九五〇年代の出来事である。今は、行政の中心であると同時に、若い家族連れを惹きつける街に変貌しつつある。その中心が、このグリーンスプリングスのような緑と共生する施設だろう。実際、目立つのは幼い子どもを連れた母親ばかりだ。

そそくさと食事を終え——やはり蕎麦は美味かった——署を目指す。足首に激しい痛みはなかったが、歩く時には気を遣って、少しだけ引きずる感じになる。普通に歩く時の、四分の三ぐらいのスピードしか出ていないだろう。

それでも何とか署にたどり着き、ほっとする。無理しなければ、足首の回復は早そうだ。今はむしろ、額の傷の方が心配だ。ここを怪我していると、しばらくは普通に頭も洗えないだろう。暑くなってくる時期に、これは辛い。

特捜本部の置かれた会議室に入ると、末永と滝川署長が何か話していた。署長と刑事課長が話していても不自然ではないのだが、ふと嫌な予感に襲われる。岩倉に気づくと、末永が眉をひそめて立ち上がった。

「ガンさん、こっちには来なくていいって言ったじゃないですか」

「いや……」末永があまりにも必死な様子なのが気になる。何かトラブルでも起きたような感じだ。

署長が慌てて飛んで来る。こちらも表情は厳しい。

「何でここに顔を出したの？」

「いや、来るのが普通だと思いますけど」

「捜査一課が、あなたから事情聴取しようとしているのよ」

それで緊張感が、一気にピークに達した。昨日の事件の関連ではないはずだ。あれはあくまで所轄で処理すべき案件——となると、間違いなく福沢殺しに関してのものである。こちらが襲われたことは分かっているはずだ。万全の状態でないところで事情聴取しようとしているのは、「今なら落とせる」とでも思っているからかもしれない。

クソ、失敗だ。署に寄らなければ、何とか対策を立てられたかもしれないのに……ドアが開き、一番対決したくない人間が入って来る。

大友鉄。どんな容疑者も、その前に座ればすぐに真相を話し出してしまうと言われる、取り調べの名人。

そんな人間と、六割の体調のままで対決しなくてはならないとは。


さすがに、取調室に放りこまれることはなかった。代わりに、特捜本部が置かれた五階と同じフロアにある小さな会議室に入る。大友が取り調べ担当、特捜にも入っている一課の若い刑事が記録係になった。

事情聴取が始まる前に、末永が粘ってくれた。

「岩倉警部補は重傷なんです。本当は今日も、事情聴取に耐えられる状態じゃない」

「十分配慮します」大友が真顔で答えた。

「課長、大丈夫ですから」岩倉は言った。

「しかし……」

「やらなければならないことなんだから、早く済ませましょう」

「どうぞ、ご心配なく」大友が丁寧に頭を下げる。この真摯な態度が、多くの人を安心させるのだろう。

　末永が出て行き、ドアが閉まる。この会議室のドアは、閉まる直前に小さな軋み音を立てるのが不快だった。

「怪我は大丈夫なんですか」大友が切り出した。

「もう所轄に確認したんだろう？」

「ご本人の口から聞きたいので」

「軽傷だとさ。駅からここまで、足を引きずってきたのに」

「でも、松葉杖を使うまでもないんですね」

「松葉杖なんかついたら、逆に歩きにくくてしょうがないだろう……それより、ここへ来るのが遅いんじゃないか」

　大友が困ったような笑みを浮かべた。こちらの台詞の意図はすぐに読んだはずだが、どう反論していいか、分からなかったに違いない。

　今回の特捜に、大友の係は投入されていない。だから本来なら、彼がここにいる理由はないのだ。しかし捜査一課の誰かが、本格的に岩倉を調べる必要があると判断して、「切り札」の大友を送りこんだのだろう。異例だが、こういうやり方はないでもない。

「で？　どこから始める？」

「福沢さんとトラブっていたのは間違いないですね」

「どうせこうなるなら、ぶっ飛ばしてやればよかった」

「ガンさん、あまり乱暴に言うとまずいですよ」大友が忠告した。

「そうだな。相手はもう死んでるんだし」岩倉はうなずいた。

「サイバー犯罪対策課に話を聞きました。ガンさんを使って記憶力の実験をしようとしていた——これは間違いないですね」

「五年以上も前からね」岩倉は片手をぱっと広げた。

「ガンさんはそれをあくまで拒否していて、それでも福沢さんはずっと食い下がっていた。そういうことですね」大友が念押しした。

「ああ」

「かなり深刻な状態だったんですよね？　あんな話がなければ、ガンさん、まだ捜査一課にいたでしょう」

「鬱陶しい人間から逃げるには、異動するしかなかったんだよ」

「それが大変だったのは分かりますけど、因縁は長いですね」

「だけど、殺すほどじゃない。どうせ俺は、あと何年かで定年なんだ。我慢すれば逃げ切れる」

「奥さんのこととは関係ないんですか」

　大友がいきなり切りこんできたので、岩倉は言葉を切った。この緩急自在なやり方が大友の取り調べの特徴だ。基本的には相手の立場を尊重して丁寧にやるのだが、突然喉元にナイフを突きつけるようなやり方に変わる。

「関係ない」岩倉は否定した。「この件に関しては、妻とは一度も話したことがない。何しろずっと別居していたんだから」

「じゃあ、あくまで福沢さんと一対一の関係だったということですね」

「基本的には」

「十日ほど前に、本部の食堂で摑み合いになったのも、それが原因ですか」

「あいつはしつこかったからな」岩倉は頬を搔いた。「ただし、警察的には問題になるようなことじゃないぜ。あんなのをいちいち立件していたら、キリがない」

「一つだけ、はっきりさせて下さい」大友が人差し指を立てた。「犯行当日、どこにいたか。それがはっきりすれば、この話は終わりですよ。遺体が発見された日は、非番だったんですよね？」

「ああ。だけど、詳しいことは言えない」

「ガンさん、どうしてそこまで意地を張るんですか？」

「情報源と会っていたんだ。人には教えたくない相手でね」実里のことは外す。しかし……大友は自分と実里の関係を知っている。そもそも岩倉と実里を引き合わせたのは大友のようなものなのだ。

「アリバイを証明するためでも？」

「名前を言えば、お前らは相手に確認するだろう。それをやられると、俺と向こうの関係が崩れる」この件に関して平野は気にしていない様子だが、こちらとしてはあくまで守らねばならない相手だ。

「ガンさん、せめて名前だけでも教えてもらえれば――」

「それはできない」

　そこから事情聴取は平行線を辿った。大友はさすがにあの手この手を使って迫ってきたが、岩倉も引かない。ベテラン同士の戦いは、永遠に続けられそうだった。

　しかし大友は、突然「終了」を宣言した。

「いいのかよ」事情聴取が始まってから一時間ほど。大友にしては諦めが早い。

「いいんですよ。僕も、常に勝てるわけじゃない」

「取り調べは勝ち負けじゃないけどな」

　大友が記録係の刑事に目配せする。若い刑事がうなずいて、先に部屋を出て行った。

「お疲れ様でした」

「絶対に容疑者にはなりたくないな」岩倉は後頭部で両手を組んだ。「お前の取り調べだけは勘弁して欲しい」

「今日だって取り調べですよ」

「何パーセントでやった？」

「五十パーセント」大友がニヤリと笑う。「さて、僕も帰りますか」

「下まで送るよ」

ここから先が本当の勝負だと、岩倉には分かっていた。正式の取り調べでは出てこない情報を、部屋を離れてから手に入れる——よくあることだ。

二人はエレベーターで一階まで降りた。昔なら、互いに煙草をくわえて一服というところだな、と思ったが、二人とも煙草は吸わない。

「雨、強いですね」

大友が面倒臭そうに言った。岩倉が署に来た時にはまだ降っていなかったのだが、今は本降りである。

「駅までパトで送らせようか？」

「ＶＩＰ待遇してもらえるような立場じゃないですよ……それで、相手は誰なんですか？」

「それは言えないんだ。マジな情報源だから、これだけは誰にも教えたくない」この線は絶対に譲れない。しかし岩倉は、一歩譲ることにした。この情報をどう使うかは、大友の判断次第だ。「実は、情報源と会った後、吉祥寺に泊まった」

「もしかしたら、赤沢さん？」

「ああ」非公式の場なので、岩倉はついに認めた。

「ニューヨークから戻って来てたんですか……今、吉祥寺に住んでるんですね？」

「そういうこと」

「だったら話は簡単じゃないですか。ガンさん、離婚も成立したんだし、今は隠すこともないでしょう。彼女に事情を聴いても、それが外へ漏れることはないですよ」

「お前だけならともかく、他の人間にも知られるじゃないか。それが嫌なんだ」

「大丈夫だと思いますけどねえ」大友が首を捻った。

「俺にはまだ、遠慮があるんだよ。相手は女優さんだぜ？　バレたら彼女が何を言われるか、分からない」

「ガンさん、意外に神経質ですよね」

「そりゃそうだよ。俺はいいけど、向こうにどんな迷惑がかかるか、心配だ」

「そうですか……」大友は必死に何か考えているようだった。

「お前の胸の中だけにしまっておいてくれるとありがたい」岩倉は頼みこんだ。

「――分かりました」大友がうなずく。「事情聴取は上手くいかなかったけど、僕の感触としてガンさんはシロ――そういう風に報告しておきます」

「お前がシロだって言えば、クロもシロになる。助かるよ」

「ガンさん、もう少し人生をシンプルにした方がいいんじゃないですか？」

「そうもいかないから困るんだ。自分でコントロールできることとできないことがあるし、できないことの方が多いからな」

「そうですか……まあ、一回貸しですよ」

「分かってるよ。何でも好きなものを言ってくれ。奢るから」ふと思い出して、岩倉は話題を変えた。「そう言えばお前の息子、どうした？　今年高校卒業だったんだよな？」

「北海道の大学へ行きましたよ」

「マジか」以前もそんなことを言っていたが。

「ええ。まあ、僕も気楽な一人暮らしは続きそうです」

「そうか……まあ、またゆっくりやろう。この一件が片づいたら、な」

大友がうなずき、ぱっとビニール傘を広げた。そのまま雨の中をゆっくり歩き出していく。その後ろ姿さえ様になっているのは、若い頃に芝居をしていた経験故か。

大友なら上手く処理してくれるだろう。あいつに恥をかかせてしまう形になったのは申し訳ないが、何かでお返しはできる。こうやって借りを作ったり返したりはしょっちゅうなのだから。


「ガンさん……無事でしたか」末永がほっとした表情を浮かべる。

「大したことはなかったですよ」

岩倉は肩をすくめ、椅子を引いて腰を下ろした。末永から捜査の状況を確認する。どうも停滞している……岩倉の方から逆に、昔の話を持ち出した。

「捜査二課時代の話ですか？」末永が首を傾げる。「それはさすがに古くないですかね」

「福沢はいずれ、捜査二課に戻るつもりでいたようです。だから、昔の情報源とも関係を保っていたんでしょう。その中には、危ない人間がいたかもしれない」

「その線を追いますか」

「もう少し待ってもらえますか。まず俺の方で、目処をつけておきます。あまり一斉に動くと二課も警戒しますから、ある程度当たりをつけた状態で刑事を投入した方がいい。気をつけないと、二課の情報源を潰すことにもなりかねませんからね」

　情報源と刑事の関係は、必ずしも一対一ではない。一人の情報源が複数の刑事とつき合っていることも珍しくないのだ。その結果、複数の刑事が同じ人間から情報を聞いているだけなのに、「裏が取れた」と勘違いして暴走してしまうこともあるのだが……実際には一人の人間だけから得た情報なので、裏が取れたとは言い切れない。情報源を厳密に隠してしまうことのデメリットの一つがこれだ。

「それよりガンさん、昨日の一件は先日の件と同じだと思いますか？」

「でしょうね。俺も、そんなに何人もの人間に嫌われているはずがない」実際にどうかは分からないが。「あくまで俺の動きを監視したかっただけでしょう。昨日の一件はアクシデントですよ」

「そちらはどうしますかね」

「所轄がちゃんとやるでしょう。何か言ってくるかもしれないけど、それには適当に対応しておきますから」

「無理しないで下さいよ。まず、怪我を治すことを第一に考えないと」

「もちろん」岩倉は膝を叩いて立ち上がった。「オッサンは無理はできないんでね」

「それを自覚していてくれるならいいですけどね」

うなずき、岩倉は踵を返した。オッサンは、段々危険に対処できなくなる。反射神経は衰えるし、耐久力もなくなる一方だ。しかし積み重ねた経験と知恵は、簡単に失われるものではない。

この件は、絶対に自分で片づける。


帰りにドラッグストアに立ち寄り、テーピングテープを仕入れた。ついでに、髪は何とか洗えないだろうかと店員に相談すると、ドライシャンプーを勧められた。頭に泡をつけてタオルで拭き取るタイプで、これが一番、普通のシャンプーに近いという。本来、水が使えないキャンプや災害時に利用するものらしいが、頭を怪我して使われる人もいます——お買い上げ決定。

今日はもう外へ出るつもりがなかったので、途中のコンビニエンスストアで弁当を仕入れて帰宅する。雨がそぼふる中、結構な量の荷物を持って歩くのは、痛めている右足首には辛かったが、これもリハビリだと言い聞かせる。

しかし、こういう飯は体によくないな、とつくづく思う。岩倉は家に電子レンジを置いていないので、冷めた弁当を買って来て温めることができない。店で温めて帰るのも嫌なので、今日は冷やし中華に握り飯一個、それにサラダという組み合わせにした。これだけでは体が冷え切ってしまうので、カップの味噌汁も買って来ている。独身男の夕飯はこんなものかもしれないが、五十過ぎてこれは、やっぱりまずいのではないだろうか。

一晩空けてから帰る家。岩倉はまずマンションの周辺をぐるりと見て回り、さらに自室の郵便受けやドア周りを徹底的に調べてみた。取り敢えず、いじられた形跡はない。しかし、もう少し用心しておくべきだったと悔いる。ドアの下の方に、目立たないように透明なテープを貼っておけば、誰かがドアをこじ開けた時に証拠が残る。プロの窃盗犯だったら徹底的に注意するが、今のところ岩倉を監視していたのは玄人とは思えない。そういうテープがあっても、おそらく気づかなかったのではないか……。

夕飯は後回しにして、まずシャワーを浴びる。足首の包帯を外してみると、まだ赤く腫れており、今日一日かなり無理をしたことを意識した。それでも思ったより痛みは小さい。

ほっとして、頭の包帯を濡らさないように気をつけながらシャワーを終え、買って来たばかりのドライシャンプーも試してみる。頭を洗うのとは訳が違うが、取り敢えず不快感は消えた。

そそくさと食事を終え、腹が一杯になったところで冷蔵庫から缶ビールを取り出す。タブを開けようとして、ふと手が停まった。ここで呑気に酒を呑んでいる場合ではない。缶ビールを冷蔵庫に戻し、二泊ぐらいの出張に使える大きなバッグを取り出す。着替えの下着やシャツなどを突っこみ、スマートフォンでこの近辺のホテルを検索した。一番近いホテルに電話を入れ、取り敢えず今夜一泊を予約する。

今度は忘れず、ドアの下に透明のテープを貼った。これで百パーセント安心というわけではないが、ドアの内側、玄関の片隅には防犯カメラを設置している。何か動きがあった時だけ作動するもので、一人暮らしを始めてから、念のためにと自腹で買ったものだった。今まで一度も役に立ったことはないが、こういうのは安心を買うものだろう。今回ばかりは、本来の役目を果たしてくれるかもしれないが。


ホテルにチェックインし、実里に電話を入れる。月曜の夜、今日はバイトもなく、彼女は家にいた。実里が電話に出てしまってから、何と話すか決めていなかったことに気づく。ここは正直に——しかし少し抑えて話すしかない。

「実は、昨日も尾行されてたんだ」

「大丈夫なの？」

「ちょっと怪我した」

「嘘……」さすがに実里が言葉を失う。

「全然大したことないよ」小さな嘘——いや、嘘ではない。医者の診断でも「軽傷」なのだから。

「でも、怪我してるんでしょう？　無理しちゃ駄目よ」

だ。

「分かってる」

ベッドに腰かけ、買っておいたミネラルウォーターを一口飲む。ここからが本題

「どうも、やっぱり誰かが俺を監視しているようだ」

「ガンさんの勘違いっていうことはない？」

「いや、実際に相手と出くわしたんだから、何かあるんだよ。だから、しばらく会えない状態は続くと思う」

「うん、それは分かった。私も気をつけてるわよ」

実里のマンションにも自費で防犯カメラをつけているし、常に防犯用のホイッスルを持ち歩くように頼んでいる。実里は芸能人然としているわけではないが、自分がある程度名前と顔を知られていることは自覚しているので、用心することに抵抗はないようだ。

「この前誘われた舞台の話、返事は？」

「まだしてない。出るとは思うけど」

「そうか……少し実家に戻っているというのはどうかな」

「そこまで深刻なの？」実里が声をひそめた。

「念のためだよ。バイトも休んだ方がいいけど、ずっとそこのマンションに籠りきりっていう訳にはいかないだろう。実家なら、取り敢えず巣籠りできるんじゃないか？」

「それは、できないでもないけど、ちょっと気が進まないわ」

「実家と上手くいっていないのか？」

「そんなことないけど、尻尾を巻いて逃げるみたいな感じが嫌なの」

岩倉は、実里の家族と会ったことはないが、かなり特殊な家だということは知っている。既に亡くなっているが、父親は中堅の証券会社の社長で、母親は元女優である。母親は七〇年代後半、高校生の時にスカウトされて映画デビューし、二十代前半には映画やテレビドラマ、雑誌のモデルなどで活躍した。二十五歳の時に、証券会社を経営する父親に見初められて結婚。父親は二度目の結婚で、十五歳年上だった。「だから、ガンさんとつき合っているのはＤＮＡ」というのが実里の言い分だった。若い頃の実里の母親の写真をネットで探して見たことがあるが、十五歳年上の金持ち社長が「トロフィーワイフ」にしたがったのも分かる。そして実里は、母親の血を色濃く引いているようだった。

実里が女優を目指すように後押ししたのが、そもそも母親だった。見初められて結婚し、経済的には何不自由ない生活を送っていたようだが、女優業には未練があったようだ。一度だけ舞台に出た時の興奮を聞かされて育った実里は、自然に舞台女優に憧れるようになった。実際、実里が無事に女優デビューできたのは、母親がかつての伝手を使ったせいもある。マネージャー役を務めているわけではないが、今でも娘の舞台はよく観に行くし、演技にアドバイスもするようだ。コロナ禍のニューヨークで、実里がずっと一人で暮らしていけたのも、母親からの経済的援助があってこそだった。

父親は十年ほど前に亡くなり、その後、母親は一人、白金にあるマンションで暮らしている。もちろん岩倉は行ったことはないが、実里曰く「家のドアに辿りつく前にセキュリティを三ヶ所突破しないといけない」「家の前の交差点の筋向かいが港南署」。安全面ではこれ以上望めない場所だ。

「取り敢えず、実家にしばらくいることも考えてくれ」

「ガンさんがそう言うなら」実里は素直だった。普段は自分の意見を強く押し通すのだが、こういう問題になると、岩倉の言うことに素直に従う。防犯関連については、岩倉を専門家と信じてくれているのだろう。

打てる手は打った。

いや、一番効果的な方法は、自分を襲った人間を捕まえること——まず、誰が自分を狙っているか割り出すことだ。

3

翌朝、目覚めた瞬間に岩倉は軽い違和感を抱いた。見覚えのない天井——しかしすぐに、ホテルに泊まったのだと思い出す。寝ぼけたままシャワーを浴び、またドライシャンプーを使って髪を拭(ぬぐ)ったが、やはり実際に洗うのとは違う。後で怪我の具合を見て、大丈夫そうだったらせめてお湯で流そうと決めた。ただそれは、今晩の話だ。

ホテルのレストランで朝食を終え、そのまま大荷物を抱えて署へ向かう。特捜本部に行くつもりはないが、刑事課の自分のデスクで仕事をするつもりだった。後は、今晩のホテルの確保……いくつかのホテルをローテーションで利用して、自分の痕跡を残さないようにしよう。

こんなことがいつまでも続いたら、たまったものではないが。

メールのチェックを終えたところで、スマートフォンにメッセージが着信する。彩香。わざわざ心配して連絡してこなくてもいいのに——と思ったら、「電話して大丈夫ですか」という問い合わせだった。

何のつもりだろう……岩倉は「署の自席にいる」と返信した。スマートフォンを使うより、警電で話している方が安心な気がする。捜査一課が自分を監視していたら、かえって危険だが。

すぐに目の前の警電が鳴った。受話器を耳に当てると、彩香の「おはようございます」という明るい声が聞こえてくる。

「君は元気だねえ」つい溜息をついてしまった。

「ガンさんはどうですか？」

「頭が痒いことを除いては大丈夫だ」

「ドライシャンプー、使ってみました？」

「七十点ぐらいかな。なかなか優れものだけど、実際に洗ってるわけじゃないからね」

挨拶代わりの軽口が終わると、彩香が本題を切り出した。

「一昨日押収した特殊警棒なんですけど、ちょっと変わったものみたいです」

「ちょっと待て」岩倉は彼女の話を止めた。「何で君がそんなこと知ってるんだ？　特殊班が絡むような件じゃないだろう」

「所轄に電話して、聞き出したんです」

「おいおい――」この事件について、彼女はあくまで「たまたま通りかかった」「善意の第三者」である。所轄としては、同じ警察官であっても捜査情報を教える筋合いはない。

「楽勝でしたよ。ちょっと愛想を振りまいておきましたから」

「それだけでネタを仕入れた？」

「私にあってガンさんにないものは、愛想です」

「まあ」岩倉は咳払いした。「オッサンに愛想があっても、あまり役に立たないけどな。それで、特殊警棒の話だけど、どういうことだ？」

「イスラエル製です」

「イスラエル？」

イスラエルが、兵器・武器に関して独自の高度なノウハウを持つ国であることは岩倉も承知している。複雑で特殊な歴史、そして現在の環境故だが……イスラエルで作られたものが日本に入ってきてもおかしくはないが、特殊警棒のようなものが輸入されているのだろうか。あるいは個人輸入か。

「一般の通販サイトなんかでは扱われていない商品です」

「通販サイトだけで売ってるわけじゃないだろう。警察グッズを扱う実店舗もある」

「今、その辺を潰しているみたいです。でも、ちょっとおかしいですね。イスラエル製の特殊警棒なんて、あまり聞いたことがありません」

「確かにそうだな……どう転がるか分からないけど、今の情報は頭の片隅に入れておくよ。ありがとう」

「ガンさん、無理しちゃ駄目ですよ。歳なんだから」

「それは余計だ」

実里よりも彩香の方が遠慮がないというか正直というか。電話を切ろうとすると、彩香が慌てて「もう一つあります」と声を上げる。

「どうした？」

「ガンさんの奥さん――元奥さんに会いました」

「マジか」こんなに早く動くとは思わなかった。「いつ？」

「昨日の夕方です。結論から言うと、ここ一年ぐらいは福沢さんとは会っていないという話でした。以前はかなり綿密に打ち合わせをしていたそうですけど、このところはご無沙汰――福沢さんはこの計画に、あまり熱心ではなくなっていたそうです」

「二課へ戻る算段と準備で忙しかったのかな」

「そうかもしれません。それと……」彩香が言い淀んだ。「こんなこと言うとあれかもしれませんけど、元奥さん、なかなか強烈な人ですね」

「俺にはもう、論評する権利はないよ」岩倉は苦笑しながら電話を切った。

手帳を広げ、先送りにしていた捜査を進めることにする。何もなければ、本当は昨日から取りかかっていたはずなのだ。田川が教えてくれた、捜査二課の中で話ができそうな相手……決めていた通り、勤務先に電話をしてみる。上手くいけば、その後で面会だ。

最初に接触したのは、一番近くにいる人間——多摩署の副署長・藤尾だった。前職は捜査二課の管理官。福沢のことも直接知っている——一時は上司だったという。

「ああ」電話に出た藤尾が面倒臭そうに言った。「田川さんから話は聞いてます」

「申し訳ない。お忙しいところすみませんが、ちょっと話を聴かせてもらえませんか」

「こういう話は、夜酒を呑みながら、じっくり時間をかけるものだけど」

「今、酒が呑めないんですよ」

「呑めない？」

「ちょっと怪我をしてましてね」これが同情を引く材料になるかもしれないと思いながら岩倉は言った。「これから、足を引きずってそちらに行きますけど、よろしいですか」

「まあ、田川さんの頼みですから」

田川の名前は、まだ威光を放っているようだ。それにありがたく頼らせてもらうことにする。

立川中央署から多摩署までは、それほど遠くない。昔は、多摩地区を南北に移動するための公共交通機関は少なかったのだが、今は多摩モノレールが大動脈になっている。立川中央署の最寄り駅である高松駅から、多摩署のすぐ近くにある多摩センター駅まで、二十分ちょっとだろうか。

久しぶりにモノレールに揺られる。沿線には大学などが多いので、朝夕の時間帯はかなり混み合うのだが、ラッシュの時間は既に過ぎていた。

小田急・京王の多摩センター駅と、モノレールの多摩センター駅は少し離れている。そしてモノレールの駅の方が多摩署に近い。足を引きずって歩いても、五分もかからないだろう。どうせなら松葉杖があればよかったな、と思う。大袈裟な方が、向こうの同情を引くだろう。

藤尾は制服姿で副署長席にいた。決済書類を処理していたが、岩倉の姿を認めると目を見開く。

「本当に怪我してたんですか」

「右足首のひどい捻挫、それに額に傷」

岩倉は折り畳み椅子を引いて座った。取り敢えず周辺を見回して、署内の様子を頭に叩きこむ。新聞記者らしき人間はいない……副署長は所轄における広報担当であり、何かあると記者は真っ先にここへ足を運ぶ。そうでなくても、朝一番で顔を出して無駄話をしていったりするものだ。要するに顔つなぎである。もっとも今は、そんな熱心な警サ察回りはいないかもしれないが。記者もどんどん人数が減ってきて、昔のように頻繁に所轄に足を運んで顔をつなぐこともしなくなっているようだ。多摩署は、多摩地区南部における重点署の一つなのだが。

「交通事故にでも遭ったみたいですね」

「襲われたんですよ」

藤尾が一瞬言葉を失い、まじまじと岩倉の顔を見た。冗談だと思ったのか、「またまた」と言って相好を崩す。

「いや、嘘じゃないですよ。ニュースで流れていないだけです。何だったら詳しく話しますけど」

「いや……本当なんですか？」急に真顔になる。

「こんなことで嘘をつく意味はありませんよ」

「説明はまたの機会に——署長室で話しましょう」

「署長は？」

「今日は方面本部の会議です」

うなずき、岩倉は慎重に立ち上がった。椅子から立ち上がる時が一番危ない。どうしても左足に体重をかける感じになるので、体が不安定に揺れてしまう。

藤尾に続いて署長室に入る。向き合ってソファに腰を下ろすと、岩倉は藤尾を素早く観察した。たぶん四十代半ばで、出世街道驀進中、という感じだろう。まだ若さの名残りが残る顔つきで、若い頃は童顔で苦労したのではないかと想像した。警察官は、基本的にオッサン顔の方がいいのだ。被害者たちから見たら、その方が頼りがいがある。

「田川さんから聞きましたけど、福沢のことですよね」

「彼は部下だった？」

「私が係長だった頃に、下にいました」

「変わり者だったと聞いてますけど……」

「まあ、刑事らしくはないですよね。いわゆるネットオタクですよ。でもそれは、悪いことじゃない。今の刑事は、ネット関係に詳しくないとやっていけないですからね」

「じゃあ、二課でも結構重宝してたんじゃないですか？」

「パソコン関係やネット関係で困ると、あいつに相談に行く、みたいな感じでしたよ」

「それで、刑事としてはどうだったんですか？」

「二課で、一番尊敬されるのはどういう刑事か分かります？」

「そりゃあ、ネタを持ってくる刑事でしょう」

藤尾がうなずく。突然、制服のポケットから煙草を取り出すと、さっと香りだけ嗅いでしまった。

「署内は禁煙ですよね」岩倉は指摘した。

「もちろん。そろそろやめようかと思ってるんですけどね。金もかかってしょうがない」藤尾が肩をすくめる。

「俺は、マイルドセブンの値上げでやめましたよ」四百円になったところで「やめようか」と初めて考えた。そこから数年かけて完全に禁煙した。

「なかなか辛い日々ですよ、喫煙者にとっては。岩倉さん、簡単にやめられました?」

「一ヶ月ぐらい苦しみましたけどね……それより福沢君の話ですが」岩倉は話を戻した。

「失礼」藤尾が拳を固め、その中に咳をした。「あいつのネタが事件に結実したことは一度もない。でもそれは、多くの刑事がそうですよ。怪しい情報は、毎日のように入ってきますけど、実際に事件にできるものは、本当に限られている」

「じゃあ、特に駄目な刑事だったわけじゃない?」

「査定は悪くはなかったですよ。あいつはあいつで、必死にいい情報を取ろうと頑張ってましたし」

「いい情報を取るということは、いい情報源を持つということですね」

「その通りです」藤尾がうなずく。「二課の情報源は様々ですけどね。先輩から引き継ぐこともあるし、情報源の方から警察に接近してくることもある。事件の捜査を通じてつながることも珍しくないですね」

「ライターとかはどうですか?」

「ああ……そうですね、それもあります」藤尾の声に疑念が混じった。「ただそれは、我々にとっての情報源じゃなくて、向こうから見てこっちが情報源という感じですよ」

「二課からネタを投げたりすることがあるんですか?」

「そういうことは、ゼロとは言えない。でも、決定的な情報は絶対隠しますよ」何となく言い訳めいて聞こえた。

「ライター側からネタをもらうことはあるんですか？　際どい事件の取材なんかをしているライターもいるでしょう」

「それもありますね。ただ、ライターが持ってくる情報というのは、意外に確度が高くない。そんなに確度の高い情報ばかりが集まってきたら、汚職や詐欺事件の記事で週刊誌のページは埋まってしまう」

「なるほど……福沢君は、そういうライターとのつき合いはあったんですか？」

「話は聞いたことがあるけど、名前までは知りませんね」

「つき合いはあったんですね？」岩倉は念押しした。

「しっかり事情聴取したわけじゃないですから確かなことは言えませんけど、そういうことはあったと思います」

「その辺、さらに詳しく知っている人はいませんか？　捜査二課の刑事が、自分の情報源を隠したがることは知ってますけど……仲のいい同僚には、そういうことも話すんじゃないですか？」

「いや、そういうのはねえ……」藤尾が腕を組んで首を捻る。「福沢は課内で上手く使われてたけど、友だちと言えるような人間がいたかどうか――ああ、そうか」

「誰かいますか？」

「同期ではなくて、後輩だな。よくつるんでいた人間がいますよ」

「まだ捜査二課にいますか？」

「いや、どうかな……私が出た時にはまだいたけど、今もいるかどうかは分かりません。出入りが多い部署だから、あまりチェックもしていられませんから」言い訳するように藤尾が言った。

「名前は？」

「富田玲花（とみたれいか）」

「女性刑事ですか？」

「ええ」

「つるんでいたというか、個人的な関係があったのでは？」

「私が知る限り、そういうのは――男女の関係はないと思いますよ」藤尾が否定した。

「なるほど、分かりました」岩倉は膝を打った。

「富田玲香をご存じですか？」

「実は、俺のリストに入ってます」

「そのリストは、田川さんのものですか？」

「それは申し上げられません。情報源を守るのは大事なんでしょう？」

途端に、藤尾が嫌な顔をした。この場合も情報源と言っていいかどうか……田川から連絡が回ってきているから、当然岩倉の情報源が田川だということは分かってしまっているのだが、大っぴらに話題にするのは気が引ける。

「では、どうも……お時間をいただきまして」

「役に立ちませんでしたね」

「そんなことはないです。まだ手がかりはつながっている」


また移動だ。車があればよかったなと思ったが、きついテーピングをほどこした右足首でアクセルを自在にコントロールするのは難しそうだ。

小田急線の多摩センター駅から電車に乗り、梅ヶ丘まで……会うべき相手、富田玲花は、昨年の秋、世田谷北署の刑事課に異動になっていた。事前に連絡を入れておいたのだが、こちらは藤尾ほど愛想がよくない。田川からは電話が入っていた様子だが、岩倉の訪問を歓迎していないのは明らかだった。

署では話をしたくないというので、場所を指定するように言っておいたら、電車に乗っている途中で、「署の裏手の公園で」とメッセージが入ってきた。そうか、確か世田谷北署の裏手は、かなり広大な区立公園だったはずだと思い出す。続いてメッセージが届き、公園内の図書館で、と訂正が入った。たぶん、広大な公園の中では、他に待ち合わせに適した場所がないのだろう。

昼前、現場到着。図書館の看板の横に、一人の女性が立っていた。年齢、三十代半ば。周辺は鬱蒼とした木立で、あまり雨も気にならないのだが、それでもしっかりビニール傘をさしている。少しでも濡れたくないタイプのようだった。

「ここでもいいですか？」名乗るより先に玲花が切り出した。「図書館の中で話してると、利用者の邪魔になりますから」

「どこかで飯でも奢ろうかと思ったけど」

「そういうのは、いいです。ちょっと抜け出してきただけなので、長居はできません」

「所轄も大変だ」

玲花がむっとした表情を浮かべる。揶揄されたとでも思ったのだろう。

「こちらへはいつ？」昇任したわけではないのに所轄に出たということは……本部では、上が納得するような実績を挙げられなかったのかもしれない。

「去年の秋です」

「久しぶりの所轄はどうですか」

「暇ですよ」玲花があっさり言った。「この署は、世田谷区内でも一番事件発生数が少ないんです。平和な街ですから」

「なるほど……それで、福沢君のことなんだけど」岩倉は本題に入った。

「岩倉さんが殺したんじゃないかっていう噂が広がってますよ」玲花が本気で怒った様子で岩倉を睨む。

「その件なら、嫌疑は晴れた」

「本当ですか？」

「昨日、捜査一課の取り調べを受けたよ。それで終わりだ。何だったら、確認してくれてもいい」大友は上手くやってくれただろうか。あれから何も言ってこないので、大丈夫だとは思うが。

「私は別に……岩倉さん、特捜に入ってますよね」

「ああ」

「何でまだ解決しないんですか？」玲花が詰め寄ってきた。さほど背は高くないが、表情が険しいので迫力はある。

「こういう事件がそう簡単に解決しないのは、君もよく知ってるだろう」

玲花が黙りこみ、拳に握っていた両の手をだらりと垂らした。何とか力を抜き、怒りを逃そうとしているようだが、表情のきつさは変わらない。

「一つ、確認させて欲しいことがある」岩倉は人差し指を立てた。

「……何ですか」

「福沢は、怪しいライターとつき合ってなかっただろうか」

「別に怪しいとは思えませんけど」

「ライターの知り合いはいた？　情報源にしているような」

「いました」玲花があっさり認めた。

岩倉は自分も拳を握り締めていたことに気づき、そっと手を開いた。これでようやく、糸が一本につながる……。

「名前は？」

「塩山（しおやま）——塩山貴明（たかあき）さんですね」

岩倉は、彼女が説明した字解きを頭に叩きこんだ。

「有名な人なのかな」

「週刊誌なんかに書いている人のようです。事件記事専門ですね」

「二課マターも取材するような人？」

「一課マターが多い人みたいですけど、対象は広いようです」

「つまり、二課の情報源としては相応しい人物だと？」

「そこまでよく知らないんですよ」玲花が首を横に振った。

「もしかしたら、あなたも面識がある？」

「ええ」玲花が認めた。「一度だけ会ったことがあります」

「情報源の共有ですか？」そんなことがあるのだろうか。

「そういうことじゃないんです。福沢さんが塩山さんと会っている時に、たまたま出くわして、紹介だけしてもらいました。名刺ももらいました。今どこにあるかは、分からないけど」

「探してもらうことはできるだろうか」

「家に帰れば分かるかもしれません。今は無理です」

「ぜひ探して下さい」岩倉は頼みこんだ。これは今のところ、唯一の手がかりになりそうな情報なのだ。「ちなみにあなたは、どういうシチュエーションで塩山さんと会ったんですか？」

「帝国ホテルのロビーです。五年か、六年前かな……私もそこで情報源と会う予定があって。その時に、福沢さんが塩山さんと話しこんでいて、私に気づいたんです」

　ホテルのロビーというのは、昔から刑事が情報源と会う時に利用されがちな場所だった。昭和の時代には、怪しげな総会屋やブローカーが集まって密かに情報交換していたり……常に人の出入りがあるから、誰と誰が会っていようが目立たないのだ。顔の売れている芸能人やスポーツ選手の場合はそうもいかないだろうが。

「わざわざ紹介するのは、何だかおかしな気もするけど」他人には情報源を紹介しない、という刑事がほとんどなのだ。

「福沢さんは、その辺はあまり気にしていなかったみたいですね。元々、そんなに秘密にしておきたい情報源でもなかったんだと思います」

「ライターならオープンにしても構わない？」

「そうかもしれません」玲花がうなずく。

「福沢は、あなたとは親しかったでしょう。だから紹介したんじゃないかな」

「そうかもしれません」

「あなたの印象では、どんな感じの人だった？」

「うーん……」玲花が黙りこむ。ゆっくり顔を上げると「不潔な感じですかね」と言った。

「不潔？」人に対する印象としては、最近はあまり聞かない言葉だ。

「何と言うか、服装がだらしなくて。今時、ユニクロで上から下まで服を揃えれば、そこそこ小綺麗な格好になるじゃないですか。でも、服のサイズが合ってないし、よれよれだし。小柄で結構太った人だったんですけど……あ、そうだ」

「何か？」

「春先で、Tシャツにジャケットという格好だったんですけど、中のTシャツのイラストが豚だったんですよ」

「豚？」

「リアルな豚です。写真のプリントだったのかもしれないけど、そういうセンスはちょっと……あり得ないですね」

「あなたは、ファッションには厳しい人なんだ」

「厳しくはないですけど、人の服は気にかかります。実家がセレクトショップをやっているので」

　この話はいくらでも広げていけそうだったが、本筋とは関係ない。岩倉はなおも、塩山という男の特徴を聞き出そうと質問を続けた。年齢——五、六年前の時点で三十代半ば。つまり福沢と同年配だろう。身長は百七十センチを切るぐらい、腹の出具合を見た限り、体重は八十キロはありそうだった。当時使っていたパソコンはマックブックエアー。

「ずいぶん記憶がいい」岩倉は思わず褒めた。刑事なら、それぐらいは見た瞬間に覚えるが、何年も経って思い出せるものではない。もしかしたら玲花も、特殊な記憶力の持ち主かもしれない。

「それでずいぶん、福沢さんにはうるさく言われましたけどね」玲花の表情が少しだけ緩む。

「記憶力の秘密を探りたいから、分析させろって？」

「何で知ってるんですか？」玲花が目を見開く。

「俺も被害者だからだ」

被害者が二人。しかし同じ嫌な思いをした人間が集まっても、話が弾むわけではない。嫌な記憶が蘇って——さらに補強されるようだった。

4

その日の夜九時、岩倉は一つの結論に達した。福沢は、捜査二課時代に情報源にしていた塩山というライターとの関係を、復活させようとしていた——いや、ずっとつながっていたのを、さらに強固なものにしようとしたのかもしれない。様々な証言を総合すると、やはり捜査二課への復帰を狙っていたようで、そのための下準備だったらしい。

塩山か……検索してみると、ツイッターもフェイスブックもやっていて、ブログも書いているのが分かった。どれもログは膨大な量で、全てを分析するにはかなりの時間がかかりそうだ。基本的には、自分が書いた記事の紹介などが中心だったが、時に社会事象に対して毒を吐いている。とはいえさほど過激ではなく、それで炎上したことはないようだった。

現在のネットでの主戦場はツイッターのようで、フォロワー数は一万人を超えている。週刊誌中心に書いているライターとしては、なかなかの人数ではないだろうか。ただし、最後のつぶやきは五月の連休明けで、その後はほぼ一ヶ月、沈黙したままだった。

何かあったのだろうかと訝ったが、こういうのは気軽に始められて気軽にやめられるのがメリットでもあるのだろう。気が変わって、急につぶやかなくなってもおかしくはない。使わないならアカウントを消してしまえばよさそうなものだが、情報収集のために残しておいたのかもしれない。

さて、ホテルを確保しないと、と思って検索を始めた瞬間、玲花から電話がかかってきた。

「名刺が見つかりました」

「助かります」

岩倉は彼女が告げた住所、携帯電話の番号、それにメールアドレスをメモした。それぐらいは覚えてしまえるが、今回は重要な情報だから念のためだ。

「早く犯人を捕まえて下さい」昼間とは打って変わって丁寧な口調で、玲花が言った。

「もちろん、そのつもりだ」

「福沢さんとはそんなに仲が良かったわけじゃないですけど、やっぱり気分はよくないです。自分で捜査できればいいんですけど、それは許されないし」

「代わりに敵討ちしておきますよ」

宣言して岩倉は電話を切った。早速、塩山の携帯に連絡を入れてみる。つながらない……電源を切っている様子だ。二度かけても反応がないので諦め、自分のスマートフォンに塩山の名前を登録する。次いでメールを送ってみた。こちらも「待ち」だ。

さて、後は今夜の宿か。昨夜泊まったホテルのすぐ近くにある、別のホテルを予約する。そう言えば食事も取っていない。この時間からだと、食べられる場所は限られるかな……怪我していて、しかもかなりの距離を歩いてエネルギーを消費したはずなのに、何故かこの時間までまったく腹が減らなかった。人間の体とは不思議なものだ。

ロッカーから、泊まり用に用意してきたバッグを取り出し、刑事課を後にする。三階から一階に降りるのにエレベーターを使うのは情けないが、階段を降りる時に、右足首に一番ダメージがくるのは分かっていた。何も無理に階段を使って、体をいじめることもあるまい。

エレベーターを待っている間、塩山という人間について調べるために、話を聴ける人間がいるのを思い出した。決して友人ではない。互いに情報源とも言えない。ある意味一触即発の関係ではあるが、一つだけ共通しているのは互いにプロだ、ということだ。自分の利益になることだと判断すれば、向こうも手を貸してくれるだろう。ただし今回の件で、先方にメリットがあるとは思えない。

しかし今のところ、これが一番の近道のようだ。手っ取り早く済むなら、それに越したことはない。

『週刊ジャパン』編集部に電話を入れたが、編集長の脇谷は不在で、今日は編集部には戻らない予定だという。総合週刊誌の編集長というのも何かと忙しく、誌面作りに全責任を負うほか、外の人と会うことも多いらしい——ということを、岩倉は娘の千夏から聞いていた。出版社でバイトを始めて以来、千夏はこの業界に興味津々なのだ。千夏自身の今の仕事は実用書の編集アシスタントで、週刊誌の編集部に出入りすることはないようだが、同じ社内にいれば、色々と話を聞くものだろう。

名乗っても問題ないだろうと判断し、電話があったことを伝えておいて欲しい、と頼む。ホテルの部屋に入ってから、一応メールも送っておいた。

翌朝、目覚めると同時にスマートフォンが鳴った——いや、スマートフォンの呼び出し音で眠りから引きずり出された。画面を見ると、「脇谷」の名前が浮かんでいる。

「おはようございます」脇谷の声は朗らかに元気だった。

「どうも」寝起きで、機嫌よく返事はできない。

「寝てましたか」

「今起きたところで――」

体を捻って、ベッドについた時計を見ると、ちょうど朝七時である。電話の向こうで脇谷がかすかに笑った。

「たまに朝イチの電話で人を叩き起こすのも気分がいいですね」

「あなたに嫌がらせをされるいわれはないと思うけど」

「それは、意識が低過ぎます。岩倉さんとの関係は、プラスマイナスで言えばこちらのマイナスですよ」

子どもか、と岩倉は呆れた。利害が絡む人間関係は、単純にプラスマイナスで計算できるものではないのに。しかし、この嫌がらせは甘んじて受け入れようと思った。これからお願いごとをするのだから、少しでもマイナスを減らしておかないと――いや、それこそプラスマイナスの話ではないか。

「ちょっと教えてもらいたいことがありましてね」

「そういうことだろうと思いましたけど、何ですか？」

「塩山貴明さんというライターをご存じですか」

「知ってますよ。うちにも書いてもらったことがあるし。なかなか腕のいい事件記者ですよ」

「面識はありますか？」

「私はないですけど、編集部の中には知っている人もいます」

「そういう人を紹介してもらえませんか？　塩山という人について知りたいんです」

「何か事件絡みで？」訊ねた後で、脇谷が「もしかしたら、国立の警官殺し？」とつけ加えた。

「そういうことです」

「そうか、あの事件、岩倉さんの管轄なんですよね。今週号で、短い記事を出しますよ」

「何かまた、世間をざわつかせるような内容でも？」『週刊ジャパン』の記事は常に要注意だ。

「ないですよ。ま、被害者が警察官にしては金持ちだったことは書きますけど」脇谷が笑った。「むしろ、岩倉さんからネタがもらえるなら大歓迎です」

「ネタになるかもしれない。ただ、今書かれると困るけど」

「今じゃなければいいんですか？」

「そちらからいい情報がもらえれば、こっちも最優先で流しますよ」

「だったら構いませんよ。どこかで会いますか？」

「御社へ伺ってもいいけど」

「相変わらず自由ですね、岩倉さん」

「自由？」

「刑事さんが出版社を訪ねて来ることなんて、まずないですから……いいですよ。お待ちしてます。何時ぐらいにしますか？」

「そちらの都合に合わせますよ？」

「だったら、十一時で」

「出版社は、朝が遅いですね」岩倉はつい皮肉を飛ばした。

「私は早いんですけどね。ショートスリーパーなもので……四時間も寝れば十分です」

「今はいいけど、もう少し歳を取ったら体にガタがきますよ」

「ご忠告、どうも」

笑いながら脇谷が電話を切った。相変わらず摑みどころがないというか……飄々としているが、いきなりシビアな面も見せるので、なかなか扱いにくい。瞬時に判断して態度を変えられないと、週刊誌の編集長などやっていけないだろうが。

一度署に行って、末永と話した。

「編集部に乗りこむのに、一人で大丈夫ですか？」いかにも心配性の人間らしく、岩倉の報告を聞いた末永の第一声はそれだった。

「乗りこむわけじゃないから、心配いりませんよ。あくまで話を聴くだけです」

「だったら、この件はガンさんに任せていいですね？」

「もちろん。それで、いい感触だったら、少し人を投入して一気に調べるという感じでどうですか」

「そうしましょう」

「今のところ、他の手がかりはないんですか？」

「残念ながら」末永が首を横に振った。

　時間に少し余裕があるので、途中、病院に寄って額のガーゼを替えてもらった。傷はほぼ塞がりつつあるようだったが、まだ二、三日は頭を洗わない方がいい、と言われる。傷の痛みはほとんどないのに……今は頭を洗えないことが辛い。

『週刊ジャパン』を発行している出版社には、去年も乗りこんだことがある。ややこしい事件の後始末のためだったが、脇谷はその時、鷹揚な対応を見せた。なかなかの人物──肝が据わっている。今回は、『週刊ジャパン』には直接関係ないことだから、もう少し気楽に行けるだろう。

　十一時ちょうどに受付に行き、脇谷を呼び出してもらう。受付の女性は脇谷と話した後で立ち上がり、ロビーの奥にある打ち合わせスペースに岩倉を案内した。衝立で区切られた同じようなブースが並んでいる。完全に個室になっているわけではないが、一応、中で話していることが外に漏れる心配はないだろう。

　五分ほど待たされた。しかし脇谷は、特に謝るわけでもなく、平然とした表情で入って来る。相変わらず、何の特徴もない男だ。初対面の人は、別れて五分後に忘れてしまいそうな顔。刑事にスカウトしたいな、と岩倉は思った。こういう顔は、張り込みや尾行に向いている。対象に覚えられてしまう恐れが極めて低いのだ。

　今日はもう一人の男が一緒だった。こちらは脇谷と違って目立つ——とにかくでかい。身長はたぶん、百八十五センチ。しかも体を徹底して鍛えているようで、黒いポロシャツの袖や胸ははち切れそうになっていた。現役のアスリートと言っても通用しそうな感じだが、髪には白髪が目立つ……年齢がまったく読めない。

「副編集長の堤です」脇谷が紹介した。「立川中央署の岩倉さん。怖い人なので、用心して話をして」

「堤です」ごつい体格に合った太く低い声で堤が挨拶する。

「お時間いただいて、ありがとうございます」礼を言ってから、岩倉はさっそく本題に入った。「今捜査中の案件で、ライターの塩山さんに話を聴きたいと思っています」

　二人が無言でうなずく。会話を転がすよりも、できるだけこちらに喋らせて、情報を引き出そうと考えているのかもしれない。今のところ、いくら喋っても向こうにネタを与えるとは思えないが。

「塩山さんの連絡先は分かっています。まだ連絡は取れていませんが」

　留守番電話、メールそれぞれに返信がない。無視しているのか、返信できない状況なのかは分からない。もちろん、今は別の電話、メールアドレスを使っている可能性もあるが。危険な取材をする人は、リスク回避のために、頻繁に連絡方法を変えているのかもしれない。

「最近、塩山さんは『週刊ジャパン』とは仕事をしていないんですか？」

「最後、あれだったよな。二年前の違法献金事件」

脇谷が、堤に話を振った。堤は無言で腕組みしたまま、首肯する。どちらが上司か分からない感じだった。脇谷が自ら説明する。

「二年ぐらい前に、民自党の幹事長に対する違法献金が立て続けに発覚したことがあったでしょう」

「確か、『週刊ジャパン』が火つけ役で」

「残念ながら、辞任に追いこむこともできませんでしたけどね」

最近、政治家は滅多なことでは辞めない。どんなスキャンダルを突きつけられても、取り敢えず謝ってしばらく大人しくしているだけで終わりにしてしまう。政治家が図々しくなった——倫理観が薄れたのか、マスコミ側が用意するネタが弱いのかは分からない。そもそも違法な献金というと、政治資金規正法違反になるケースがほとんどで、たいていは「記載漏れ」「ミス」という言い訳で済んでしまうのだが……実際には、見返りを期待して賄賂を渡したとしても。

「その記事、三週にわたって出たんですけど、それが最後でしたね」

「最後ということは、もうつき合いがないんですか」

「そんなことはありません」堤が口を開く。「彼は優秀です。ただ、たまたま向こうからネタを持ちこんでくることもなかったし、こちらから頼むような仕事もなかった、というだけです。こういうのは、単に需要と供給の関係なんですよ」

「関係が切れたわけではなかったんですね」

「仕事はなかったんですけど、私は時々呑んでましたよ」

「担当ということで？」

「一緒に呑んで情報交換するのも仕事なので」

「最後に会ったのはいつですか？」

堤が手帳を開く。縦長の黒い手帳は、彼の手の中にあると名刺のようなサイズにしか見えなかった。

「一ヶ月ほど前、ですね」

「その時は何の話を？」意外に近い、と思いながら岩倉は訊ねた。

「特に内容はありません。しばらく会っていなかったので、久しぶりに会って呑もうとなっただけで」

「その時、特に変わった様子はなかったですか？」

「それは――」堤が口を閉ざす。「変わった様子というか、怯えていましたね」

「怯える？　それは尋常じゃないですよ」岩倉は指摘した。

「誰かに追われている、と言ってました」

「ライターさんが、そんな危ない目に遭うこと、あるんですか？」

「ないこともないですね。ヤバいところに首を突っこんでしまうことだってありますから。暴力団とか半グレの連中の取材は、やっぱり危険ですよ」

「今回も、そういうことですか？」

「いや、内容までは聞いてません」

「それであなたは、何かアドバイスを？」

「本当に危険だと思ったら、家に防犯カメラをつけるように、と言っておきました。それと、遅い時間の取材は避けるように――昼間なら、襲われることはまずないですからね」

気をつけるといっても、それぐらいしかできないのは仕方がない。ライターだったら、取材でどこへでも行って誰にでも会わねばならないだろうから、自分の都合だけではやっていられないはずだし。

「相当怯えた感じでしたか？」

堤が一瞬黙りこむ。それまで、剝き出しの太い腕をアピールするようにずっと腕組みをしていたのだが、ここで初めて腕を解いた。

「今思うと、かなり怯えていたかもしれません」

「警察に駆けこむぐらいに？」

「我々が、そんなに簡単に警察に助けを求めたら駄目でしょう」

「しかし、命が第一ですよ」

「塩山さんが殺されたとでも言うんですか？」

「そういう意味じゃありません」

勘のいい人間はいるものだ。岩倉もそうだが、尾行や監視をされるとすぐに気づく。塩山もそういうタイプだったのかもしれない。

「塩山さんは、警察の助けを求めるほどには怯えていなかった、ということですか」

「まあ……」堤が嫌そうな表情を浮かべた。「かなり酔っ払った時に出た話なので、本気だったかどうかは何とも言えませんが」

「そうですか」岩倉は話題を変えた。「最近、塩山さんがどんな仕事をしていたかはご存じないですか」

「何かはやってましたよ」

「具体的には？」

「それは言わなかった。うちじゃなくて、他社の仕事だったんでしょうね。彼はフリーだから、どこで仕事をするのも自由です。ライバル誌の仕事をしていたら、絶対に話しませんよ。それが仁義です」

「なるほど……塩山さんは、どんな人でしたか？　例えば、ヤバい連中と深い関係を持っていたりとか、本人がかなり危険な人間だとか」

「優秀なライターです」堤が怒ったように言った。「それ以上でもそれ以下でもない」

岩倉はさらに質問をぶつけ続けたが、結局それ以上の情報は出てこなかった。途中から堤が何度もスマートフォンを見て時間を気にするようになったので、最後に自分が摑んでいる塩山のスマートフォンの番号とメールアドレスを確認する。編集部が把握しているものと同じで、これは変わっていないはずだと堤が請け合った。塩山は基本的にしっかりした男なので、連絡先が変わる時は必ず一報を入れてくるという。

「じゃあ、すみませんが」堤が、今度は腕時計を見て立ち上がった。

「お時間いただきまして、ありがとうございます」岩倉は丁寧に礼を言った。

「いえ」

素早く一礼して、堤が去って行く。何故かその場に残った脇谷が、体を揺らしながら岩倉の顔を見た。

「で？」

「で、とは？」

「塩山さんが何をしたんですか？」

「まだ分かりません」岩倉は首を横に振った。

「でも、そっちの殺しの関係なんでしょう？」

「関係しているかどうかも言えませんね……少しでもつながりがありそうなことは、調べておかないと気が済まないだけですよ」

「ふうん」脇谷が顎を撫で、さらにしつこく迫ってきた。「被害者と何か関係があるんですよね？」

「捜査二課時代につき合いがあったらしい」これぐらいは言っていいだろうと、岩倉は明かした。

「塩山さんの情報源かな」

「こっちは逆だと見てるけど」

「塩山さんが、そちらの刑事さんの情報源？」脇谷が首を捻る。「まあ、あり得ない話じゃないか」

「お互いに情報交換、というところじゃないですかね」

「なるほど」

「塩山さんが、ヤバい相手とつながっている可能性もあるでしょう？　優秀なライターほど、そういう相手とも上手くつき合って情報を収集する」

「そういうことはありますね」脇谷がうなずいた。「この件、まだ調べるつもりですか？」

「塩山さんと連絡が取れないので。取り敢えず、家は訪ねてみるつもりですけど」

「――塩山さんとつき合いのあった人間についても、知りたいですよね」

「先回りされた」岩倉はニヤリと笑ったが、次の瞬間には真顔にならざるを得なかった。

「借りが大きくなりそうだな」

「だから、何が起きているのか分かった時に真っ先に教えてもらえれば、それで十分ですよ」

「プラスマイナスで考えると？」

「まあ、いいじゃないですか」

「あまりにも鷹揚だと、怖いな」岩倉は両手を軽く広げた。

「取り敢えず、また連絡します。それとも、待ちますか？」

「待ちます」

岩倉は即座に言った。脇谷が苦笑しながら立ち上がり、「せっかちな人ですね」と言い残して去って行った。

話している間に、何通かメールが届いていたのが分かっている。同じ人間からだとしたら、かなり緊急性が高いはずだ——しかし脇谷が席を外している間に確認すると、いずれも単純な業務連絡のメールだった。返信の必要もなし。

十分後、脇谷が戻って来る。立ったまま、折り畳んだ一枚のメモを渡した。

「後で確認して下さい」

「どうも。そのうち、飯でも食いましょうか」この借りは早く返しておきたい。

「何だったら、今からどうですか」脇谷が腕時計に視線を落とす。手首の幅よりも大きそうな、派手なクロノグラフだった。「もう、早昼の時間ですよ。たまにはこの辺で、脂分たっぷりのハードな昼飯はどうですか？　奢ってもらえたら、今回はプラスマイナスゼロで構いません」

「これは千円ぐらいの情報かな？」岩倉はメモを振ってみせた。

「それがいずれ、一万円、十万円になるかもしれませんよ」脇谷が真顔でうなずいた。

まず、千円のランチで胃にダメージを受けた。脇谷が勧めてくれた老舗のトンカツ屋に行ったのだが、ランチでもロースカツは巨大で、しかもたっぷりの量のスパゲティがついていた。女性ならこれだけで昼食代わりになりそうで、残すことをよしとしない岩倉は何とか全て平らげたが、午後一杯、膨満感に悩まされるのは明らかだった。しかし脇谷は平然と——満足そうにしている。やはり、日本一の部数を誇る週刊誌の編集長ともなると、胃袋も頑丈なのだろう。健啖であることは、健康の第一条件だ。

脇谷と別れて、岩倉はすぐに塩山の自宅に向かった。今日は雨は降っていないが、梅雨の合間で一気に晴れ上がり、最高気温は三十度を超える予想が出ている。右足を引きずりながらだと、なかなかきつい環境だ。電車を二度乗り継ぎ、塩山の自宅の最寄り駅に辿り着いたのは午後一時半。岩倉には馴染み深い大田区だが、この辺は所属していた南大田署ではなく、隣の所轄の管轄だ。しかし何度か歩いたことがあり、土地勘がないでもない。東急池上線の長原駅と都営浅草線の西馬込駅との中間ぐらいの位置……学研通り沿いにある古いがかなり大きなマンションで、近くにはスーパー、コンビニ、ファミリーレストランなどが並んでいて、いかにも生活に便利そうだった。

マンションに入る前に、ハンカチで額の汗を拭う。先ほど食べたロースカツは、まだまったく消化されないまま、胃の中で自己主張していた。

古いマンションなので、オートロックではない。塩山の部屋である二階の二〇三号室へ行く前に、ホールの郵便受けを確認した。鍵がかかっていて、暗証番号がないと開けられない。隙間から覗きこんでみると、ダイレクトメールなどで一杯になっているのが分かった。そこに岩倉は、かすかな違和感を覚えた。社会派のライターなら、新聞ぐらいは取っていそうなものである。しかし新聞はなく、ダイレクトメールだけが大量に入っている……もしかしたらどこかへ長期取材に行っていて、新聞は止めている可能性もある。

管理人室があったので、小窓から覗きこんでみたが、中に人はいない。後で確認することにして、岩倉はエレベーターで二階に上がった。体全体の状態を見ると、額の怪我はほとんど気にならなくなっているが、右足首がまだきつい。やはり、毎日歩き回っていて、足を休められないからだろう。朝方自分で巻いたテーピングが緩んできているのも不快だった。

ドアの前に立ち、ラテックス製の手袋をはめる。まずインタフォンを鳴らしてみたが、反応はない。ドアハンドルを引いてみると、しっかり鍵はかかっていた。しかし、電気のメーターは回っている。長期にわたって家を空けている感じではない。

しばし迷った末、岩倉は名刺に「連絡を下さい」と短くメッセージを書きこんで、ドアの隙間に挟みこんだ。かなり深く入ったので、ちょっとした風などで吹き飛ばされる恐れはないだろう。しかしドアを開ければ落ちて、確実に気づく。

一階に戻ると、作業服を着た、明らかに管理人と分かる初老の男がホールを掃除していた。近づき、名札を確認する。堀本(ほりもと)。

「管理人さんですか」岩倉は声をかけた。

堀本が顔を上げ、眼鏡の奥の目を細める。髪はすっかり真っ白になっているが、まだ腰が曲がるほどではない……管理人の仕事で普段から体を動かしているから元気なのではないか、と岩倉は想像した。身長は百六十五センチほどと小柄で、動きはキビキビしている。

「はい？」声は甲高かった。

「警察です」岩倉はバッジを示した。「すみませんが、二〇三号室の塩山さんのことでお話を聴かせてもらえませんか？」

「塩山さん……ああ、はいはい」堀本がうなずく。

「顔と名前は一致しますか」

「ええ。そんなに大きなマンションではないですから」

岩倉の感覚ではかなり大きなマンションなのだが、ずっとここで仕事をしている人なら、住人の顔と名前ぐらいは覚えているものかもしれない。

「立ち話もなんですから、座りませんか」

岩倉はホールの片隅にあるソファに向けて手を差し伸べたが、堀本は「そこは住んでいる人が使うものですから」と拒絶し、管理人室に入るように促した。妙に律儀な感じだが、岩倉としても住民の目を気にせずに話ができる方がありがたい。

管理人室というよりコクピットだな、と岩倉は思った。ホールの方を向いた窓に向かってカウンターがあり、小さな椅子が置いてある。その背後には大きなファイルキャビネットとロッカーがあって、人が自由に動き回れるスペースもない。堀本は持っていた掃除機をロッカーにしまった。中には箒やモップ、バケツなどの掃除用具が入っている。

「昼飯はどうするんですか？」岩倉は思わず訊ねた。このカウンターに向かって食事をしていたら、出入りする人から丸見えになってしまう。

「十二時から一時間は休憩なんですよ。どこかへ食べに行ったり、近くの公園で弁当を食べたりします」

「二十四時間管理じゃないんですか？」

「いや、私は九時五時です。サラリーマン時代と同じですよ」

「お勤めだったんですか？」

「不動産関係です」

「その関係で、こういうマンションの管理人をされている？」

「再就職みたいなものです……それより、すみません、座る場所もないんですよ」

「立ったままで構いません」とはいえ、あまりにも狭い。堀本も立ったままで、二人の間の距離は五十センチほどしかなかった。明らかに互いの領域を侵している感じである。

「塩山さんを探しているんですが、家には戻っていないようですね」

「どうですかね」堀本が首を捻る。「いらっしゃるかいらっしゃらないかは分からないけど……いや、いないかもしれませんね。このところ顔を見ていないし、新聞がね」

「さっき郵便受けを覗いたんですけど、新聞は入っていませんでしたよ」

「塩山さん、確か二紙取ってたんですよ。いつも郵便受けからはみ出して大変だったんですけど、それがもう完全に一杯になってしまってね。夕刊を配達に来た若いバイトの人が困ってたので、私の方で塩山さんに連絡したんですよ」

ずいぶん親切――親切過ぎる気がする。郵便受けに新聞が溜まってしまうことは、そんなに珍しくもないだろう。そういう場合、販売店は単に配達を止めるはずだ。未配の分は取り置きしておいて、後から連絡があればまとめて届けるようにしている――南大田署時代、捜査で聞き込みした新聞販売店の店主から、そのように聞いていた。

「わざわざ連絡してあげたんですね」

「バイトの子で、どうしていいか分からない様子でしたから。でも、家の電話も携帯もつながらなかった」

「それ、いつ頃の話ですか」

「一ヶ月ぐらい前かな。バイトの子がおろおろしていたんで、よく覚えてますよ」

これだけ記憶がはっきりしているのだから、堀本の言葉は信用してよさそうだ。

「こういうこと、よくあるんですか？　塩山さんは頻繁に家を空けるんですか？」

「いや、新聞が何日分も溜まったりしたことはなかったと思いますよ」

しかしダイレクトメールの溜まり具合を見ると、塩山が長期間家を空けているのは間違いないようだ。その期間、一ヶ月と判断する。

「塩山さん、ご家族は?」

「お一人だと思いますよ」

「訪ねて来る人はいますか?」

「どうですかね。一々チェックしているわけじゃないから、分かりません。もちろん、怪しい人は通しませんけどね」

「とにかく、夜に誰か出入りしていたら分かりませんよね。ここ、防犯カメラはありますか?」

「ええ。ただし古いタイプなので映像は粗いし、そんなに長く記録もできないみたいです」

「一ヶ月前だとどうですか?」

「それは残っていないと思います」

はっきりした情報がない。今のところ、塩山は家にいない「らしい」としか分からなかった。岩倉は質問を変えた。

「塩山さん、どんな人でした?」

「ライターさんでしょう? 週刊誌なんかに書いてましたよね」

「本人がそんなこと、言っていたんですか?」ライターは、あまり自分の職業を喧伝しないような感じがするが。

「いえいえ、私が週刊誌を読んでいてたまたま名前を見つけたんです。その後ここでお会いしたんで、『週刊誌なんかに書いてるんですね』って言ったら、照れ臭そうに笑ってましたよ」

考えてみれば、ライターの影響力も小さくはないはずだ。『週刊ジャパン』のように毎週数十万部単位で発行されている雑誌なら、それだけの数の読者がライターの名前を見ることになる。ただし、そうなると取材などがしにくくなるから、あまり目立たないようにしているのも普通の感覚のはずだ。

「話はよくしたんですか？」

「塩山さんの記事を読んだ時には、そのことを話したりしましたけど、塩山さんは忙しい人ですからね。そんなにゆっくりと話したことはないですよ」

「どんな人でした？」

「静かな人ですね。週刊誌に記事なんか書く人は、精力的なのかと思っていましたけど、そうでもないんですね。話し方も静かで、丁寧で」

「このマンションで、何かトラブルはありましたか？」

「そんなことは一度もないです。ゴミの出し方なんかで揉めることもあるんですけど、そういうのも一回もなかったですね」

ごく普通の大人しい住人ということか……東京で一人暮らしをする人の多くはルールを守り、近隣の住人とトラブルを起こさないようにしながら静かに暮らしているものだ。それは岩倉も普段から心がけている。多少面倒なことがあっても、近隣とトラブルを起こすよりはましだ。

「もしも塩山さんの姿を見かけたら、連絡してもらえますか？　何時でも構いませんので」

「いや、私の勤務は平日の九時五時ですから。皆さんと同じですよ」

「分かりました。でも、気づいた時にはいつでも構いません」

最後まで愛想の良さを崩さなかった堀本に丁寧に礼を言い、マンションを出た。少し休憩したいな……近くにあるファミレスに入り、コーヒーだけ頼んだ。そう言えば、娘の千夏が小さかった頃は、よくファミレスに来たものだ。ドリンクバーを頼んだ千夏が、様々なドリンクを混ぜ合わせているのを見て驚いたことがある。自由に飲んでいいのだから、こういうやり方もありだろうが、美味いかどうかは飲んでみないと分からない。コーラと紅茶を混ぜた時には涙目になっていたが、元妻が無理に全部飲ませた。実験の結果は、すべて自分で受け止めないと――理系の人間の考えは、やはり文系には理解できない部分がある。そもそもドリンクバーは実験ではないのだから。思えばあの時、妻と自分の考え方のずれを、初めてはっきり意識したのだと思う。

「性格の不一致」は離婚の大きな原因だとよく言われるが、自分たちの場合は「文系と理系の不一致」だったのかもしれない。元妻は、何にでも原因と結果を求めるし、全てを完全にコントロール下に置かないと満足できなかった。岩倉は、人間にはできることとできないことがあると思っていて、無理に努力はしない。それが元妻からは「いい加減な人間」に見えたのだろうし、岩倉からすると元妻は「計画通りにいかないと爆発する激しい人間」だった。生真面目な人間といい加減な人間の違いとも言えるが、一度それが気になり始めると、他のこともどうにも我慢できなくなってきた。

岩倉が家を出て、離婚の話し合いが始まったのは、娘の千夏が中学生の時だったが、実際に離婚するまでには、それから四年ほどの歳月がかかっている。千夏が通っていたのは中高一貫の私立校で、「両親が離婚すると内申点が悪くなる」という噂がまことしやかに流れていた。当時は内部からの系列大学進学を目指していた千夏のために、「高校在学中は離婚しない」と決めたのだった。ところが千夏は、エスカレーター式の進学をやめて、元妻が教授を務める城東大に進んだ。

親の心子知らず？　いや、結局は親の勝手な希望と思いこみだったということか。今の千夏は生き生きと大学に通っているし、岩倉も離婚成立で気楽な一人暮らしを楽しんでいるから、全員がハッピーだ。いや、元妻がどう思っているかは分からないが。

ファミレスでドリンクバーを見ただけで、こんなことまで思い出す。人間の記憶とは実に不思議だ。元妻が、興味を持つのも理解できる——ゆっくり首を振って苦いコーヒーを飲み干したところで、スマートフォンにメールが届いた。念のためにと作った仮のメールアドレス。送ってきたのは末永だった。

国立の案件、防犯カメラの解析で容疑者候補浮上。岩倉さんを尾行していた黒子の男と酷似。確認願います。

画像が添付されているが、スマートフォンの小さな画面では何とも言えない。もう少し解像度を上げるとか、切り取って拡大するとかしてくれないと……文句を言いながら、岩倉は店を出た。これはすぐに、確認しないといけないことだ。

第四章　消えた男

1

　立川中央署に戻った時には、午後遅くになっていた。これまでしばらく特捜本部を避けていたが、こうなると顔を出さざるを得ない。会議室に飛びこむと、捜査一課の刑事たちが冷たい視線を送ってきた。末永が黙って立ち上がり、会議室の片隅に岩倉を誘導する。そこには大型のモニターが設置されていた。

「でかい画面だと、それなりに分かりますよ」

「見せて下さい」

　末永が、傍（そば）に置いたパソコンを操作した。すぐに大画面にカラー写真が大写しになる。少し画素は粗いものの、顔まではっきり見て取れる。

「間違いないですね」岩倉は即座に断じた。「鼻の形、それに何より黒子の位置が完全に一致している」

「福沢さんのマンションから少し離れたコンビニの防犯カメラに映っていたものです」末永が説明した。「残念ながら、今のところこれ以外に確認できている映像は、一ヶ所だけです。そちらは、ここまではっきりと顔は映っていない」

末永がもう一枚の写真を見せてくれたが、うつむいているので顔は確認できない。ただ、先の写真と服装は同じだった。この状態でもまだ、容疑者と断定するには弱い。犯行時刻前後に現場付近で何度も映っていれば、「近くにいた」ということで容疑が一気に深まるのだが……今回、SSBCが複数の防犯カメラの映像を抜き出して「容疑者候補」とし、それを見た末永が、岩倉を尾行していた人間との共通点に気づいた、ということだろう。岩倉は「完全に同一人物だ」と断言できるが、だからといってすぐに捜査が進むわけではあるまい。

「他には、映像が残っている人間はいないんですか」岩倉は訊ねた。

「残念ながら、今のところはないですね」

「もう一人——俺を襲った人間が分かれば、もう少しはっきりした推理ができそうだけど」

「しかし、襲撃者の方は人相もはっきりしないじゃないですか」

末永の指摘する通りだ。岩倉は、一度見た相手の顔は忘れないが、それは「しっかり見て」こそである。襲撃された時は、相手と正面から対峙したのだが、慌てていたし、顔の特徴を正確に頭に叩きこめるほど長い時間見ていたわけでもない。そもそも相手はマスクとサングラスで顔を隠していた。彩香が見ていたのは基本的に背中である。

　自分に八神佑（やがみたすく）のような能力があれば、と思う。元々捜査一課の刑事で、今はＳＣＵ（特殊事件対策班）のスタッフである八神は、異常な「目の良さ」が持ち味だ。他人が気づかない動きを瞬時に見つけ出し、手がかりにしてしまう。視力が良い上に、動体視力が群を抜いているのかもしれないが、それだけでは説明できない能力だ。それこそ、元妻や福沢が興味を持ちそうなことだろう。昔だったら、興味の対象を八神に向けて自分は逃げる――と考えたかもしれないが、福沢亡き今、元妻が警視庁と組んで研究をすることはなさそうだ。彩香の聞き取り調査でも、そのようなニュアンスが感じられたという。

「この件、どうします？」末永に訊ねる。「防犯カメラに映った男は、どういう扱いをするんですか」

「一応、容疑者候補です。こいつを追っていくことになりますね」

「俺の方はどうしますか？　尾行していた相手として、他の刑事にも教える？」岩倉は声をひそめて言った。

「こうなると、言わざるを得ないでしょうね」末永がうなずく。「何らかの形で関係している可能性もありますから」

「じゃあ、今夜の捜査会議で俺が説明しましょうか」

「大丈夫ですか？」末永が目を細める。

「捜査一課の俺に対する疑惑は？」

「一応、今はないということで……大友がそういう結果を報告したようです」

テツ、上手くやってくれたな——安心し、岩倉はうなずいた。未だに捜査一課の刑事たちが疑わし気な視線を向けてはくるが、今後、正式に追及されることはないだろう。だったらこちらは堂々と動き回っていてもいい。

特捜本部に復帰だ。

夜の捜査会議で、岩倉は一連の事情を説明した。二度尾行されたこと。最初に自分を尾行した男が、福沢の家の近くで防犯カメラに映った男とよく似ていること。二度目の尾行では相手から襲撃され、負傷したこと——負傷しているのは頭の包帯を見れば明らかだが、それでも岩倉が自分で説明したことで、会議室の空気が少し変わった。

かすかだが、同情されている。

そして、福沢の人間関係に関する調査で、また空気が一変した。今度はやっかみ——自分たちがつき止められなかったことを、勝手に動き回っていた岩倉が発見したのだから、自信を持って動いている刑事たちがむっとするのは当然だ。

報告を終えると、岩倉は会議室の一番後ろに座った。これからは、疑惑の目で見られることはあるまい。しかしまだ、ぎこちない空気を感じていた。前の方に座ると、他の刑事たちの視線を背中に浴びることになるのが辛い。

捜査会議では、今後現場付近での目撃者探しに重点を置くことが決められた。刑事の三分の二が、その聞き込みに集中する。残る三分の一は、福沢の捜査二課時代の情報源探し。捜査二課に正式に協力を依頼し、広く情報を求めていくことになった。一課の刑事が大挙して二課に乗りこみ、事情聴取する——前代未聞の光景になるだろう。

岩倉は熊倉恵美と組んで、さらに塩山について調べるように指示を受けた。末永は「何かが怪しい」という岩倉の勘を信じてくれた。どうにも頼りない感じのあるこの課長だが、「部下を信じる能力」には長けているようだ。実は、これがなかなかできないのだが……取り敢えず、こちらの勘を信じて賭けてくれるだけでもありがたい。逆にこちらの言うことをまったく信用せず、難癖をつけてくる上司もいるのだ。もっとも今は、岩倉がどこへ行っても「年下の上司」がほとんどである。扱いにくい人間になってしまっているだろうな、と思う。

捜査会議が終わった後、岩倉は特捜本部の弁当をもらった。冷えた幕の内で、中身は貧相だったが、昼にボリュームたっぷりのロースカツを食べていたから、これぐらい質素な方がいい。

ペットボトルのお茶を持って、隣に恵美が座った。

「ガンさん、いったい今まで何してたんですか？」

そう言えば、彼女も自分の動きを知らなかった。岩倉は周囲を見回し、捜査一課の刑事がいないことを確認して「隠れてたんだ」と打ち明けた。

「容疑者扱いされたからですか？」

「そうだよ」

「否定すればよかったじゃないですか。証明するのは難しくないでしょう」

「それが面倒だったから、逃げてたんだよ。勝手に捜査して、いくつか手がかりは入手できたけど」

「そのライターなんですけど、そんなに怪しいんですか？」恵美が本題に入った。

「怪しいところと繋がっている可能性もある、ということかな」岩倉は弁当の蓋を閉じ、恵美が持ってきてくれたペットボトルのキャップを捻り取った。「明日以降、このライターさんが何を取材していたか、どんな人だったかを調べていこう。いや、今からでも動けるな……」

「こんな時間からですか？」恵美がスマートフォンを取り上げて時刻を確認する。

「電話してアポを取るなら、むしろこの時間の方がいいんじゃないかな」岩倉は、脇谷が渡してくれたメモを取り出した。「コピーを頼む。手分けしてアポを取ろう」

弁当のゴミを片づけ、お茶の残りを一気に飲み干した。戻って来た恵美からメモの原本を受け取る。脇谷は五人のライターの名前と連絡先を教えてくれていた。

「俺は上から行く」岩倉は宣言した。

「じゃあ、私は下から」

「アポが取れそうだったら、すぐに他の連絡はストップしよう。時間が被ってもまずいから調整しないと」

「それぐらい分かってます」

むっとした表情で恵美が言った。怒るほどの話ではないのだが……相変わらず情緒不安定だ。離婚して結構な時間が経つのに、まだ立ち直れていないのだろうか。もっとも彼女の場合、離婚したショックというより、結婚していた時にＤＶを受けていた事実がトラウマになって残っているのかもしれない。こういうことは、やはりゆっくり時間をかけて乗り越えていくしかないのだろう。

恵美が先にアポを取りつけたので、岩倉は電話をかける作業をストップした。

「女性ですけど……女性で、事件の取材なんかする人、いるんですかね」恵美がスマートフォンを置いた。

「刑事だって警察回りだって女性がいるんだから、女性の事件ライターがいてもおかしくない」

「ですかね」恵美がもう一度スマートフォンを取り上げ、検索を始めた。「ああ、なるほどね」と納得したように言ってうなずく。

「どんな人だ？」流れから、明日会う相手について調べていたのだと分かる。

「女性問題をよく書いてる人みたいです。性犯罪とかＤＶとか、そういうテーマが多いらしいですね」

「その手の話は、やっぱり女性の方が取材しやすいのかね」

「男性のライターには話しにくいと思いますよ。でも、こういう問題は、表に出さないといけないことですから、女性ライターに頑張ってもらわないと」

「そうだな」岩倉は短く言ってうなずいた。彼女は、自分の過去をこの状況に重ねているのではないかと想像していた。DV全般に対する怒りを抱いているのかもしれない。扱いにくい人間なのだが、この過去は刑事の正義感にもつながる。一応きちんと仕事はしてくれるんだし、贅沢を言う状況ではないんだぞ、と岩倉は自分に言い聞かせた。


翌日、さっそく朝から動く。恵美がアポを取ったライターの福島香子と、向こうが指定してきた下北沢の喫茶店で落ち合った。ビルの二階にあり、外階段を上がって行く店で、先日吉祥寺で入った喫茶店にも似た、落ち着いた渋い雰囲気が漂っていた。店内は薄暗く、棚に様々なコーヒーカップを並べているのも好感度が高い。都内にこういう店がまだ残っているのは嬉しい限りだ。

香子は、岩倉と同年代の女性だった。ショートカットにした髪は艶々しているが、何本か白髪がある。度の強い眼鏡をかけていて、疑り深そうな目つきだった。

午前十時半。コーヒーブレークにはいい時間だ。岩倉と恵美はアイスコーヒーを、香子はカフェオレを頼む。今日もよく晴れて、最高気温は三十度の予想だ。岩倉の感覚では、そろそろ熱い飲み物を頼むのはきつい。これから九月ぐらいまでは、喫茶店では必ずアイスコーヒーだ。

「お時間いただきましてすみません」注文を終えると、岩倉はさっと頭を下げた。

「……塩山君、行方不明なんですか？」

「行方不明かどうかは分かりませんけど、連絡がつきません。警察からの電話なので、無視しているのかもしれませんけど」

「昨夜、電話してみたんです。メッセージも送ってみましたけど、やっぱり反応がないですね」

「こういうこと、よくあるんですか」

「いえ」香子が即座に否定する。「塩山君は基本的に、律儀なほどちゃんとしているんですよ。締め切り厳守、約束も必ず守る」

「彼とは、長いつき合いなんですか？」

「かれこれ十五年ぐらいですかね。昔、『東京ウィークリー』っていう雑誌があったんですけど、岩倉さんの歳なら覚えていますよね」

香子がずけずけと言った。岩倉は苦笑しながら「もちろんですよ」と答える。『東京ウィークリー』は老舗の総合週刊誌で、昔は『週刊ジャパン』と部数争いをしていたはずだ。しかし十年ほど前から部数が低迷し、確か五年前に休刊した――雑誌の場合、実質的に潰れる時も、何故か「廃刊」ではなく「休刊」と言うのだが。

「十五年前というと、塩山さんはまだ二十五歳ぐらいですね」

「当時は、フリーのライターとしては駆け出しでした」香子がうなずく。「それこそ彼、

『東京ウィークリー』を辞めて一年ぐらいしか経っていない頃でした」

「塩山さん、『東京ウィークリー』にいたんですか？」岩倉は目を見開いた。こういう情報は、もっと早く入手しておくべきだったのだが……塩山は、自分のSNSなどでは、そこまではっきりしたキャリアを載せていなかった。駆け出しの頃なら、「『東京ウィークリー』出身」は仕事をする上でいい「保証」になったはずだが、十五年も経験を積むと、特に強調する必要はないと感じるようになったのかもしれない。

「ええ。彼は元々社員編集者ですよ。でも最初から独立志向が強くて、一年か二年で辞めちゃったんですけどね。それからあちこちで仕事をして、私と一緒にやったのが、古巣でのフリーとして最初の仕事でした」

「その内容は？」

香子がタブレット端末を取り出し、岩倉に示す。週刊誌のページが表示されていた。サイトではなく、雑誌そのものをスキャン、あるいは撮影したものだと分かる。

「ちょっと読みにくいですけど、見出しは分かるでしょう？　この頃はまだ、オンラインでは記事提供サービスをしていなくて、しょうがないからスキャンしておいたんです」

出生前診断の特集――かなりデリケートな内容であることは、見出しを見ただけで想像できる。「苦悩　夫婦の選択」……解像度が低く、記事の内容がはっきり読めないことが、岩倉にとっては逆に救いだった。

「こういう取材って、大変じゃないですか」岩倉はタブレットを香子に返した。

「微妙な問題ですね」香子がうなずく。「『東京ウィークリー』は、塩山君を試したんだと思います。難しいテーマを投げて、どんな風に処理するか……その手際によって、今後も使うかどうか決めようとしたんでしょう」

「一種のテストですか」

「そうです。最初に私のところに話が来て、塩山君と一緒に取材するように指示されました。私は編集部の意図が分かったので、取材のかなりの部分を塩山君に任せたんです。アテンドは私がしたんですけどね。この手の問題は、それまでにも何度も取材してきましたから」

「テストの結果は――」

「もちろん合格です」香子が微笑む。「こうやって記事になったのが、何よりの証拠ですよ」

「やはり、かなり優秀だったんですね。彼とはその後も一緒に仕事を？」

「性犯罪関係の特集なんかの時には、組んでやることもありました。ここ五年ぐらいは一緒になることはなかったですけど、たまに会ってはいましたよ」

「ライター仲間として」

「そうです」香子がうなずく。「一人で仕事をしていると、情報交換が何より大事なので。一人で取り残されると不安になるんですよ……そんなことより、塩山君は本当に行方不明なんですか？」

繰り返される香子の質問に、岩倉は首を横に振るしかなかった。香子が不満そうに顔をしかめる。

「そういう疑いがあるから、調べているんでしょう？」

「話を聴きたいだけなんですよ。最後に会われたのはいつですか？」

「二ヶ月ぐらい前です」

「話をした――あるいはメールか何かで連絡を取ったのは？」

「一ヶ月ぐらい前ですかね。少しメールでやりとりをしました」

「内容は？」

「それははっきり言いたくないですけど、少し心配な内容のメールでした」香子が打ち明ける。

「追われていた、とか？」

香子が目を見開く。当たりだ、と岩倉は判断して事情を説明した。

「そういう情報が、他にもあるんです。追われているようだ、という話を聞いていた人は他にもいました。ただ、酒の席の会話だったので、真面目には受け取らなかったようですけど」

「同じような筋が二つあると、本当だと考えた方がいいですね」自分を納得させるように香子がうなずく。

「何か、まずい案件に手を出していたんですか？」

「それは……」香子が一瞬うつむく。「お分かりかと思いますが、私たちは今どんな取材をしているか、基本的に他人には明かさないようにしています。情報源を守るためでもありますし、他の人に先回りして書かれないようにするためでもあります」

「分かります」岩倉はうなずいた。マスコミの人間の倫理観は、様々な人から何度も聞かされていた。「しかしことは、人命に関わるかもしれないんです」

「いったい何の事件なんですか？」

岩倉は一瞬迷った。ここで事情を明かせば、書かれてしまう恐れもある。しかし沈黙の間隙を縫うように、恵美が口を開いた。

「ある殺人事件の関係です。塩山さんが、被害者と関係があるのではないかと」

「熊倉」

岩倉は低く言って止めようとしたが、恵美は止まらなかった。

「被害者と近い人物ということで、塩山さんから話を聴きたいんですが、肝心の塩山さんが行方不明なので、困っているんです」

香子が、テーブルに置いた二人の名刺をちらりと見た。

「立川中央署ということは、例の警察官殺しですよね？」

ここまで話してしまったら、ストップをかけるのは難しい。岩倉はこれ以上恵美に話させないように、自分で話を引き取った。

「塩山さんは、殺された警官の情報源ではないかと思っています。つき合いのあった二人の人間のうち、一人が殺されて一人が行方不明——塩山さんも危ないかもしれない」

「そのつき合いは、知っています」香子が打ち明けた。

「本当ですか？」岩倉は身を乗り出した。

「雑談としてですけど、警察官を一人キャッチした、という話を聞きました。五年か六年前ですけど、その人のことだと思います」

キャッチした、という言い方に岩倉は苦笑してしまった。塩山からすれば、福沢が情報源なのだろう。実際に情報が流れたかどうかは分からないが。

「被害者は、塩山さんとのつき合いを復活させようとしていたのかもしれません」

「それも聞いたことがあります。向こうからまた連絡を取ってきたと。一緒に調査をするかもしれないと言っていましたけど、それはどうなんですかね」

「警官とライターが一緒に仕事をすることは、ちょっと考えられないですね」岩倉は首を傾げた。「たまたま同じネタを追っていて、情報交換することはあると思います。でも、そもそもの目的が違う」

「利益が相反することもありますよね」うなずいて香子が同意する。「こちらは書きたいけど、書いたら捜査が潰れてしまうこともある。でも、着手を待っているうちに、他のライターが書いてしまう恐れもあるんです。警察取材は、常にそういうぎりぎりの状況とのせめぎ合いですよ」

「どこかのタイミングまでは一緒に調査をして……ということならあるかもしれない。いずれにせよ、二人が今でも関係があったのは間違いないようですね」

「ただし今の話は、あくまで机上の空論です」香子が指摘した。「私は、塩山君がつき合っていた警官の名前を知らない。だから私たちは、全然違う人のことを話題にしている可能性もありますよ」

　そういう状況では、福沢の名前を出しても仕方がない。ここは、二人が接触していたという前提で話を進めていくしかないだろう。

　岩倉は、アイスコーヒーにようやく手をつけた。一口飲んで、ガムシロップを少しだけ加える。普段は甘いものはほとんど口にしないのだが、今は体が糖分を欲していた。

「塩山さんが最近何を取材していたか、知りませんか？　事件系の取材が多い人ですよね。彼の記事を何本も読みましたけど、なかなか鋭く深く突っこんでいる」

「むきになってしまうタイプなんですね。生真面目ですから、一度食いつくと、最後まで離さない」

「ある意味危険ではないですか？　警察官なら自分の身を自分で守れるけど、一人で取材しているフリーのライターの人は、そうもいかないでしょう」

「彼は一度、拉致されたことがあるんです」

「本当ですか？」思わずコーヒーを吹き出しそうになった。

「十年ぐらい前ですかね……九州の暴力団抗争を取材している時に、若い暴力団員に、いきなり車に押しこまれて拉致されたそうです。走っている間に組員が誰かと電話して、その後解放されたそうですけど、降ろされたのが高速道路の上で」

「よく無事に戻れましたね」高速道路は、だいたい高架になっている。降りるに降りられず、他の車が百キロで飛ばす中、必死に歩いてインターチェンジまで行ったのだろうか。

「ガードレールを乗り越えたら法面(のりめん)になっていたので、そこを降りて一般道に出たそうです。首都高だったらまず無理ですね」

「相手は、何で何もしないで解放したんでしょうね」

「たぶん、若い組員が頭に血が昇って、勝手にやったんじゃないですか？　それを上に報告したら激怒されて、慌てて車から放り出したとか」

暴力団は、マスコミ報道をほとんど気にしないはずだ。一般の新聞や雑誌は、暴力団について取り上げる時でも、一般市民に影響が出ない限り扱いは小さい。暴力団側にすれば、余計なことをしてマスコミを刺激するのは馬鹿馬鹿しいという感覚だろう。

「警察には届け出たんですか？」

「怪我もしなかったですから、被害届は出さなかったと言ってました。彼にすれば、単なる武勇伝だったのかもしれません」

「また、そういう危ない暴力団の取材でもしていたんですかね」それだったら、福沢とは関係ない。彼はあくまで「捜査二課の人間」の意識でいたわけで、暴力団担当の組織犯罪対策部に行きたかったわけではないだろう。もちろん、暴力団が詐欺などの経済事件に手を染めることはよくあり、捜査二課や生活安全部との共同捜査が行われることも珍しくはないのだが。

「それはないと思います。その一件でこりごりして、もう暴力団関係の取材はしない、頼まれても受けないと言っていましたから。それに今は、つき合ってる人がいるから、無茶はできないでしょう。今は、もっと国際的な犯罪集団の取材をしていたと思います」

「国際的」繰り返して言うと、岩倉の頭に嫌な想像が入りこんだ。「ＭＥＴＯ、ご存じですよね」

あいつらか……それが本当なら、事態は一気にややこしくなる。

2

先ほど、喋り過ぎたことで恵美を注意しようと思っていたのだが、そんな余裕はなくなった。ＭＥＴＯが絡んでいるとしたら、つまらないことに気を遣っている時間はない。世田谷北署に駆けこみ、交通課の取調室を貸してもらう。ここで作戦会議と特捜本部への連絡、さらに次に向けての情報収集だ。

「まだ接触できていないライターが四人いる。まず、連絡を取って全員に話を聴こう。

塩山は真面目な人間だけど、秘密主義ではなかったみたいだ。何か情報を漏らしているかもしれない」

「そうですね。自分の取材内容を話しているわけですから……」恵美が拳で顎を軽く叩いた。「他の人に話している可能性もありますね」

「同じような取材をしていないライターにこそ、話している可能性が高いんだけど、それは話を聴いてみないと分からないな。君、残り四人のライターに順次電話を入れてくれ。これから会えそうな人間がいたら、その時点でストップ」

「ガンさんはどうするんですか？」

「俺は課長に報告しておく。本当にＭＥＴＯ絡みだったら、話は厄介だ」

「そもそもＭＥＴＯって何なんですか」

「知らないのか？」岩倉は思わず目を見開いた。自分がＭＥＴＯ絡みの事件を捜査したのは二年前、まだ南大田署にいた時期である。「武器の密売組織みたいなものだよ」

「ああ……はい。思い出しました。でも、全容は解明できていなかったんじゃないですか？」

「人間関係が複雑に入り組んでいて、本当の首謀者には辿りつかないようになってるんだ」

「半グレみたいなものですか」

「確かに似てるな」岩倉は認めた。「ただしＭＥＴＯは、海外と絡んでいるだけにさらに厄介だ」

「困りましたね」恵美が眉をひそめる。自分の手には負えない、とでも言い出しそうな雰囲気だった。

「牟田涼っていう人間を知ってるか？」

「どこかで聞いた気がしますけど……」どうも恵美の記憶力は頼りない。

牟田は十数年前に、新興ファンドの代表としてマスコミの寵児となったものの、ＩＴ企業を舞台にした恐喝事件の主犯格として逮捕され、実刑判決を受けた。前回の事件では、捜査の過程で牟田の名前——牟田が代表を務める東洋経済研究会という組織がクローズアップされた。しかし結局牟田本人には迫れず、事情聴取すら実現していない。当時、牟田はシンガポールに半分移住しているような状態で、日本には滅多に帰国しなかったのだ。結局その後も、牟田に関する調査は棚上げになっているはずである。

「とにかく、分からないことが多い組織なんだ。現在も存続しているのか、消えてしまったのかもはっきりしない」

「でも、逮捕者はいたんでしょう？」

「いたけど、それこそ半グレと同じで、組織図が描けないんだ。家系図で言えば、二親等から先は分からないようになってる」

「それでよく、武器の売買なんかできますね」

「そうだな。とにかくこいつは、どこが担当するかも判断が難しい相手なんだよな」

「公安みたいな感じもしますけど。海外絡みなら外事じゃないんですか？」恵美が首を捻る。

「実際、公安もまだ情報収集はしている。でも、いい情報は摑めていないようだ」

それは岩倉も同じだ。今、それを恵美に話す必要はないが……ライター連中への連絡を彼女に任せ、岩倉は末永に電話をかけた。

「ＭＥＴＯですか」と言ったきり、末永が絶句する。さすがに課長になると、ＭＥＴＯの存在も把握しているようだ。

「そういう情報です」

「ということは、福沢さんもＭＥＴＯの調査をしていた？」気を取り直したように末永が訊ねる。

「その可能性はありますね」

「サイバー犯罪対策課なのに？」

「どこが情報を収集するかは問題じゃないでしょう。実際、公安も生活経済課も情報収集はしていた」

「何でガンさんがそんなことを知ってるんですか？」

「俺ぐらいのベテランになると、聴きたくないことも耳に入ってくるんですよ」この件をあまり話し続けると、平野の存在が表に出てしまう。最初に隠しておこうと決めたのだから、平野については最後まで、誰にも話す気はなかった。守るべき相手は、最後まで守る。「とにかく今、話が聴けそうなライターと接触を試みています。上手くいけば、裏が取れるかもしれない。それは、夜の捜査会議で報告しますよ」

「分かりました。そっちにもう少し人を割きましょうか？」

「いや、取り敢えず熊倉と二人でやってみます。人手が必要な時は、改めてお願いしますから」

「分かりました。しかし、無理しないで下さいよ」

「何を想像してるんですか」問いかけながら、岩倉も想像していた。もしかしたら自分も、知らぬ間にヤバいことに首を突っこんでしまったのかもしれない。

福沢と塩山は、協力してＭＥＴＯの調査を行い、その結果虎の尾を踏んでしまった。福沢は殺され、塩山は拉致されて行方不明。そして岩倉が福沢殺しの捜査を担当していることがＭＥＴＯ側に知られ、動向監視されるようになった——筋は合っている。もっとも、ＭＥＴＯは警察の常識を超えたことをやってきそうだが。もう一枚、二枚裏があるかもしれない。

危険だ。非常に危険だ。

恵美はすぐに、もう一人のライターとの接触に成功した。若手——まだ三十歳の中家(なかや)大介(だいすけ)という男である。たまたま新幹線で移動中で、午後二時過ぎに品川に着くという。恵美は品川駅で会う約束を強引に取りつけた。

「待ち合わせ場所は改札前のカフェにしました」電話を切って恵美が言った。

「あそこか……」オープンスペースにあるそのカフェは、岩倉も知っている。出張の時に、時間潰しで何度か使ったことがあった。出発待ちの人などでいつも満席で、内密の話ができる感じでもない。「大丈夫かな。あそこ、相当うるさいぞ」

「品川駅の外で話ができるところというと、結構離れています。あそこで待ち合わせして、話ができないようだったら、交番に行きましょう。品川駅は、港南口にも高輪口にも交番がありますから」

「新幹線のホームから近いのは？」

「港南口ですね」

「分かった。状況次第でどうするか考えよう。しかし君、品川駅近辺に詳しいんだな」

「所轄があそこでしたから」

「なるほど」まだ若く、希望もあった頃か……いやいや、余計なことは考えないようにしよう。恵美は今、ゆっくりと人生を立ち直らせようとしている最中なのだ。


中家という男はすぐに見つかった——というより、向こうが岩倉たちを見つけた。恵美が、「目印として赤い傘を持っている」と言っておいたのだ。今日は晴れだが、梅雨時とあって、彼女はいつも折り畳み傘を持ち歩いているらしい。傘を持っている人が誰もいない中、赤い傘は小さいながらも目立っていた。しかも彼女は、それを半分ほど広げている。これでは見逃すわけがない。

岩倉たちに向かって真っ直ぐ歩いてきたのは、ひどく童顔な男だった。三十歳と聞いていたのだが、大学生と言っても通用しそうである。Tシャツにほっそりしたジーンズ……Tシャツが、オレンジ色をベースにした派手なもののせいか、若い感じはさらに強調されている。

「中家さんですか」恵美が声をかけた。

「中家です」

「急に連絡してすみませんでした。時間、大丈夫ですか?」

中家が腕時計を見て、「この後、まだ予定があるんですが」と渋い表情で言った。

「時間はどれぐらいいただけますか」恵美がさらに迫った。

「一時間——一時間弱ですね」

となると、駅を出て交番まで移動している時間がもったいない。予想通りカフェは混んでいたし、大声で話をするのは憚(はばか)られたが、仕方がない。時間を無駄にするより、ここでさっさと事情聴取を済ませよう。

岩倉が三人分のコーヒーを買い、席に持っていった。その間に、恵美は住所、連絡先など人定に関する質問を終えているはずである。中家の表情を見た限り、それほど苛ついたり怒ったりしている様子はない。穏やかに話せば情報を引き出せるのでは、と岩倉は期待した。

「先ほども電話で話しましたけど、塩山貴明さんをご存じですね？」恵美が切り出す。

「ええ――あの、行方不明なんですか？」

「知っているんですか？」

「ライター仲間と話をしたら、噂になっていました」

岩倉は思わず顔をしかめた。こういう話はどうしても広がってしまうものだし、それは必ずしも悪いことではない――何か情報が入ってくるかもしれない――のだが、間違った話が拡散してしまう恐れもある。しかし恵美は気にしていないようで、どんどん話を進めていく。手帳に何か書きつけ、それを中家に示した。ＭＥＴＯ。

「こういう名前を聞いたことはないですか」

「ありますよ」中家があっさり認める。

「皆さん界隈では有名な話なんですか」

「いや、そんなこともないですけど……ただ、何年か前に事件になってましたよね？それで覚えている人はいるでしょう」

「あなたは取材してませんでしたか？」

中家が無言で首を横に振る。機嫌が悪い――あまり触れたくない話題のようだった。

「塩山さんはどうですか」

「塩山さんは……たぶん、探ってたんじゃないかな。話を聞いたことがあります」

「どんな話ですか？」

「警察の人と一緒に調査している、と」

「名前は？」

「そこまでは聞いていません。情報源だから、塩山さんも名前は明かしませんよ。それと、スポンサーの話もしてたな」

「スポンサー？」恵美が首を捻る。

「取材の費用を出してくれるスポンサーですよ。何でも、黒幕がシンガポールにいるんじゃないかっていうところまでは分かったそうです」

おっと……岩倉は思わず警戒して身を固くした。牟田がＭＥＴＯの黒幕で、シンガポールに常駐しているらしいという話は、警察の中でもごく一部の人間しか知らない。当然、事件が起きた時も記事にはなっていなかった。福沢も知っていたかどうか……知る立場ではなかったはずだ。塩山は、この情報をどこから手に入れたのだろう。福沢以外にも情報源を持っていたのか。

「それで、取材のスポンサーを探していたんですね？」

「一日二日で終わる取材ではないですし、金もかかります。それで俺にまで、どこか書かせてくれるところはないかって聞いてきたんですよ」

「スポンサーがつかないような取材なんですか？」

「多分、無理でしょうね」中家があっさり言った。「詳しい話は聞かせてもらえませんでしたけど、塩山さんは『五割ぐらいまできてるかな』って言ってました。でも、半分の確率で無駄足になるかもしれないっていうレベルで、海外での取材費を出してくれるような編集部はありませんよ」

「あなたは、これについて何か知っていますか」恵美が手帳に書いた「ＭＥＴＯ」の文字を指で突いた。

「いや、当時新聞で読んだ情報ぐらいですね」

情報はここまでで途絶えたが、一歩前進したと言っていいだろう。もしかしたら塩山は、密かにシンガポールに渡っている可能性もある。それは調べればすぐに分かることだ。海外にいれば、電話やメールに自由に返信できなくてもおかしくはない。同時に、そもそも塩山がＭＥＴＯについてかなり興味を持って取材をしていたことも裏づけられた。

本来なら、特捜本部に戻って報告すべきだったが、まだ当たれるライターは三人いる。末永に了解をもらって、そのまま聞き取り調査を続行することにした。

夜までに、三人のうち一人に会い、一人に電話で話を聴くことができた。二人とも、塩山からＭＥＴＯの話を聞いていて、一人は「一緒に取材しないか」と誘われていたという。自分の専門外の話なので断ったということだが……さらにやはり「警察官と一緒に調査している」という話を聞いていたことが分かった。

最後の面会を終えた時点で、既に午後八時。もう一人については、取り敢えず先送りして、明日再チャレンジしてもいい。今夜は食事を済ませて引き上げよう――提案すると、恵美もあっさり同意した。一日休みなく動き続けて、そろそろエネルギー切れだろう。それに岩倉は、膝の痛みを感じ始めていた。右足首を庇っているうちに、膝に余計な負担がかかってきたようだ。

　今いる場所は京王線の初台駅近く。この辺にはあまり食事ができる場所がない。どうせ中央線に乗らねばならないのだから、新宿まで戻ってしまおう。京王新線の改札を出た先にある京王モールには、飲食店がずらりと並んでいるはずだ。提案すると恵美も同意した。

　駅へ向かって歩き出すと、スマートフォンが鳴った。末永だろうと思って画面を確認すると、見慣れぬ携帯電話の番号が浮かんでいる――いや、見覚えはあるとすぐに思い出した。川嶋だ。

「どうも」もっさりとした声での挨拶。

「何だ」また余計な話か、と苛つく。

「岩倉さん、今どこですか」

「どこでもいいだろう」

「立川ですか？」

「いや」

「まさかとは思いますけど、下北沢の近くにいませんか？」

「下北沢がどうした」言いながら、ピンときた。今、下北沢に何かあるとしたら――実里だ。八月に予定されている舞台の顔合わせが、今日のはずである。場所は下北沢の貸しスタジオと聞いていた。本格的な稽古はまだ先だが……嫌な予感が急に膨らむ。

「ちょっと散歩をしてましてね」

「まさか、つけ回してたんじゃないだろうな」実里の名前は出せない。

「いやいや、別の人です。男。そいつが貸しスタジオの前で張ってましてね……もう一時間以上になります」

「分かった。すぐに行く」

「場所は――」

「それは分かってる」

岩倉は走り出した。ここから下北沢までなら、電車よりも車を使った方が早い。タクシーを摑まえて直行するつもりだった。

「ガンさん！」

恵美が叫ぶ。振り返ると、ちょうどタクシーが背後から走ってくるところ――立ち止まって手を上げ、タクシーを止める。乗りこむと、すぐに恵美が横に飛びこんできた。

「どうしたんですか、ガンさん」

「ちょっと説明できない。個人的な事情だ。君は降りろ」

「非常事態じゃないんですか？　手伝いますよ」

「いや――」

「お客さん、どちらまで？」運転手が面倒臭そうに訊ねる。

「下北沢。茶沢通り沿いの北沢タウンホールを目指して下さい」

指示すると、タクシーはすぐに走り出す。下北沢駅周辺は道路が狭く、タクシーの運転手泣かせの街だが、この街では実里が何度も舞台に立っているので、岩倉はある程度地理が分かっている。そして今日実里が行っている貸しスタジオは、北沢タウンホールのすぐ近くだ。岩倉も一度行ったことがある。

「何が起きてるんですか？」恵美が訊ねる。

「よく分からない」実里の名前を出すわけにはいかないので、岩倉は話を誤魔化した。「知り合いが電話をくれたんだ」

「その人は──」

「昔の同僚」そしてクソ野郎。しかし、余計なことを言う必要はない。「行ってみないと、状況がよく分からない」

恵美は納得していない様子だったが、岩倉は腕組みして目を閉じ、会話を拒否した。しかしすぐに思い直してスマートフォンを取り出し、実里に電話してみる。呼び出しても反応なし……メッセージも送ったが、既読にならない。顔合わせはまだ終わっていないのだろうか。

北沢タウンホールが右前方に見えてきたところで、岩倉は車を止めるように命じた。比較的細々とした建物の多い下北沢にしては大きな建物で、ランドマークである。パスモで料金を払い、領収書をもらわずにすぐにタクシーから飛び出した。

車が途切れたタイミングで道路に駆け出す。恵美も遅れずについて来た。実里の存在は知られたくないが、戦力としては恵美は貴重——川嶋が何の目的で誰を尾行していたかは分からないが、少なくとも三対一なら数的には優位に立てる。

タウンホールの脇の細い道路に入り、酔っ払った若者たちが大きく横に広がって歩いているのを避けるようにステップを踏みながら、貸しスタジオを目指した。右足首の痛みが激痛に変わりつつあったが、それでも今は我慢できる。

貸しスタジオは飲み屋街の一角にある。場所はすぐに分かった——建物の前で、川嶋が煙草を吸っている。彼が誰を見張っているかは、すぐには分からなかった。岩倉が近づくと、川嶋が振り向いて、軽く右手を上げてみせる。さらに、自分の前方——駅に近い方に人差し指を向けた。岩倉は立ち止まり、彼の指先から視線をずっと前方に向ける。いた。

道路を挟んでスタジオの出入り口を見守れる場所に、一人の男が立っている。あの大きな鼻は、間違いなく岩倉を尾行していた男——そして福沢の自宅近くの防犯カメラに映っていた男だ。

「この左手の建物は、貸しスタジオなんだ」岩倉は恵美に告げた。

「バンドの練習用とかですか？」

「いや、もっと大きい。ダンスや芝居の練習で使うんだけど……建物の一番向こう側に出入り口がある。君、そこから入って中で待機してくれないか？」

「いいですけど、何なんですか」恵美は納得していない様子だった。

　勝手について来たのに、と思いながら岩倉は短く説明した。

「俺を尾行していた男が、あのスタジオを見張っている。狙いは分からない」

「間違いないんですか？」

「それも確認して欲しいんだ。鼻の形、それに鼻の横にある黒子をよく見てくれ。それを確認したら、メッセージを送ってくれないか？」

「分かりました」恵美の顔がにわかに緊張する。

「確認できたら、俺は裏道から入って、奴に見えないところから接近する」

「いいですけど、ガンさん、下北沢のこんな細かい道、分かるんですか？」

「歩いていたら必ずどこかに出るよ」答えになっていないなと思いながら、岩倉は彼女を急かした。「急いでくれ。時間との勝負だ」

　恵美が歩き出すと、岩倉は腕時計を見た。八時二十五分。実里の打ち合わせはいつまでかかるのだろう。「夕方から顔合わせ」と言っていたが、何時から始まって何時までかかるかまでは聞いていない。彼女の舞台は何度も観ているのだが、その「裏」がどんな風になっているかはまったく知らないのだ。ただ、演劇関係者は一様に酒好きで、呑むと長くなるという話は聞いている。今日も、顔合わせが終わった後で、下北沢の居酒屋を荒らし回るのかもしれない。

恵美が、さりげなくスタジオに入って行く。それから十秒ほどしてメッセージが入った。

鼻の横に大きな黒子。

よし。

岩倉は自分に気合いを入れて歩き出した。すぐに、スタジオの向かいにある小道に入る。道路は狭くても、両側には飲食店が並んでいて賑やかだった。この道も通った記憶がある——そう、この先にあるワインバーのところで左折すると、先ほどまでいた道路に近づけるはずだ。

左折。さらに左折。それでスタジオ前の道路に戻る。ただし今度は、スタジオの入り口にごく近いところだった。このまま道路に出ると、問題の男とぶつかってしまう可能性があるが、いつまでもここで待機しているわけにもいかない。一気に勝負をかけないと。

岩倉は一歩を踏み出した。ちらりと横を見ると、男の鼻の横に黒子が見える。正面から見て、さらにはっきりさせたいのだが——「おい」と声をかける。

男がびくりと身を震わせて、こちらを見た。途端に、大きく目を見開く。岩倉の頭の中で、先日の出来事が完全に今につながった。井の頭公園で自分を尾行していたのは、間違いなくこの男だ。

「ここで何してる」

何も言わず、男が踵を返す。しかし走り出した途端、川嶋が前に立ちはだかった。次の瞬間、男が宙を舞って、そのまま頭からアスファルトに突っこんでいく。川嶋がすかさず、背中に膝を落とした。体重をかけて抵抗を抑えようというより、打撃でダメージを与えている——当たりどころが悪いと、肋骨が折れてしまうところだ。

「立たせてやれ」

岩倉が言うと、川嶋が強引に腕を引っ張って男を立たせた。そのまま岩倉の方を向かせる。そこで岩倉は、初めて男と正面から対峙した。

「ここで何をしていた！」

岩倉は男に迫った。顔が歪んでいるのは、先程の痛みに耐えているからだろう。後退りしたものの、背後に控える川嶋にぶつかってしまった。そこへ、スタジオから出て来た恵美も合流する。三人の刑事に囲まれて、男は完全に動きが取れなくなってしまった。

「井の頭公園で俺を尾行していたな？　何のつもりだ？　今はここで何をしてる？」

沈黙。頬は引き攣り、こめかみを汗が一筋流れる。

急にざわついた空気が流れる。注目を集めてしまったかと思ったが、そうではない——スタジオから、若い男女の一団が笑い声を上げながら出てきたのだ。岩倉はその中に実里の姿を見つけ、肝を冷やした。いや、彼女がここにいて、いずれ外に出て来ることは分かっていたのだが、このタイミングで、というのはいかにもまずい。

立ち止まった実里が、怪訝そうな表情を浮かべて岩倉を見る。岩倉は首を横に振り「今は話せない」と無言のメッセージを送った。実里も心得たもので、さっと目礼しただけで、一団と一緒に駅の方へ向かって行く。

後で説明しないといけないが、かなり大変になりそうだ、と岩倉は覚悟を決めた。実里は好奇心旺盛な人である。

まあ、それは後の話だ。今は、この男を叩かなくては。

3

貸しスタジオのすぐ近くには、世田谷北署の交番がある。そこへ男を連行し、事情聴取を始めた。難しいのは、今のところこの男には特定の容疑がかかっていないことである。岩倉を負傷させた男だったら、傷害容疑で逮捕できるのだが……しかし話を聴くことはできる。それも厳しく。

だがその前に、一つ謎を解いておかなくてはならなかった。どうして川嶋がこの男を追いかけていた？　男の監視を恵美と交番の警官に任せ、岩倉は川嶋を交番の外へ連れ出した。

「あんた、いったい何をやってたんだ？」

「ちょいと頼まれ仕事で」川嶋が惚けた口調で言った。

「誰に？」

「それは言えませんねえ」

「相変わらず汚い仕事をやってるのか」

「そんなこともないですよ」川嶋が肩をすくめる。

「あの男を尾行するのが、今回の仕事なのか？　それとも、あのスタジオに用事があったのか？」

「岩倉さんのプライベートに首を突っこむつもりはないですよ」

それで頭に血が昇った。川嶋はやはり、岩倉と実里の関係を知っている。しかし今、川嶋が自分のことを探る理由はないはずだ……だったらこれは、善意の警告なのか？

「何者なんだ？」

「それを探り出すのが仕事でしてね」

「人定はできていない？」

「はっきりしませんけど、あれ、ＭＥＴＯですよ」

川嶋の口から「ＭＥＴＯ」の名前が出て、岩倉は思わず目を細めた。どうしてこの男がＭＥＴＯを追っている？　今、ＭＥＴＯに注目して情報を収集しているのは、捜査二課や生活経済課、公安部の刑事たちだ。今回の彼の依頼人は誰なのだろう。いや、そもそも依頼人がいる方がおかしい。ＭＥＴＯを追うだけなら、わざわざ川嶋のような始末屋を使う必要はないのだ。自分のところの刑事に、普通の捜査をさせればそれで済む。

「あんた、今どこにいるんだ」

「刑事総務課ですよ」川嶋が今度はあっさり明かした。

「それで、依頼人は?」

「まあ、それはいいじゃないですか」

「あんたにしては、まともな仕事をしている感じだけど」

「言われたことをやるだけなんで」川嶋が肩をすくめる。「狙いまでは知りませんね」

「あの男がMETOの人間だということだけは分かっているわけだ」

「そういう風に聞いています」

ただし、どうにも下っ端という感じがする。まだ若そうだし、いかにも素人という感じなのだ。岩倉を尾行したやり方もそうだし、今回は川嶋にあっさり背後を取られている。もっとも、川嶋は見た目がただの「冴えないオッサン」でまったく目立たないから、尾行に適した人材と言えるのだが。

「それで、あんたはどうするんだ」

「こういう状態になったら、もうどうしようもないでしょう。尾行中止ですよ。これからどうするか、判断するのは俺じゃない」

「それで……俺に忠告してくれたんだよな?」

「明らかにおかしかったでしょう。あの男が貸しスタジオの監視をする意味は、一つしか考えられない」

「あのスタジオに誰がいるか、分かってるのか？」

川嶋が肩をすくめる。この件は、あまり突っこんで話したくないようだった。それは岩倉も同じである。

「話してもいいですけど、状況が非常に複雑で、説明しにくいですね」

「あんた、報告書を書くのが苦手だろう」

「報告書書きが上手かったら、今頃別の仕事をしてたでしょうね」

「これは――俺を助けてくれたのか？」岩倉は改めて訊ねた。

「何も言いませんけど、そう考えてくれたとしたら訂正はしませんよ」

「そうか……一応、礼は言っておく」

「どうも」

「もう一つ、聞かせてくれ」

川嶋が目を細めて岩倉を見た。二人の間に微妙な空気が流れる。

「あんたは以前、殺された福沢に雇われていた。その男が殺されたことに関しては、何とも思わないのか？」

一瞬間が空いて、川嶋が首を横に振る。「失敗した仕事は……」と言いかけて口をつぐんだ。

「仕事が終われば縁も切れるのか？」

「そうしないと、人間関係が複雑になって、やっていられませんから――それでは」

川嶋がさっと一礼して踵を返した。でっぷりした背中が、負のオーラを放っている――職場では一緒になりたくないし、コンビを組むなど絶対に願い下げだ。今回の件も、完全な善意で情報を教えてくれたかどうかは分からない。何か裏の意図があるのではないかと、どうしても勘繰ってしまう。

常にそんな風に疑われる人生も辛いだろうな、と岩倉は一瞬だけ川嶋に同情した。

交番は道路に面した表側が執務室で、裏手には大抵休憩室がある。交番で食事を取らねばならないことも多いが、人目につく場所で、というわけにはいかないから、こういうスペースは必要なのだ。そしてこの場所は、密かに誰かと会ったり、事情聴取したりするのにも適している。

この交番の場合、休憩室は執務室と地続きだった。スチール製のテーブル一つと椅子が四脚、左端にはガス台と冷蔵庫もある。古い交番だと畳敷だったりするのだが、あれはよくない。中で寛いでいる時に緊急出動がかかると、靴を履かねばならず、その分時間のロスになる。

岩倉は改めて男と対峙した。間違いなく、井の頭公園で自分を尾行していた男である。近くで見ると、細い顔は非常に頼りない――気が弱そうで、人の命令にすぐに従ってしまうタイプに見えた。きつく攻めればすぐに落ちる、と確信する。

「バッグの中身を確認させてくれ」

岩倉は切り出した。警察慣れしている人間なら、ここで拒否するところだろうが、男は素直に、小さなボディバッグを肩から外してテーブルに置いた。

「中身を出して」

男の手が止まる。岩倉は無言で腕組みし、男を睨んだ。テーブルの横に立っていた恵美がいきなりバッグを摑み、置き直す。それでびくりとした男が、バッグの蓋を開けた。本体に被さっている蓋は、マグネットでくっついているだけで、すぐに開く。しかし危ないな、と岩倉は恵美に向かって目を細めた。これはあくまで任意なのだから、こちらは絶対に手を出してはいけない。全て、この男が「要請に応じて自主的にやった」ことにしなければ。

男がバッグの中に手を突っこんだ。しかしすぐには手を抜かない。全ての動きが一瞬止まってしまった——岩倉はふいに、嫌な予感に襲われた。

それからはあっという間だった。

男が素早い動きでバッグから手を抜く。その手に抜き身の大型ナイフが握られているのを岩倉は見てとった。素早く椅子を引いて後ろに下がり、テーブルの端に足をかけて思い切り膝を伸ばす。テーブルがぐっと動いて、男は背中から壁に激突した。そこへ、交番勤務の警官が飛びこんで来る。

「刃物を持ってるぞ！」

岩倉が叫ぶと、警官がいきなり銃を抜いた。横へ回りこみ「刃物を捨てろ！」と低い声で脅しつける。

男の顔面が真っ青になったが、まだナイフは離さない。バッグの中で鞘から抜いたのだろうが、刃渡り二十センチほどもありそうなナイフは、照明を受けて凶暴に光っている。

恵美が素早く近づき、男の右腕を蹴り上げた。ナイフが宙を飛び、床に落ちる。恵美は警官に向かって「手錠！」と叫んだ。後ろ手に手錠を受け取ると、男の手首に乱暴にはめる。それを見て、岩倉はようやく足から力を抜いた。テーブルを蹴飛ばした左足は無事だが、床に突っ張っていた右足首がずきずきと痛む。ただの捻挫じゃなかったのかよ……まあ、いいか。これでしっかり逮捕容疑ができた。

「銃刀法違反の現行犯で逮捕します。午後八時四十分」

恵美が腕時計を見ながら冷静に告げる。しかし……この男は本当に素人なのか、と岩倉は呆れていた。

それから、狭い交番の中は大騒ぎになった。所轄から当直の刑事が三人飛んできて、男に事情を聴く。逮捕したので強制的に持ち物を調べ、身元も確認できた。井本総一郎、二十九歳。自宅の住所は目黒区だった。刑事たちに事情を話した後、岩倉は今後の動きを相談した。

「取り敢えず、身柄はうちで」若い刑事が張り切った様子で言った。

「そうだな。直接の容疑は銃刀法違反だ。頼むからできるだけ長い間、ぶちこんでやってくれ」

「確実に十日はいけるでしょう。交番の中で刃物を出したんだし、防犯カメラにも記録されてますからね。しかし、危なかったですね」

岩倉はテーブルに置かれたナイフを見た。刃渡り二十センチ弱。明らかに殺傷能力があり、凶器以外の何物でもない。

「しかし、刑事を尾行するなんて、何なんですかね」

「それはこれからゆっくり調べる。でも、尾行していても罪には問われないから、立川中央署に持って行くわけにはいかないな。うちから刑事が行って、そちらと一緒に取り調べすることになると思う」

「ちゃんと申し送りしておきますよ」

「頼んだ」

今日、これから取り調べをするのは不可能だ。いずれにせよ勝負は明日以降。しかし岩倉には、今日のうちにやることがいくらでもある。

まずは末永に連絡。まだ署にいて、電話の声は疲れ切った様子だった。事情を話したが混乱している。

「始末屋って、本当にいるんですか？　都市伝説みたいなものだと思ってましたけど」

「いや、実際にいるんですよ。俺もかなり鬱陶しい思いをさせられた」

「その始末屋が、なんでガンさんを助けるんですか？」

「奴らには、思想信条がないんです。その時々の適当な判断で動く……でも、この件はあまり突っこまないようにしようと思ってます。取り敢えず容疑者が手に入ったんだから、こいつを叩く方向でいいんじゃないですか」

「殺しの捜査とつながるかどうかは分かりませんよ」末永が指摘した。

「細い線はつながってますよ。何とかなるかもしれない」

「あまり期待しないでおきますよ。取り敢えず、明日の朝、こちらで打ち合わせをしたいんですけど、大丈夫ですか」

「捜査会議は？」

「明朝は予定していません」

最近は、捜査会議は一日の仕事が終わった夕方から夜に行うのが普通だ。昔は朝晩二回開いていたのだが。

「取り敢えず打ち合わせして、それによって他の連中にも情報を飛ばしましょう。ただし、まだあまり話は広めないで下さい」

「分かりました。では、明朝八時に」

取り敢えず今夜の仕事はないが、長い夜になりそうだ……実里に説明するという、大変な仕事が残っている。

午後十一時過ぎに立川駅に着いた。そう言えば今夜は、ホテルを予約していない。仕方なく自宅へ戻ることにした。尾行していた人間を一人逮捕したから、その分危険が減ったのではないかと判断する。夕飯も食べていない。この時間に何か腹に入れると体によくないのは分かっているが、空きっ腹では眠れそうにない。

しかし、立川駅から岩倉の家へ向かう道筋には、手軽に食事が取れるファストフードの店があまりない。やたらと目立つのはコンビニエンスストアだ。仕方なく、今夜もコンビニ飯と決めた。弁当を食べる気にもなれないので、サンドウィッチを二つ買って、歩きながら夕飯にする。ひどい飯だが、食事に関しては、これよりひどい目に遭ったことは何度もあった。

取り敢えず腹が膨れたので、家に帰るとすぐに実里に電話をかけた。ここまで、彼女から電話もなければメッセージも入っていないことに驚く。基本的に好奇心旺盛なのに……それを抑えていたのだから、大変な我慢だと思う。

実里はスマートフォンを手にして待っていたように、即座に反応した。

「今、どこだ？」

「家に戻ったわ」

「打ち上げで呑みに行かなかったのか」

「やめたわ。何か、様子がおかしかったから。それで今日はどうしたの？　ガンさん、何で下北なんかにいたの？」

「ちょっとした情報が入ったんだ」岩倉はかいつまんで今夜の状況を説明した。

「ええ？　それじゃ、私が出待ちされてたわけ？」

「出待ちじゃない」苦笑しながら岩倉は訂正した。確かに、舞台終わりの俳優を待っているファンはいるのだが。「監視されてたんだ。相手の狙いはまだ分からないけど」

刃物を持っていたことは言わなかった。必要以上に彼女を怯えさせることはないだろう。実里は度胸が据わっているが、さすがに命の危険があったと知れば、動揺するだろう。彼女には、できるだけ平穏な日々を送って欲しい。

「じゃあ、ガンさんの弱点を探るために、私を監視していたっていうこと？」

「気づかれていないだけで、今までもそういうことはあったかもしれない」

「私だって、分かりそうなものだけど」

「確かに相手は素人だけど、気をつけていないと分からないよ」

「そうか……でもこれで、もう大丈夫なんじゃない？　逮捕したんでしょう？」

「俺を狙っていた人間は、少なくとももう一人いる。これじゃ、まだ安心できないな。本当に、実家に行くことを考えてくれないか？」

「だったら明日、実家の方へ移動するわ」実里があっさり同意した。

「明日以降の予定を正確に教えておいてくれ」危ないのはバイトの時だ。夜のバイトだから、どうしても隙ができてしまう。

実里が告げるスケジュールを、きちんとメモする。彼女がいつどこにいるか分かっていれば、何か起きてもすぐに対応できるはず――何かが起きたら困るのだが。

「必要な時以外は、できるだけ外に出ないようにしてくれないかな。家にいれば安全だろう」

「分かった。でも、できるだけ早く解決してね。舞台をキャンセルするようなことは避けたいから」

「全力で頑張るよ――会えなくて寂しい、ぐらいのことは言って欲しいけど」

「どうして？」

「まあ」岩倉は咳払いした。「オッサンは意外に寂しがりでね」

実里は軽く笑って電話を切ってしまった。妙にサバサバしているのが彼女の性格で、それが岩倉には少しだけ物足りない。何も言わずとも心が通じ合える――そういう心境にはまだなれないのだ。

さて、実里の方は何とかなりそうだから、こちらは捜査に集中だ。その時ふと、大胆な作戦を思いついた。危険と隣り合わせだが、やってみる価値はある。広く網を広げて、それこそ一網打尽だ。

翌朝、岩倉と恵美は末永と打ち合わせを始めた。

「世田谷北署とは話しました」末永が言った。「取り敢えず、今日送検する予定です。

間違いなく勾留はつくでしょうね。銃刀法関係で向こうの調べが終わった後、こちらで殺しの方の聴取を始めるという手順でいきます。それまでに、井本という人間の周辺を洗いましょう」

「その件なんですが」岩倉は、昨夜思いついたアイディアを持ち出した。「釈放するのはどうでしょう」

「ええ？　せっかく逮捕したんですよ？　どうしてですか」自ら手錠をかけた恵美が反論する。

「あの男は、喋らないと思う」岩倉は恵美に向かって言った。「このまま勾留を続けたら、時間と施設の無駄遣いだ。それより、放して尾行するのがいいんじゃないかな。奴の仲間のところに辿り着けるかもしれない」それに岩倉としては、実里の話が出るのが怖かった。あの男は実里の動きを監視していたに違いない。それも、岩倉を追いこむための卑怯な手段ではないか——事情聴取の途中で、自分と実里の関係が漏れてしまう恐れがある。それは避けたい。

「しかし、奴は殺しの容疑者でもあるんですよ」末永が反論した。

「奴一人じゃない。もう一人いるんです。そいつも割り出して、同時に逮捕したい」

「共犯の名前は吐かせればいい」末永は強硬に反対した。「ガンさんの見立てでは、素人なんでしょう？　きつく当たれば、絶対口を割りますよ」

「素人かもしれないけど、危ない人間ですよ」

実際、交番の中で刃物を振り回そうとするなど、普通の人間は絶対にやらない。刃物が見つかったら逃げ場がなくなると考えて自棄になったのかもしれないが、そんなことをしたら罪が重くなることぐらい、誰でも分かりそうなものだ。

「しかし、世田谷北署が何と言うか……」

「何だったら、俺が話しますよ。あくまで提案ということで、向こうの面子は潰さないようにします」

「そういう問題じゃない」末永は譲らなかった。

「何か揉めてるの」

緊張感あるやり取りが、呑気な口調で緩む。顔を上げると、署長が立っていた。

「昨夜の件、報告は聞きましたけど、何かあるんですか」

末永が口を開きかけたが、岩倉は先に説明を始めた。ここはどうしても、自分が主導権を握りたい。一気に犯人グループを絞りこむのが理想だ。

「なるほど……それも一つの手ね」署長がうなずく。「私が世田谷北署と談判してもいいですよ」

「いや、署長、それは困ります」末永が反論する。「この件、背後に大きなものがありそうですよ。できるだけ慎重にいかないと」

「いや、こういう時こそ大胆な手に出た方がいいですよ」岩倉はアドバイスした。「向こうは――ＭＥＴＯというのは、まだ正体が分からない組織だ。ここは、ＭＥＴＯの全容を摑んで、潰すチャンスなんです。下っ端の人間でも、他のメンバーにはつながっているはずだ。油断させて、その線を押さえたい」

「ガンさんの言い分は分かりますけど、私の一存では決められない」末永は譲らない。

「しかし刑事課長なんだから……」

「刑事課長なんて、ただの中間管理職ですよ」末永が自嘲気味に言った。

「世田谷北署と相談して検討しましょう」

　署長がまとめにかかり、末永が嫌そうな表情を浮かべる。

「いずれにせよ、真面目に検討して下さい」岩倉は末永に向かって頭を下げた。「奴を餌にして、でかい魚を釣り上げるんです。その方が、結果的に警察としてはプラスになりますよ」

　明確な結論が出ないまま、打ち合わせ、終了。署長も岩倉の提案に乗ったのに、末永は譲らなかった。そして恵美も納得しない。せっかく逮捕した人間を一晩で放すのはもったいない――刑事の感覚としては極めて普通だ。しかし捜査は、目の前の事実を見るだけでなく、大きな枠を考えて動かないといけない。捜査というのは、ボールが一杯に詰まった袋のようなものだ。手元のボールに触れれば、ずっと先のボールは不規則に動く。そして手元のボールの動きだけ見ていたら、遠くのボールは知らぬ間に袋からはみ出してしまうかもしれない。

岩倉は、この件には自分では関わらないことにした。自分を尾行していた人間を自分で調べるのは、あまり好ましくない。人を尾行するのは必ずしも違法ではないのだが、向こうには何か意図があるわけで、岩倉が顔を出せば頑なになってしまうだろう。代わりに、塩山についてさらに調べることにした。昨日香子から聴いた情報で、引っかかっていたものの、まだ調べていないことがあったのだ。

塩山の恋人、小沢真紀。女性誌の編集者で、広く言えば業界内の仲間ということになる。ただし、スマートフォンの番号が分からない。女性誌の編集部に電話をかけようかと思ったが、向こうにこちらの意図を知らせずに話を通すのは難しそうだ。

結局岩倉は、連絡を恵美に任せることにした。

「友だちの振りをして電話してくれないか」

「嘘をつくことになりますけど、いいんですか？」先程の一件が尾を引いているのか、恵美はまだ不機嫌だった。

「嘘も方便だよ。とにかく彼女と話せば、何か分かると思う。編集部に事情を知られないで話を聴くには、ちょっとした嘘をつくのがいいんだ」

「分かりましたけど……まだ早いですよ」恵美が壁の時計を見上げた。午前九時。「この時間だと、女性誌の編集部なんて誰もいないんじゃないですか」

「取り敢えず、一回かけてみてくれ。駄目なら時間をおいてもう一度。いずれはつながるから」

理屈に走って動きが遅くなってしまいがちなのが、恵美の弱点だ。トータルでは仕事はこなしているのだが。

恵美は電話をかけたが、やはり誰も出ないようだった。編集者がいなくても、バイトの人間ぐらいはいそうだが……そこで岩倉は、あることに気づいた。この女性誌を出している出版社は、千夏のバイト先である。千夏は実用書の編集アシスタントの仕事をしているのだが、ちょっと動いてもらって、連絡先を割り出してもらう――いや、やはり娘を巻きこむのはまずい。簡単な仕事だし、千夏なら上手くやってくれそうだが、それでも危険になるかもしれない。そうでなくても自分は狙われているのだから。

時間をおいて、また編集部に電話するのがいいだろう。しばらく空回りの時間が続くが――岩倉のスマートフォンが鳴った。前にかかってきた失踪課の番号だと分かる。

「ガンさんか？」

「高城さん」失踪課の課長が何の用だろう。呑気に酒の誘いではないだろうな、と岩倉は訝った。「何かありました？」

「今、書類を見てたんだけど、塩山という人間に心当たりはあるよな？」

「もしかしたら塩山貴明ですか？」どうして高城が塩山の名前を知っている？　そして何故、ここで話題になる？

「そうだ。三方面分室に、恋人が相談に来てるんだ」

「行方不明者届を出したんですか？」

「いや、三方面分室で話を聴いたんだが、準備が整ってなくて、改めて出直すように頼んだ。それが昨日の話で、俺のところにも報告が回ってきたんだよ」

「それは分かりましたけど、何で俺に電話してきたんですか？」

「あんた、あちこちで探りを入れているそうじゃないか。その中で塩山の名前が出てきてるだろう」

「参ったな」岩倉は思わず頭を掻いた。「高城さん、どこまで情報網を広げてるんですか？」

「広げちゃいないさ。勝手に話が入ってくるんだよ。あんたもそうだろう？　俺たちみたいなベテランになると、誰でもそうだ」

「確かに――それで、相談の内容はどういうことなんですか」

「この二週間ほど、塩山と連絡が取れないらしい。一ヶ月ほど前に『これから仕事で忙しくなるから、連絡が取りにくくなる。でも一日に一度は電話するようにするから』と言ったそうだ。実際その通りだったんだが、塩山は携帯も使っていない。連絡はいつも公衆電話からだった。常に切羽詰まった感じで、一言二言話すだけで切っていた」

「それは不自然ですね」

「まあ、潜入調査みたいなことをしていたのかもしれないが、その連絡も三日前から途絶えている。彼女の方から何度も連絡を入れてるんだが、一切反応がないそうだ」

「こちらも同じです。返信がありません」

「そうか……気になるだろう？」

「ええ」

「十時に、もう一度三方面分室に来る約束になっている。あんたのところから渋谷中央署まで、一時間で行けるか？」

それはかなり難しい……立川駅までもそれなりに遠いし、新宿で山手線に乗り換えて渋谷まで行けば、一時間以上かかりそうな気がする。失踪課の三方面分室が入っている渋谷中央署は、渋谷駅のすぐ近くにあるという地の利はあるのだが。かといって、車でも極端に時間を節約できるものではない。この時間だと、中央道の上りはまだ混んでいそうだし。

「急ぎますが、何とか引き止めておいてもらえますか？　直接話を聴きたいんです。何だったら、私の方で話を引き取ってもいいですよ」

「行方不明者の捜索はうちの仕事だけど、ガンさんなら特別サービスで絡ませてやってもいいよ」高城が面白そうに言った。

「とにかく、すぐに向かいます」

電話を切って岩倉は立ち上がった。電話での会話の半分を聞いただけでは内容は分からなかっただろう、恵美はキョトンとしている。

「渋谷中央署だ」岩倉は告げた。「塩山の恋人が出てきた。塩山と連絡がつかないから、行方不明者届を出そうとしているようだ」

弾かれたように恵美が立ち上がる。電話で話している末永の方を見て、「課長への報告はどうしますか」と訊ねた。

「後で電話しよう」岩倉は言いながら、会議室の出入り口に向かって歩き始めた。「あと一時間ぐらいで、渋谷中央署の失踪課三方面分室に来ることになっている」

恵美も真剣な表情でうなずく。事態は急に、大きく動き出した。しかし行き先はまだまったく見えていない。

4

ＪＲ渋谷駅の周辺は、未だに再開発が続いている。来る度に地下鉄の出入り口が変わっていたりするので、岩倉は勝手に「迷宮」と呼んでいた。ＪＲ関係のホームや改札も大きく変わっていて、数年ぶりに来る人はまず迷うだろう。

ＪＲを使った場合、渋谷中央署へはデッキを渡って行くのが一般的だ。このデッキは、明治通りと青山通りの交わる巨大な交差点にかかっていて、頭上を首都高三号線が走っている。いつ歩いていても風が猛烈に吹き抜けるデッキで、恵美の長い髪は宙に巻き上げられてしまう。

大きなデッキを渡って、渋谷中央署に駆けこむ。失踪課の三方面分室は、交通課の隣にあった。相談受付窓口でもあるから、一般市民が入りやすい場所に置かれているのだろう。

行方不明者届は、所轄でも受けつけている。通常はこの情報が本部の失踪課にも上がり、その中で事件性がありそうなものについては、失踪課が積極的に捜査に乗り出すことになっている。行方不明者届を見ただけで、事件かそうでないか分かるものかと高城に訊ねたことがあるが、高城は「勘だよ」と鼻で笑うように言うだけだった。確かに「高名な高城の勘」と言われているぐらいで、彼の洞察力は驚くほどなのだが……この辺も、元妻が興味を持つことかもしれない。

高城との電話を切ってから、一時間半が経過していた。時間通りに真紀が届け出に来たら、既に三十分が経っているはずだ。書類に記入するだけなら三十分もかからないのだが……真紀はまだ失踪課にいた。

現在の三方面分室長は安西（あんざい）という男だった。岩倉は知らない人間だが、高城は「元々生活経済課が長い男だ」と事前に教えてくれていた。その安西らしき男が女性と話している。岩倉に気づくと、軽く立ち上がって会釈した。

すぐに二人がいる席に近づき、挨拶する。

「立川中央署の岩倉と言います」

女性が振り返って、岩倉の顔を見た。三十代半ば、すらりとした長身で、白い細身のパンツにオーバーサイズの紺ブレザーという格好である。

安西――室長ということは階級は警視だろうが、岩倉より明らかに年下だった――が一礼して名乗り、座るように促す。

二人は部屋の片隅にある応接セットについていた。岩倉は安西の横に座り、恵美は空いていた椅子を引いてきて腰を下ろした。

「事情は話してあります」安西が淡々と言った。

「お手数おかけしました。手続きの方はもういいですか？」

「大丈夫です」

「では」

岩倉は改めて真紀に向き直った。話が大袈裟になって、非常に怯えているのが分かる。まずいな、と一瞬後悔した。ここは恵美に任せた方がよかったかもしれない。自分のようなオッサンよりも、同じ女性の恵美が話した方が、真紀もリラックスできるかもしれない。しかし、わざわざ選手交代している時間ももったいないので、そのまま進めることにした。

安西がパソコンを操作し、塩山の写真を見せてくれた。誰かが「不潔」と言っていたが、確かにそんな感じはある。顎は無精髭で覆われ、着ているジャケットはサイズが合わず、肩から腕にかけてがはち切れそうになっている。豚のTシャツこそ着ていなかったが、濃紺のシャツはよれよれだった。

「殺人事件の捜査で、塩山さんを捜していました」

「殺人、ですか」真紀の表情が一際暗くなった。

「被害者は警察官なんですが、塩山さんと接点があったようなんです。端的に言ってしまえば、情報源ということです」

「まさか、塩山さんが殺したと言うんじゃないでしょうね」真紀の顔が強ばる。

「そういう意味で塩山さんを捜していたわけではありません。被害者の交友関係を調べている——一般的な捜査です。二人は、協力して何かを調べていた可能性がある」

「……もしかしたら、これかもしれません」

真紀が、ソファの傍に置いた封筒を取り出した。A4サイズ、ビニールでコーティングされた分厚い封筒で、ガムテープでしっかり封がされている。

「これはどういうものですか」岩倉は、真紀がテーブルに置いた封筒を眺める。宛名などはなし。取り敢えず必要な物を入れてしっかり封をした、という感じだった。

「一ヶ月ほど前に、塩山さんから預かったんです。しばらく取材で会えないけど、取り敢えず持っていて欲しいって」

「中身が何か、確認しましたか？」

「はい。取材の資料だと言ってました。安全なところに置いておきたいからって、私に持っていて欲しいって……あまり気にしないで預かっていたんですけど、彼と連絡が取れなくなったので、何か重要なものじゃないかと思って……」

「中は見ましたか？」

「まだ開けてません」

岩倉は安西と顔を見合わせた。これは本来、失踪課が行方不明者を探す手がかりになるかもしれないものである。「余計な手を出すな」と拒否してもおかしくないのだが、安西は黙ってうなずいた。

岩倉は封筒を取り上げ、恵美に渡した。恵美が、空いているデスクを使い、封筒を開け始める。ガムテープなどを破らないように、丁寧な作業を心がけていた。岩倉たちは黙ってその様子を見ていたが、封が開いたのを確認して立ち上がった。恵美が手袋をはめ、中身を引っ張り出す。

確かに資料だった。パッと見て目立つのは新聞や雑誌のコピー。こういうのも、スキャンして電子データで残しておくのが主流のような気もするが、実際は人それぞれだろう。紙の方が見やすい、整理しやすいという人は少なくない。

他にはUSBメモリが何本か、ノートも数冊入っている。恵美がノートをめくり始めた。岩倉は記事を見ていく。

METOだ。岩倉たちが摘発した前回の事件関係の新聞、雑誌の記事が大半だが、さらに古い資料もあった。牟田が恐喝事件で逮捕された時の記事。さらにその前、新興ファンドの代表として経済誌などで受けたインタビュー記事も集めていた。

間違いなく、塩山はMETOと牟田に関する情報を収集していた。

「かなりまめにまとめるんですね」ノートを数ページ見ただけで、恵美が結論を出した。

「そっちは？」

「前回のMETOの事件のスクラップみたいなものです。書き込みが細かいですね」

見せてもらうと、やはり新聞記事などのスクラップだったのだが、担当部署の名前などが書きこんである。今後の取材対象にするためか、所轄の署長、副署長の名前も。署長、副署長の名前を割り出すのは難しくない。署の課長クラス以上は、異動情報が新聞に出るので、まめにチェックしていれば名前が割れる。しかし塩山が集めた情報は、それだけにとどまらなかった。岩倉たちが担当した事件に関しては、当時の副署長と署長が、その後どこへ異動したかまで書かれている。これも追跡は難しくない。署を離れてしまった相手を追いかけて、昔の捜査の状況を聞こうとしていたのではないだろうか。塩山が真面目な、几帳面なライターだったのは間違いない。実際に取材に入っていたかどうかは分からないが、その準備は入念に進めていたようだ。

「USBメモリを調べます」

言って、恵美が自分のパソコンを取り出した。そちらは彼女に任せ、岩倉は再度真紀から話を聴いていくことにした。

「中身は、取材の素材のようです」真紀に告げる。

「そうですか」

「彼は、紙派だったんですか？」

「紙もデジタルもあります。整理はきちんとする人でした」

「METOという組織について聞いたことはありますか？」

「いえ……」

　編集者なら、名前ぐらいは知っているべきではないか？　しかし彼女は、女性誌の編集者である。専門がまったく違うわけで、ＭＥＴＯに関する情報が抜け落ちている、あるいはそもそも耳に入っていなくてもおかしくはない。岩倉だって、ヨーロッパのハイブランドの事情を聴かれたら困る。

「塩山さんが、ＭＥＴＯという犯罪組織のことを取材していたようなんです。その話は出ませんでしたか？」

「ええ。進行中の仕事について話すことはまずなかったですから」

「秘密主義？」

「そうですね」真紀がうなずく。

「では、今回もどういう取材をしているか、どこへ行っているかを全然あなたに告げないで、『連絡が取りにくくなる』とだけ言ったんですか？」

「ええ」

「以前にもこういうことはありましたか？」

「いえ……一ヶ月ぐらい取材で出張していたことはありましたけど、連絡が取れなかったことはないです。だから心配なんです」

「今回のように、あなたに書類を預けていったことは？」

「それもないです」真紀が首を横に振った。「考えてみれば、おかしいです。何だか、自分に危ないことがあってもデータだけは絶対に守りたい、みたいな」

「USBメモリで残しておくのは、今時珍しくないですか」

「クラウドを信用してなかったんです。クラウドも安全なんですけどね」

岩倉は、恵美に「どうだ」と声をかけた。ロックされていたりすると、解除に時間がかかって面倒になる。

「中身は読めますけど、大量で……全体を見るにはかなり時間がかかりますね」

「分かった」岩倉は真紀に向き直った。「塩山さんの部屋の鍵は持っていますか」

「あります」

「部屋を調べさせてもらっていいですか？　何か手がかりがあるかもしれません。できればあなたにも手伝ってもらいたいんですけど、いいですか？」

「いえ、ええ——はい」真紀があやふやにうなずいた。「大丈夫です」

「安西さん、分室で少し人手を貸してもらえませんか？　うちから人を呼んでいると時間がかかる」

「いいですよ。二人ほど応援で出せます」安西が気軽に請け合ってくれた。

「熊倉、そのUSBの調査を続行してくれないか？」

「時間、かかりますよ。USBが四本ありますから」恵美がパソコンの画面を見ながら答えた。

「分析のために応援を呼んでくれ。立川へ戻る時間がもったいない。ここでデスクを借りて、そのまま調べてくれ」

「課長に連絡します」言って、恵美がスマートフォンを取り出した。

「では、急ですけど……」

岩倉は立ち上がった。真紀も慌てて腰を上げる。

「家は分かっています。先日、行ってみたんです。でも、おつき合い願えますか」

「そうですか」真紀は、心ここにあらず、といった感じだった。それはそうだろう。行方不明者届を出しに来たら、想像していたよりも話が大袈裟になってしまった――心を整理する間もないだろう。

　しかし彼女には、もう少し頑張ってもらわないと困る。捜査はこれからが本番なのだ。


合鍵を使って塩山の家に入った瞬間、真紀が凍りついた。

部屋は明らかに荒らされている。それも、徹底して。チェストの引き出しは全て引き出されて床に散らばっている。ベッドのマットレスは引き裂かれ、クッションが剝き出しになっていた。仕事用に使っているらしいデスクの引き出しも荒らされていた。

　それを見た真紀が膝から崩れ落ち、泣き出してしまう。同行していた失踪課の女性刑事が慰めようとしたが、上手くいかない。この状態では迂闊に部屋を調べることもできない……苦い思いを嚙み締めながら、岩倉は失踪課三方面分室に電話を入れた。安西はこういう状況を予期していたのか冷静で、すぐに鑑識の出動を要請すると言った。

結果的に、また高城の勘が当たったことになる。岩倉が塩山を調べていることを知って連絡してくれたのだが、彼自身、何か事件になりそうだと判断したのではないだろうか。

ようやく真紀が落ち着いた。部屋の現場を維持しておきたいので、どこにも手をつけないように気をつけながら、ざっと見てもらう。

いつも長期出張用に使っている大型のスーツケースがないことが分かった。真紀が見た限り、クローゼットから服も何着かなくなっているようだ。さらに車もないことが分かった。真紀が、靴箱の上に置かれたトレイから、車のキーがなくなっていることに気づいたのだ。駐車場はこのマンションの中でなく、近くに借りている。すぐに確認すると、駐車場に車はなかった。真紀は、三年前に新車で購入した時に撮影した写真をスマートフォンに残していたので、車種もナンバーも分かり、すぐに手配の準備を整える。車のことは、事前に調べておけばよかったと悔いる。

しかし……部屋の様子を見た限り、誰かがここを家探ししたのはごく最近のようだ。もしかしたら今日未明かもしれない。その証拠に、少し扉が開いたままの冷凍庫を確認すると、氷が溶けきっていなかった。

今のところ、塩山は長期、しかも車が必要な移動の多い取材に出かけていたと判断できる。あくまで自主的に動いたものであり、拉致されたような形跡はこの部屋にはない。おそらくこの部屋を荒らした犯人は、取材中の塩山に接触して鍵を奪ったのだろう——

部屋の鍵はかかっていた。

　鑑識が到着したので、部屋の調査は任せる。岩倉は一度部屋の外へ出て、末永に電話を入れた。

「部屋が？　誰かが家探ししたということですか」

「そういう風に見えますね。もしかしたら、塩山さんが持っていた取材データを探していたのかもしれない」

「そんなに重要な情報があったんですか？」

「それは、こっちが手に入れた情報を精査してみないと分からないけど……応援は出ますか？」

「出しました。失踪課の三方面分室に直行させます。ガンさんはどうしますか？」

「この部屋の捜索に立ち会いますよ。塩山さんの彼女からも、もう少し話を聴きたいので」

「連絡は密にして下さい」

「了解」

　急に忙しくなってきた。鑑識の邪魔をしないように気をつけながら、真紀から事情を聴く。しかし彼女は完全に動転していて、目も虚ろになっていた。

「一つ、確認していませんでした。あなたのご自宅は？」

「目黒です」

「もう一度、失踪課で詳しく話を伺うことになります。その後は、家までお送りしますから」

「仕事が……」

「どうしても今日行かないといけない仕事ですか？」

「いえ……」

「私にはどうしろとは言えませんが、無理しないで休んでもいいんじゃないですか」

「ええ、それはまた後で考えます」真紀が深々と溜息をついた。

「とにかく、少し休憩しましょう。鑑識の作業中は、立ち会う必要はありません」

　岩倉は彼女を促して部屋の外へ出た。そこへ、一人の女性が早足で近づいて来る。一目で刑事だと分かった。三十代半ばぐらい……いや、もっと若いかもしれない。小柄で可愛い顔立ちだったが、表情は厳しい。

「岩倉さんですか？」

「ああ」

「本部失踪課の明神愛美(みょうじんめぐみ)です。課長に言われてきました」

　岩倉は思わず相好を崩した。胸の中に安心感が流れ出す。真紀を放ってはおけないが、自分にはやることがある。明神と名乗った女性刑事に目配せし、真紀から少し離れて背中を向けた。

「届け出た人、どんな具合ですか？」愛美の方で切り出す。

「あまりよくない。動揺してるし、フォローが必要だ。本当なら、支援課のヘルプが欲しいところだ」犯罪被害者支援課——今は改組して総合支援課か——の連中なら、ショックを受けた事件関係者の扱いにも慣れているはずだ。

「失踪事件の関係なら、慣れています。何とかしますので」

「高城さんは、こういう状況を見越していたのかな？」

愛美が神妙な表情でうなずき、「あの人、勘だけはいいですから」と言った。「あの人」というやや乱暴な言い方に、岩倉は特別な響きを感じ取った。高城は長年、地獄を味わった。自分の娘が行方不明になり、何年もしてから遺体で見つかった——どんなに精神的に強い人でも、耐えがたい経験だっただろう。その高城を支えたのが、失踪課の同僚たちだった。彼女はその中でも大事な役目を果たしたのでは、と想像する。

「だったら、申し訳ないけど選手交代で」

「大丈夫です」愛美がうなずく。

「ここに立ち会う必要はないから、少し休憩して、どこかで水分補給でもしてくれないだろうか」

「そのつもりでした」

「近くにファミレスがある」

愛美が今度は無言でうなずき、真紀に近づいて行った。一安心して、岩倉はスマートフォンを取り出した。二人の姿がエレベーターに消えると、高城に電話をかけて礼を言う。

「いや、これは完全にうちのマターだから。やれることはやるよ。それより、お前の見立てではどうだ？」

「失踪した塩山さんは、誰かに拉致されている可能性がありますね。長期取材で家を空けていたのは間違いないですが、家を荒らされたのはつい最近です」

「つまり、拉致して鍵を奪った、か」

「ええ。だから、非常に危険な状況ですね」

「分かった。失踪課では、この件は分室ではなく本部で扱う。連絡を密にしようぜ——事件に発展しないといいんだけどな」

既に事件になっている、と岩倉は思ったが何も言わなかった。高城も捜査一課の先輩刑事なのだが、既に失踪課暮らしが長くなり、一課の刑事らしい感覚は失われているだろう。そのモットーは、事件の解決ではなく失踪者の発見最優先だ。他のセクションの仕事に割りこんで、煙たがられることも多い。

電話を切り、取り敢えず現場を離れることにした。塩山が真紀に託した書類の分析を、恵美に任せたままである。応援は来る予定だが、自分もヘルプに入らないと。実際、塩山がMETOについてどれだけ取材していたかは気になる。

そして福沢のことも……二人は共同して調査を進めていた可能性が高い。

電話が鳴った。恵美。

「まだ現場にいる。そろそろそっちへ戻る――」

「ヤバい情報を見つけました」恵美の声は震えている。

「何だ？」

「倉庫です。塩山さんは、ＭＥＴＯの倉庫を見つけ出していたみたいです」

5

岩倉はもやもやした思いを抱えたまま、調布へ向かった。甲州街道の近くにある倉庫が武器倉庫ではないか――塩山は、ＵＳＢメモリの中に何百枚もの写真を保管していた。その中に、倉庫に出入りする複数の人間、さらに大きな木箱を運びこむ様子を写した写真が何枚もあった。さらに映像も。最近のライターらしく、塩山はカメラもビデオも駆使して証拠を押さえようとしていたらしい。とはいえ、この写真だけでは出入りしていた人間は特定できないし、木箱の中身が何かも分からない。

撮影されたのは二ヶ月ほど前だった。今はもう、この木箱は運び出されてしまったのではないだろうか。とはいえ、倉庫から何か出てくれれば、傍証にはなるかもしれない。

倉庫といえば――初めてＭＥＴＯと対峙した時、岩倉は倉庫の監視をしていて襲撃を受け、そのまま拉致された。大事には至らなかったが、あの時の痛みと、失敗の嫌な記憶はしっかり頭に刻まれている。

二度と失敗は許されない。この件をどこが担当するかは難しいところだが、それは岩倉たち下っ端の人間が気にすることではない。上が決めればいいことだ。今は取り敢えず、偵察。さらに特捜では、倉庫の名義関係を調べている。前回の事件では、「東洋経済研究会」という名前が浮上していた。倉庫の賃貸契約を行っていたのがこの組織で、代表者が牟田涼である。つまり、ＭＥＴＯの実態は東洋経済研究会＝牟田ではないかという見方が出たのだが、それは未だに立証されていない。実際、東洋経済研究会は財団法人だが、実体のない組織らしかった。牟田はずっとシンガポールにいるし、全てが架空の存在のようなものだ。

現場は京王線のつつじヶ丘駅と柴崎駅の中間辺りにある。甲州街道から少し北の方に入った場所で、周囲に低層のマンションが並ぶ住宅地だった。こんなところに爆発物を隠しておいて、万が一爆発でもしたら……そう考えると、顔から血の気が引く。

現場に一番乗りしたのは岩倉と恵美だった。恵美はいち早く倉庫を調べようとしたが、岩倉はストップをかけた。

「何でですか？　早く調べた方がいいでしょう」

「ここに何があるか、誰がいるかは分からない。二人だけだと危険だ」

「危険って……ただの倉庫でしょう」

「俺たちは銃を持っていない」

銃と聞いて、恵美がにわかに緊張した。両手を握って開いてを繰り返す。

「そんなにヤバい話なんですか」

「拳銃でも対抗できないかもしれない。機関銃や爆発物があったらどうする？　もしかしたらミサイルとかも。警察では対抗できないぞ」

恵美が黙りこむ。しかし疑わしげな目つき……大量の武器を見たことはないだろうから、岩倉の言葉が信じられないのかもしれない。実際、日本人で武器に慣れているのは自衛隊ぐらいだろう。警察でも、機動隊や捜査一課の特殊班は一般の警察官に比べて重装備だが、「武装」している感じではない。

問題の倉庫は、二階建てのかなり古い建物だった。周囲のマンションよりもだいぶ前に建てられたようで、そこだけ昭和の雰囲気が色濃かった。一階の道路に面した部分に大きなシャッター、その横に通用口があって、鉄製のドアは閉ざされている。建物の脇には錆びついた外階段がついていて、階段の上にはやはり鉄製のドアがある。そのドアには窓があったが、すりガラスが入っているので中は覗けないだろう。

既に夕方。何かするにしても、完全に暗くなってからの方がいいだろう。その前にできるのは、建物の全体像を把握しておくことぐらいだ。

岩倉たちは、建物の裏手に回った。そちら側には窓も非常階段もなく、雨風で汚れた壁が、接近を拒否しているようだった。

「中に入れるんですかね」恵美が首を傾げる。

「こういう倉庫にもオーナーがいて、管理している不動産屋がいるはずだ。そこを割り出せれば、何とかなるんじゃないかな……ちょっと待て」

岩倉は、鳴り出したスマートフォンを取り出した。末永。

「倉庫の持ち主が割れましたよ。連絡が取れて、現場に来てくれることになりました」

末永の声は弾んでいた。

「鍵は開けられますか？」

「それがかなり難しい交渉になることは、ガンさんには分かるでしょう」

間違いない。倉庫の持ち主がＯＫを出しても、今現在借りている人間の許可がないと、捜索に正当性はないはずだ。かといって、借りているのはＭＥＴＯの可能性もあるから、簡単に交渉はできない。

「契約者は？」

「何とでも解釈できるような名前の会社ですね。実態は、今調査中です」

「牟田との関係はあるんですか？」

「それも含めて調査中——取り敢えず、そこでうちの刑事、それに倉庫のオーナーと会って話を聴いて下さい」

「了解です。それと、井本総一郎はどうなりました？」

「送検を明日に延ばして、検察と協議しています」

逮捕から四十八時間までは、警察の方で自由に容疑者を調べられる。その間に、捜査の方向性などについて検察と相談したりするわけだ。逮捕は昨夜だから、まだ明日の夜までは猶予がある。
「どうなりそうですか？」
「勾留しないで放すのはかなり乱暴なやり方ですが、一応、検察の方では納得していま
す」
「状況が非常に複雑なので……井本を囮（おとり）にする作戦も、上手くいくかどうか、分かりま
せんね」
「言い出したのはガンさんですよ」末永が非難した。
「申し訳ない。しかし、状況は刻々と変わるものだから」
「取り敢えず、そちらは特捜の方に任せて下さい。現場の倉庫をよろしくお願いしま
す」
電話を切り、ほっと息を吐く。事態はどんどん複雑化しており、それぞれがきちんと
つながるかどうかははっきりしないままだ。もしかしたら、まったく違う複数の事件が、
偶然に同時並行で起きたのかもしれない。
三十分後、特捜本部から刑事が二人、やってきた。もしもこの広い倉庫を調べるとな
ったら、四人ではとても手が足りない。しかし使える刑事の数にも限りがあるから、取
り敢えずはこの人数で何とかするしかないだろう。本格的な捜索に入るなら、鑑識の出
動が必要だ。
戸惑っている二人の刑事に状況を説明しているうちに、スーツ姿できちんとネクタイ

を締めた初老の男が小走りでやって来た。禿げ上がった頭は汗で光っている。かなり焦っているようだ。

「すみません、石塚です」男が名乗った。岩倉は、その場にいる刑事の中では最年長なので、代表して石塚と話すことにした。

「立川中央署の岩倉と申します。ここは、石塚さんの所有している建物ということでいいですね？」

「ええ」

「今、ここを借りているのはどういう人なのか、教えてもらえますか？」

「会社です。ええと……」石塚が背広の内ポケットから手帳を取り出した。「東亜リサイクル、ですね」

「どういう会社なんですか？」

「いや、それは……」石塚が、丸顔に苦しそうな表情を浮かべる。

「ご存じない？」

「契約関係は、全部不動産屋がやっていますから、私は書類で見るだけなんですよ。この会社の人とは会ったこともありません」

「名前からすると、廃棄物処理か何かの会社のようですね」

「そんな感じだと思います」

あるいは、不用品を安く買い上げて高く売る——まさにリサイクルビジネスをやっている会社かもしれない。それなら、大きな倉庫を借りていても不思議ではない。

恵美が話に割りこんできて、スマートフォンを示しながら、「検索では引っかかりませんね」と告げた。

「ペーパーカンパニーかもしれない」岩倉はうなずいた。

「その可能性、大ですね」

「何か、怪しい会社なんですか」血色のいい石塚の顔が一気に蒼くなる。

「分かりません。書類に不備がなければ、不動産屋は特に問題視しないでしょう」実際、こういうことは珍しくないのだ。「別に、石塚さんの責任というわけではないですよ。あなたはただのオーナーなんだから」

「そうですか」石塚がほっと息を吐いた。

「鍵はお持ちですか？」

「ええ、もちろん」

「開けていただけますか？　中の物に手は触れないで、見るだけです」

「構いませんよ」

自分の責任はないと分かって安心したのか、石塚が気楽な調子でシャッターに向かって歩き始めた。しゃがみこむと、鍵を取り出して差しこむ――差しこんだはずが、「あれ」と不安げな声を漏らした。

「どうかしましたか？」岩倉は彼の横にしゃがんで訊ねた。

「いや、入らないな……」鍵を確認して、もう一度差しこもうとしたが、やはり入らないようだった。「ちょっと、すみません」

立ち上がって、横のドアを開けようとする。しかしこちらも、鍵は使えなかった。

「クソ、鍵を勝手に換えやがった」石塚が悪態をついた。

「それは契約違反ですよね？」

「当たり前ですよ」石塚の顔が真っ赤になった。本来、頭に血が昇りやすい人間なのかもしれない。

「上はどうでしょう？　外階段の上に、もう一つドアがありますよね」

「試してみます」

岩倉は、石塚に続いて外階段を上がった。二人が同時に階段を登ると、ぎしぎしと嫌な音がする。外れて二人同時に転落するかもしれない、と岩倉はかすかな恐怖感を覚えた。

二階のドアも開かない。やはり、東亜リサイクルの人間が鍵を換えたのだろう。石塚は二階の踊り場に立ったまま、電話をかけ始めた。

「ああ、石塚ですけどね。今、調布の倉庫にいるんだけど、シャッターもドアも、鍵が全部交換されてるんだ。あんたのところがやったのか？　違う？　じゃあ、東亜リサイクルの人？　知らないって、そんな無責任なことでいいのか！」

最後は怒鳴り声になっていた。しばらく悪態を吐いてから電話を切ると、ゆっくり深呼吸して岩倉に告げる。

「不動産屋も何も知らないと言っているんです。今、こちらに向かっていますから、とっちめてやりますよ」

「とっちめるのは後にしましょう。まずこちらで、きちんと話を聴きたいので」

同時に岩倉は、何とか倉庫内に入る方法はないかと考え始めた。勝手に鍵を換えるのは契約違反だろう。ということは、勝手に鍵を換えられたことに気づいた石塚が、中を確認するために鍵を壊して入った――というのは違法ではないはずだ。そもそも所有者なのだから。

よし、その手を使うか。ただし、中に兵器が隠してあった場合、どうしたらいいだろう。より上のレベルで判断することになるが、どんな指示が出るか、岩倉には想像もつかなかった。

シャッターの鍵を壊して中に入った瞬間、岩倉は湿った埃(ほこり)っぽい臭いを嗅いだ。石塚が灯りを点けると、小さな体育館ぐらいありそうな倉庫の中がぱっと明るくなる。

中は空だった。

「何も触るな」他の刑事たちに命じておいてから、岩倉は階段で二階に上がった。こちらも空。中に何があったかは分からないが、すっかり運び出された後のようだ。

さらに応援の刑事が到着し、鑑識もやってきた。オーナーである石塚の許可ということで、とにかく調べてみることにする。しかし「容疑」がないので、鑑識としては「取り敢えず見て異変を確認する」方針になった。岩倉は刑事たちに指示して近所の聞き込みをさせた。

一時間後、複数の証言が集まった。深夜や明け方に、トラックが倉庫の前に止まって荷物の出し入れをしていた、という証言——ここが、一時的に兵器を保管しておく倉庫だったのは間違いないようだ。かなり大きな音や声がして迷惑だった、と話す住人も出てきた。どうも、東亜リサイクル——というよりMETOの人間は用心が足りないようだ。こんな住宅地に倉庫を借りて荷物の出し入れをしていれば、嫌でも人の記憶に残る。昼間だったら気に留める人もいないかもしれないが、人目を避けて夜中や早朝に作業をしていれば、却って目立ってしまうものだ。東京では、どんな時間でも必ず起きている人がいる。

塩山が優秀なライターだったのは間違いない。警察も知らないこの倉庫の場所を割り出し、監視していたのだから。それで逆に、ピンチに陥っている可能性がある。あまりにも危ないところに突っこみ過ぎて、METOの逆襲に遭ったのではないか。

倉庫に戻ると、鑑識のスタッフが石塚と話していた。どうやら、倉庫の一角にある防犯カメラについて調べているらしい。映像は確認できるか——それは警備会社に聞いてもらわないと分からない。

鑑識がその防犯カメラに注目した理由は、岩倉にはすぐに分かった。階段の陰に設置されているので、普通に倉庫の中で動いている限りは見つけるのが難しい。一応、カメラは一階全体を撮影できるような位置に設置してあるようだが……岩倉は、不動産会社の社員に訊ねた。

「あれは、どういう防犯カメラなんですか」

「盗難防止用です」若い社員が緊張した口調で答える。

「そんなに頻繁に盗難があるんですか？」

「そういう訳ではないですが、弊社の管理物件には必ず防犯カメラを設置することにしています。高価な物が保管してあることもあるので、セキュリティはしっかりしておかなくてはいけませんので」

「どうしてあんな見えにくい場所に設置してあるんですかね。分かりやすい場所にあった方が、抑止効果は高いでしょう」

　今はどこにでも防犯カメラがあり、常習の窃盗犯などはそれを見て、予定していた犯行を止めることもある。

「それは、シャッターの上にある防犯カメラの役目ですね。わざわざ目立つところに設置してあります」

　確かに。シャッターのすぐ内側、目立つ場所に大型の防犯カメラが設置されている。普通に入ってきたら、まず目に入るだろう。それで怯まない、あるいは気づかない犯人を映すために、見えにくい場所にもう一台のカメラを設置したということか。

「映像は確認できますよね」

「動きがあった時に作動する方式ですけど、保管時期には限界があります」

「それは警備会社に確認すればいいですね」

「もちろんです」

さて……混乱の中、岩倉は何とか今日の捜査をまとめにかかった。現場は調布、指揮を執る末永たちは立川中央署にいるから、これから全員集まって捜査会議を開くと、夜中になってしまう。明日の朝から動くためには、早い時間帯にできるだけ多くの人間が参加した会議をリモートで開いておきたかった。

様々な捜査の手配を終えた後、岩倉たちは倉庫に近い武蔵野西署に移動した。既に、会議室を貸してもらうよう、話をつけてある。立川中央署とオンラインでつなぎ、会議をするつもりだった。

パソコンを持っている刑事はそれを使い、ない刑事は人のパソコンを背後から覗きこむ格好での会議になる。コロナ禍以降、警察でも様々な仕事のオンライン化が進んだが、これはかなり異様な光景だった。同じ会議室にいる刑事たちが、それぞれのパソコンで同じ画面を見ている——大きなモニターが使えればそこにつなぐのだが、この会議室にはそういう設備はなかった。

「ガンさん、まず倉庫の様子を報告して下さい」

末永の要請に応じて、岩倉は倉庫に行き着いた事情から説明を始めた。行方不明になっているフリーライターの塩山が、恋人に託していった資料の中から、問題の倉庫の存在が発覚したこと。鍵が不法につけかえられていたこと。現在、警備会社と話をして、防犯カメラの映像をチェックしていること。

「武器倉庫だった可能性はありますか？」

「今のところ、何とも言えません」

「状況が複雑なので、ここで一度話をまとめておくことにする」

末永が言った。岩倉の周囲では、刑事たちが一斉に手帳を広げる。少し間を置いて、末永が話し始めた。

「今回、我々はあくまで福沢巡査部長の殺人事件の捜査から始めている。この件については、現場近くの防犯カメラに映っていた人物の特定を進め、今のところ容疑者を一人確保している。ただし容疑は銃刀法違反で、今のところは勾留せずに解放して泳がせる手を考えている。ちなみにこの容疑者が岩倉警部補を尾行していたと見られるのは、昨夜説明した通りだ。岩倉警部補は、独自の捜査を進めていて、その動きが誰かを刺激したと思われる――ガンさん、ＭＥＴＯについて説明して下さい」

岩倉は、恵美のパソコンの前で少し前屈みになった。パソコンのマイクは結構高性能でしっかり声を拾ってくれるのだが、オンライン会議をする時は、いつも何となくこうなってしまう。

「数年前に捜査した事案で、ＭＥＴＯという犯罪組織の存在が浮上しました。以前恐喝容疑で逮捕された牟田涼という人物が組織したと言われていますが、その実態はまだ不明です。ただ、武器の不法な輸出入にかかわっていたことが分かっており、極めて悪質、かつ危険な組織です。現在のところ、暴力団や他の犯罪組織などとの関係は明らかになっていません」

そこまで話したところで、末永が話を引き取った。

「殺された福沢巡査部長の周辺捜査を進めたところ、塩山というフリーライターと関係があったことが判明した。この二人が協力して、METOの調査を進めていた可能性が高い。そして塩山が現在行方不明になっていて、恋人が今日、行方不明者届を提出した。その流れで、塩山が恋人に預けていた資料を分析したところ、調布の倉庫の存在が明らかになった」

「塩山が集めていた資料の中には、倉庫に出入りする人、荷物の出し入れなどの様子を写した写真、動画もありました」岩倉は割りこんで説明を始めた。「さすがに内部の様子までは分かりませんが、かなり深く食いこんで取材していたのは間違いないようです。METOに関しては、公安も生活経済課も監視を続けていますが、現在のところは全容を摑むに至っていません。塩山さんが、警察の捜査よりも先を走っていた可能性もあります」

話しながら、やはり複雑な事件だ、と岩倉は実感した。自分で話していても混乱してきて、筋が見えない。それでも何とか説明を終えると、末永が明日以降の仕事の指示を飛ばした。

井本総一郎に関しては、勾留せずに釈放する方針で動く。釈放が決定したら、ローテーションを組んで監視。これにはかなりの人手を取られそうだ。さらに調布の倉庫の捜査も続行。契約者の東亜リサイクルが鍵を勝手に換えたことを「器物損壊」と判断して──オーナーの石塚は「告訴してもいい」と息巻いていた──鑑識が本格的な調査に入る。さらに東亜リサイクルについても調査を進めるが、こちらは望み薄だろう。間違いなくペーパーカンパニーで、会社としての実体はない。そこから牟田には辿りつけないだろうし、METOの他のメンバーの名前も挙がらないのではないだろうか。

さらに、行方不明になった塩山の捜索もある。それはあくまで失踪課の案件になるが、特捜としてもただ情報をもらうだけ、というわけにはいかないだろう。塩山が見つかれば、福沢殺しについても何か手がかりが得られるかもしれないから、捜索に人手を割くのは当然だ。

「明日は土曜日だが、全員出動で一気に勝負をかける」

末永がテキパキと指示したので、岩倉は感心した。この刑事課長は慎重で、普段は早急に結論を口にしない。指示を先送りしているような感じさえあるのだが、今日は違った。混み入った事態をさばき、限られた人員をきちんと仕事に割り振っている。岩倉の感覚では、一人当たりの仕事量が多く、かなりの負荷を強いられそうだが、こういう非常事態だから仕方ないだろう。この状況で文句を言う刑事はいない。むしろ気合いが入って、普段以上の力を発揮できるはずだ。

指示が終わったところで、岩倉は自分が「余った」ことに気づいた。何か意図があるのか、単に仕事の割り振りを忘れたのか……しかし最終的に、末永は岩倉を「遊軍」に指定した。

「今回は、急に動かなければならないこともあります。ガンさんはフリーで、緊急事態に対応できるようにしておいてもらえますか」

「分かりました」確かに一人ぐらい、決まった仕事がない人間がいた方がいいだろう。

リモートの捜査会議は解散になった。午後八時……エネルギーは切れかけ、胃も空っぽだ。そして、同じ多摩地区にいるからと言って、ここから立川まではなかなか行きにくい。京王線で高幡不動まで出て多摩モノレールに乗るか、分倍河原から南武線に乗るか、だ。いずれのルートでも、一時間ぐらいはかかるだろう。どうせ明日も都心部で仕事をするわけだから、この辺で宿を見つけて泊まってしまおうかと考えた。調布駅付近ならホテルがあるはずだし。

恵美は明日、井本の尾行班に入ることになった。正式に釈放が決まるまで、立川中央署で待機だ。その件で、他の刑事と打ち合わせをしている。岩倉は彼女に声をかけて、先に署を出た。恵美は「お疲れ様でした」も言わず、軽く頭を下げるだけ。相変わらず視野が狭いというか、一つの仕事にかかると他のことが見えなくなってしまう。もっとも、様々なことを同時に処理できる広い視野の持ち主は、刑事としてはあまり優秀ではなかったりするのだが。一つに集中して掘り下げられる刑事の方が、早く結果にリーチしたりする。

甲州街道を歩き出しながらスマートフォンで調べると、調布の駅周辺には何軒かホテルがあるのが分かった。いや、調布ではなく渋谷に出た方がいいかもしれないと思い直す。明日は実働部隊である失踪課の三方面分室との打ち合わせもあるし、今は都心にいた方が何かと動きやすい。いずれにせよ、武蔵野西署の最寄り駅までは出よう。京王線の国領駅、柴崎駅、どちらへも距離は同じぐらいのようだが、岩倉は柴崎駅を目指した。少しでも渋谷に近い方へ行っておきたい。

腹が減ったが、この辺では食事が取れる店もない。駅の近くなら何かあるだろうと思ったが、柴崎駅の近くには商店街らしい商店街もなく、食べ物屋もなかなか見つからない。結局、閉店間際のラーメン屋に飛びこみ、カツ丼を頼んだ。注文してから、先日、『週刊ジャパン』の脇谷とロースカツ定食を食べて膨満感に悩まされたのを思い出したが、これから変えるのも面倒臭い。だいたい、元々トンカツは好きなのだ。南大田署時代には、管内にトンカツの名店が多かったのでよく通い、結果的に二キロほど体重が増えてしまった。立川には好みのトンカツ屋がなく、それに最近あまり量も食べられなくなってきたので、体重は元に戻っていた。

懐かしいとしか言いようのないカツ丼だった。カツと玉ねぎが色濃く煮られ、卵でしっかりとじられている。最近、卵を使う丼の場合、緩くとじるパターンも多いのだが、ここは昔ながらの作り方のようだ。一口目でがつんとくる塩気と甘みは、子どもの頃に最初に食べたカツ丼の衝撃を思い出させるものだった。つけ合わせのキャベツときゅうりの漬物はほとんどしょっぱさを感じさせない浅い味つけだったが、それがむしろありがたい。野菜の青臭さで、肉のしつこさが上手く消えてくれた。

一気に食べ終え、一息つく。さて、本当に宿はどうしようか……。渋谷中央署の当直室に泊めてもらうことも考えたが、さすがにそれはあまりにも図々しいだろう。結局、渋谷でホテルを探すか。

新南口に近いホテルに目をつけ、電話を入れる。空きがあったので、すぐに押さえた。後はどこかで着替え——下着とワイシャツはコンビニでも売っているから、後でそれを手に入れよう。夏物の背広は、二日続けて着たぐらいでは、まだ汗で傷まないはずだ。

これで何とか、明日の準備はＯＫ。明大前まで出て丼の頭線に乗り換え——いや、新宿まで行ってしまって山手線を使った方が、渋谷駅で歩かなくて済む、と思い直す。

そんなことを考えて改札に入ろうとした瞬間、スマートフォンが鳴る。今朝に続いて、失踪課の高城。この時間でも、まだ本部にいるのだろうか。もっとも彼は、岩倉と同じ独身である。家に帰っても誰もいないから、失踪課で密かに酒を呑んで、そのまま泊まってしまうこともよくあるらしい。管理職としては、褒められた態度ではない。

「ガンさん、今どこだ」

「調布です」

「まだ仕事中か？」高城の声は切羽詰まっていた。いつも余裕があるこの男にしては珍しい。

「いえ」

「小沢真紀さんが襲われた」

第五章　救出

1

気が急くが、高城の情報はまだ曖昧だった。どうやら失踪課の明神愛美が一緒にいたようだが……現場は目黒の、真紀の自宅近く。現在は病院に搬送中だという。ということは、愛美が現場、あるいは救急車の中から高城に連絡してきたのだろう。

岩倉は取り敢えず、新宿方面に向かって移動した。新宿に着く直前に、スマートフォンに高城からのメッセージが入り、真紀は東急中目黒駅の近くにある病院に運びこまれたと分かった。命に別状はないが、負傷。一緒にいた愛美も怪我しているという。

高城は、メッセージで「申し訳ない」と謝罪していた。真紀は、失踪課が相談を受けた相手だが、同時に立川中央署の特捜にとっても大事な証人である。高城も、昔はかなり突っ張っていたというか、自分の考えのみに頼って暴走しがちなタイプの刑事だったのだが——馬力は当時の捜査一課で一番だったかもしれない——様々な経験を経て変わったのだろう。「丸くなった」というより「変化した」感じではあるが。

病院に駆けこみ、愛美を探す。携帯の番号を交換しておかなかったのは失敗だった
——結局、当直の看護師を摑まえて真紀の居場所を教えてもらう。既に治療を終えて、病室で休んでいるという。

病室の前のベンチに、愛美が腰かけている。二人の男が立ったまま愛美に話しかけているが、これは事件の捜査に来た所轄の刑事だろう。岩倉に気づくと愛美が立ち上がりかけたが、バランスを崩して、倒れるようにまたベンチに座ってしまう。

「足？」岩倉は訊ねた。

「ええ……面目ないです」二度目のチャレンジでようやくきちんと立ち上がった愛美が、頭を下げる。右足は廊下の床からかすかに浮いている。見ると、傍には松葉杖が置いてある。

「重傷なのか？」

「私は大丈夫です」愛美が強がった。

「ご同類だよ。俺も右足を怪我している」

「頭だけじゃないんですか？」

そう言えば、ガーゼも包帯もまったく替えていない。せっかく病院にいるのだから、少し手当てしてもらうか。

「詳しい事情を話している暇はないけど、一連の事件の絡みだと思う——それより小沢

さんは？」

「今、薬で眠っています。負傷箇所は頭と肩です」

「病室、入って大丈夫か？」

「騒がなければ」

騒ぐわけがない。岩倉は、警戒している所轄の刑事に会釈して、病室のドアを引いた。中は明かりが落とされていて、真紀は静かに眠っているように見える——頭の包帯を除いては。意識があるのかないのか、もぞもぞと体を動かすと、急に苦しそうな表情を浮かべる。肩を痛めているというから、普通に寝ているだけでも痛いのかもしれない。ましてや寝返りなど打ったら、強烈な痛みに襲われるだろう。

やはり話ができる状態ではないと判断して、病室を出る。所轄の若い刑事二人に確認すると、取り敢えず警護の意味も含めて、今晩は病室前で待機するという。意識が戻り次第、事情聴取。一緒にいた愛美が事件の詳細を語ってはいるが、やはり本人からの事情聴取は必須だ。

岩倉は、愛美を誘って一階の待合室に降りた。さすがに病室の前で、ややこしい話はできない。

待合室は二階まで吹き抜けで広々としており、全体に明るいベージュ色のカラーで統一されている。ソファは落ち着いた緑色。岩倉は不自由そうに松葉杖を使う愛美を、エレベーター近くのソファに座らせた。自分は横に腰を下ろし、渋谷駅の自動販売機で買ってきたミネラルウォーターを渡す。これは、支援課から学んだ唯一のことだった。支援課では、犯罪被害者のフォローに関する研修を定期的に行っている。岩倉も嫌々ながら参加したのだが、その中で一つだけ、今後の参考になりそうなことがあった。被害者や被害者家族と会う時には、飲み物を用意すること。適切なのは水かお茶だ。ショックを受けている人は水分が不足しがちなのに、水を飲むのも忘れてしまう。そして何か飲めば、取り敢えずは落ち着くものだ、と。言われて試してみたが、確かに効果的だった。今回は真紀と愛美に飲ませようと思って準備してきた。

「すみません」ボトルを受け取った愛美が、一気に半分ほどを飲む。それで急に、声に生気が戻ってきた。やはり水分の威力は絶大である。

「詳しく状況を聞かせてくれ。何をしてたんだ？」

「夕方まで、三方面分室で事情聴取をしました。その後、塩山さんのご家族に連絡を回してもらったりしたので、七時近くになってしまったんです。それで、流れで夕飯を一緒に」

「渋谷で？」

「スクランブルスクエアの中です。その後、自宅まで送ることにして、山手線で移動しました」

「襲撃場所は？」

「自宅近くです。彼女の自宅は、ＪＲ目黒駅と五反田駅の中間地点ぐらいなんですが」

「実家？」

「実家です」愛美がうなずく。

「ご家族は病院には来てないのか？」

「来ました。着替えを取りに、一度家に帰ったんです」

「了解……現場の詳しい状況は？」

愛美が、巨大なトートバッグからタブレット端末を取り出した。眉間に皺を寄せながら操作して、ほっと吐息を漏らす。

「壊れてませんでした。よかった……」

「そんなにひどい衝撃だったのか？」

「私は、バッグを下敷きにして倒れたんです。結構大きい音がしたから、タブレットはやられたかな、と思ったんですけど……」愛美がさらに端末を操作し、岩倉に渡した。画面一杯に地図アプリが示されている。「花房山通り、分かります？」

「ああ」

「首都高にぶつかる直前で左折したところにある一軒家の前なんですが……ちょっと暗くなってるんですね」

「待ち伏せ？」

「尾行されていたとは思いません」

間違いないか、と確認しようとして岩倉は言葉を呑んだ。会ったばかりだが、愛美は非常に気が強そうに見える。余計なことを言ったら怒りが湧き上がって、会話が中断してしまいそうな予感がした。

「狭い路地から飛び出して来て、いきなり小沢さんに殴りかかったんです」

「彼女だと分かってやったんだろうか」

「状況的に、そうとしか思えません」愛美がうなずく。「それで、私も一緒に倒されてしまって。その時に足首を痛めました。でもすぐに立ち上がって反撃しました」

「相手は？」

「男性、身長百八十センチぐらい、痩せ型」

「顔は？」岩倉は、自分を襲った相手を思い出していた。身長と体型は一致する。

「ネックゲイターをしてました。鼻のところまで持ち上げていましたから、顔は半分隠れていました」

「凶器は？」

「特殊警棒です」

おっと……これはかなり重要な手がかりになる。

「どうやって撃退したんだ？」

「私も特殊警棒を持ってましたから、それで応戦しました。セオリー通りに手首を狙って」

逮捕術などの訓練をする中では、特殊警棒の使い方も学ぶ。相手が凶器を持っている場合は、警棒と凶器をぶつけ合うようなことはせずに、相手の懐に飛びこんで、凶器を持っている手を狙うのがセオリーだ。飛びこむ勇気さえあれば、この方が確実に相手の凶器を殺せる。しかし、足を怪我した状態で、よく基本通りに警棒を使えたものだと感心した。

「相手の警棒を叩き落として、『警察だ！』と言ったらすぐに逃げていきました」

「相手の特殊警棒は？」

「現場に落ちていました。押収して、もう所轄に渡しています」

「見覚えがあるやつだったか？」

「そこまで見ている暇はありませんでした」

「イスラエル製かもしれないな」

「イスラエル？」

「俺も、特殊警棒で襲われたんだ。その特殊警棒がイスラエル製だった。もしも同じ特殊警棒だったら、被害者同盟を結成しないといけないな」

「お断りしていいですか」愛美が真顔で言った。「って言うか、冗談ですか？」

「こんなこと、真面目に言うわけないだろう」

「それはいいですけど、滑ってますよ」愛美が指摘した。

はっきりしているというか、口が悪いというか……高城もよく、こういう部下と長くつき合っているものだ。いや、彼らにはやはり何か特別な関係があると考えるべきだろう。

「とにかく、俺を襲った人間が使っていた凶器が、イスラエル製の特殊警棒だった」

「人相……というか、見た目の共通点はないですか」

「残念ながら俺は、相手の顔をまともに見ていない。サングラスにマスクで、ほとんど隠れていたんだ」

「そうですか……でも、同一人物と考えてもいいでしょうね」

「小沢さんの荷物は？」ふとあることを思いつき、岩倉は訊ねた。

「無事です。というより犯人は、荷物を奪っていく余裕はなかったと思います」

「君が追い払ったからだな……もしかしたら犯人の狙いは、小沢さんが持っていた資料かもしれない」それは今、三方面分室に保管してある。

「塩山さんの部屋を荒らして探したけど、何も見つからなかった。それで恋人の小沢さんを襲ったということですか？」

「ああ」

「あり得ますね」愛美がうなずいて同意する。「ということは、そのＭＥＴＯという組織も、塩山さんのことを逆に調べていた可能性があります。あるいは、拉致した塩山さんから情報を聞き出したか」

「恋人のことなんか、喋るかね」岩倉は首を捻った。生真面目だったという塩山は、多少の圧力では、大事な恋人の存在を敵に明かすようなことはなかったはずだ。

——と考えた時、一連の事件は最初から特定の目的を持って行われたのではないかと思えてきた。

「この件、始まりはサイバー犯罪対策課の刑事が自宅で殺されたことなんだ」

「聞いています」

「最初は強盗説が出ていたんだ。だいぶ痛めつけられていた——致命傷は胸と首の刃物傷なんだけど、それ以外にも殴られたり縛られたりした跡が残ってたんだ。強盗が痛めつけて、金のありかを吐かせようとしたという説もあったけど、欲しかったのは別の情報じゃないかな」

「自分たちが調べられていると思ったＭＥＴＯが、逆にその相手を調べようと思った？」愛美の反応は小気味いい。

「ああ。だから、殺された福沢という刑事は、拷問されたのかもしれない。情報を引き出すというより、ただ痛めつけることが目的だった可能性もある。あるいは、警察に対する警告」

「ＭＥＴＯは本気で警察と戦争するつもりなんですか？　そんなの、どう考えても無謀でしょう。今まで、暴力団だって極左だって、警察と全面戦争したことはないんですよ」

「どうして全面戦争にならなかったか、分かるか？」

「——いえ」愛美が一瞬言葉を切る。

「武器が足りないからだ。日本で、正当に武器を持てる人間は限られている。警察官はそのうちの一例だろう？　拳銃を持った警察官が何人もいれば、素手の人間は対抗できない。要するに、火力の差があり過ぎるんだよ」

「ＭＥＴＯは違うんですか？」

「奴らは、武器の売買にも手を染めている。調布の倉庫も、武器の保管庫だった可能性があるんだ。もしかしたら、警察よりも火力が充実しているかもしれない」

「あまり嬉しい推測じゃないですね」

「そうだな」岩倉はうなずいた。

「でも、例の倉庫には何もなかったんですよね」

「あそこになかったということは、どこか他の場所にあるんだよ。もちろん、もうどこかの国かゲリラ組織に売り渡された恐れもあるけど」

「嫌な想像ですね……」愛美が顔をしかめる。

「一緒にＭＥＴＯのことを調べていた一人が殺された。もう一人が行方不明。行方不明の人間は無事でいるのか――」

「岩倉さん、行方不明者届の出た人が遺体で見つかったら、失踪課にとっては全面敗北なんですよ」愛美が真剣な表情で告げる。

「届けが出された時点で、もう死んでいた可能性だってあるだろう。それは、失踪課ではどうしようもないじゃないか」

「そうなんですけど、気持ちの問題です。無事に見つけ出せると信じて捜さないと、それだけで上手くいかない気がしているんです」

ここにも熱い気持ちを持つ刑事がいた。高城の薫陶だろうか、それとも元々彼女がそういう気概を持っているのだろうか。

結局岩倉は、十一時近くまで病院にいた。真紀の意識は戻らず——戻らないように病院側で調整しているのだ。所轄でも今夜中の事情聴取は諦め、警護の制服警官を一人残して引き上げた。病院の中ならまず安全なのだが、事態が事態だけに、今回は念を入れることになった。

愛美の怪我は重い捻挫ということで、命に別状はないのだが、病院側の勧め、それに高城の指示もあって、空いている病室に泊まることになった。ここにいれば、明日の朝一番で真紀の事情聴取につき合える。

岩倉は病院を出てタクシーを摑まえ、渋谷のホテルに行くように指示した。走っている短い間に末永に電話を入れ、状況を説明する——彼には既に、失踪課から連絡が入っていた。

「高城さん、だいぶ心配してましたよ」

「何に対して？」

「事件全体」

「失踪課にまで心配してもらうとなると、大事ですね」岩倉はわざと軽い口調で言った。

「明日、署長は刑事部、生活安全部、公安部の担当部署と本部で話をするそうです。トップ会談ですね」

「土曜なのに？」

「こうなったら、土曜も日曜もないでしょう。それで、どこが仕切るか決めるそうです」

「船頭多くして……にならないといいけど。この捜査は、一筋縄ではいきませんよ」結局この前の事件でも、捜査は限定的に終わり、ＭＥＴＯの実態には迫れなかった。岩倉が聞いた限り、公安部でテロ関係の情報を収集する外事四課と、経済事件を捜査する生活経済課の間で綱引きがあり、結局合同で上手く捜査を進めていくことができなかったようである。基本的には、海外との武器売買が絡む話なので、外事四課などが担当するのが筋のような気もするのだが……一方で福沢のように、捜査二課でもやるべきだと考える人間もいたわけだ。

「とにかく、明日の朝は失踪課の三方面分室へ行きます。今夜の一件の後始末をしておかないと」

「お願いします。それよりガンさんは大丈夫なんですか？　また狙われる可能性もありますよ」

「十分気をつけますよ」

取り敢えず、ホテルに入ってしまえば問題ないだろう。ドアを開けさえしなければ、安全は保たれる。

チェックインし、すぐ部屋に引きこもる。施錠をきっちり確認し、いよいよ風呂――風呂は、今夜の一大イベントだ。先ほど、病院で額の傷を確認してもらったのだが、ほとんど塞がっているので、シャワーを浴びるぐらいは大丈夫だろうとお墨つきを得ている。

それでも、気をつけてシャワーを使う。ホテル備えつけのシャンプーを使い、風呂場の鏡を覗きこみながら、ゆっくり慎重に髪を洗った。額を濡らさないようにしたので、完全に綺麗には洗えなかったのだが、それでも久しぶりの洗髪ですっきりする。風呂を出て飲んだミネラルウォーターは、甘露の味だった。

これで気合いが入り直す。後はゆっくり休んで、明日の朝、再起動だ。着替えを買っている暇がなかったが、これは明日の朝でも何とかなる。

疲れていた。頭を枕につけてから、五秒で眠れると思っていた。

しかし次から次へと疑問が押し寄せてきて、眠りが遠のいていく。相談する相手もなく、ただ一人で考えるしかないので、想像は止めどがない。

考えても何が動き出すわけでもないのだが……頭に入ってきた考えを自在に押し出す技術は、人間にはない。

2

　翌日の土曜日、岩倉は蚊帳の外に置かれた。真紀から話を聴こうとしたのに、高城によって拒絶されたのだ。「今はあくまで、襲撃事件の被害者として所轄に任せたい」という正論で、そう言われてしまうと反論もできない。彼女を襲った犯人を探すのも大事なことだ。

　結局岩倉は、渋谷中央署の失踪課三方面分室に詰めることにした。昨日、恵美が途中まで解析していた資料を精査しなければならない。そのために、立川中央署の特捜本部からは、今日も二人が応援に入っていた。その二人は朝一番で三方面分室に来ていたが、顔を知らない人間がもう一人いて、二人と一緒に打ち合わせをしている。聞くと、サイバー犯罪対策課のスタッフ、三木だという。今のところはパスワードでロックされたり、暗号化されているＵＳＢメモリがあるわけではなかったが、念のために応援に来た、ということだった。

　岩倉は、土曜出勤してきた分室長の安西と話をした。安西は、事態が急に大きくなってしまったので困惑している。

「困ったもんですね」

「まあ、じっくりやるしかないです」

安西の前の電話が鳴った。素早く取り上げ、相手の声に耳を傾ける。それからちらりと岩倉の顔を見て「ああ」と短く言った。電話を切ると「明神からでした」と告げる。

「何と？」

「犯人が残していった凶器ですが、イスラエル製と確認できたそうです。岩倉さんを襲った犯人が持っていたのと、同じ物のようですよ」

「ＭＥＴＯの扱っている商品なのかもしれないな。売り物を自分たちで使うのは、ビジネス的にいいこととは思えないけど」

「確かに……でもこれで、同一犯による可能性は出てきたんじゃないですか」

岩倉は無言でうなずいた。しかし——嫌な予感が膨らんでくる。今のところ、ＭＥＴＯ絡みで出てきているのは二人だけである。井本と、イスラエル製の特殊警棒を持った男。もしかしたら今回、「汚い仕事」を請け負っているのはこの二人だけなのかもしれない。目的は……福沢と塩山の調査。あまりにも多くの人間が絡むとミスが起きやすくなるから、二人だけに任せた可能性もある。そしてこの二人は、ＭＥＴＯの人間ではないかもしれないのだ。汚い仕事専門で外部の人間を雇うというのは、十分考えられることである。そして二人を雇った人間は陰に隠れたままで、ＭＥＴＯの中心には絶対にたどり着けない。

前回の捜査の挫折が、どうしても思い出される。岩倉はＭＥＴＯ捜査の主力になっていたわけではないが、それ故に執念を抱いている。こういう訳の分からない組織の実態を解明して潰すことこそ、現代の警察官の仕事ではないか。そして、定年までのカウントダウンが始まっている今、警察官としての自分の最後の仕事がMETO全体の摘発でもいい、いや、そうあるべきだと考えている。相手にとって不足はない。

　これはチャンスなのだと自分に言い聞かせる。

「あった」突然甲高い声が上がり、岩倉はびくりとして声の主を探した。立川中央署の特捜からやって来た若手刑事、木次（きつぎ）。両手を拳に固めて軽く上げているが、ガッツポーズを作るほどのことなのか？

「どうした」岩倉は安西の席を離れ、木次に近づいた。

「井本総一郎の名前があります」

「何のファイルだ？」確かにそれはガッツポーズに値するが。

「関係者……の名簿のようなものです」木次が椅子をずらし、岩倉がパソコンの画面を覗きこめるようにした。

　確かに。表計算ソフトにまとめられた住所録のようなものである。左端に名前。それから電話番号、住所、一番右は……これは「所属」のようなものではないだろうか。井本の場合、名前と住所はあるが、電話番号と「所属」はない。ちなみに住所は、本人が自供していたものと一致した。

「これは、METOの関係者の名簿だな」

「そうですね。東亜リサイクルの名前がありますけど、ここに出ている人は登記上の代表ではありません」

浦田誠司。携帯電話の番号と住所、そして右端に「東亜リサイクル」と書いてある。東亜リサイクルはペーパーカンパニーだと思うのだが、一応、社員のような人間はいるのかもしれない。しかしどうやって、こんな人間を割り出した?

「それともう一つ、気になるものがあるんです」木次が告げ、腕を伸ばしてキーボードを操作した。画面が切り替わり、ブラウザが現れた。画面中央に、IDとパスワードを入力するボックスが出ている。

「これは?」

「分かりません。ブックマークだけを集めたメモがあって、その中の一つなんですけど……」

「ちょっといいですか」サイバー犯罪対策課の三木が立ち上がり、画面を覗きこんだ。すぐに「ダークウエブだな」とぼそりといった。

「ダークウエブ?」

「一般の人が入れない――というより、検索エンジンに引っかからないサイトの総称です。会員制サイトなんかがそれで、別に悪いものじゃないですけど、これはURLがヤバそうなやつだな」三木が吐き捨てるように言った。「こういうところでは、違法薬物の取り引きや、犯罪の誘いなどが常態化しています。実際、ここで知り合った人間が組んで殺人事件を起こしたこともありますからね」

「二〇一二年の闇サイト殺人事件だな」岩倉は指摘した。「闇サイトで知り合った二十二歳、二十八歳、十九歳の三人が、自分の居住地とまったく関係ない三重県で、強盗殺人事件を起こした。被害者は八十歳の独居の女性で、現金百五十六万円が奪われた。その後仲間割れを起こして、二十八歳の男が殺され、遺体が伊勢湾に遺棄された。主犯が十九歳の男だったせいで、世間に大きなショックを与えた」

「よくそんなにすらすら出てきますね」驚いた三木が目を見開く。

「それぐらいは……ちなみに、ダークネットとダークウエブと闇サイトの違いは何なんだ？」

「説明がややこしくなりますよ」三木が苦笑する。「ダークネットとダークウエブはしばしば混同されます。ダークネットは、アクセスするのに特定の手続きやソフトウエアが必要になるようなネットワークのことで、ダークウエブはそのダークネット上に存在するコンテンツのことを指す、と考えていいでしょう。ダークネット自体は別に悪いものではなくて、認証を必要とするもの——会員制サイトや警察のイントラネットなんかもこれに入ります。ただし日本では、犯罪などに使われるものとしてのイメージが強く、そういうものは闇サイトと呼ばれています」

「実態とイメージの混同か」

「そうです……それでこのサイトなんですけど、まず、開いているのが、通常使われているブラウザではないですね。それこそ闇サイトへのアクセス専用で出回っているブラウザなんです。ここのＩＤとパスワードを突破するのは、実質的に不可能だと思います」

「サイバー犯罪対策課でも？」

「我々は魔法使いではないので。そもそもこういうサイトは、乱数表やワンタイムパスワードを使っているはずです」

「この時点で分かる情報は？」

三木が椅子に座り、マウスとキーボードを忙しなく操作した。すぐに、諦めたように首を横に振る。

「ソースを確認しましたけど、ＭＥＴＯにつながるようなものはないですね……それにしても、塩山という人は大したものですね。この調査能力は警察も見習わないと」

「確かに」岩倉はうなずいて同意した。「ＭＥＴＯの内部に情報源をキープしたんじゃないだろうか。そうでなければ、こんな細かい情報は入手できない」

「取り敢えず、これは持ち帰らせて下さい。さらに分析してみます」

「ああ、それはプロに任せるよ」岩倉はうなずいた。今のやり取りの何パーセントぐらいを理解できただろう。岩倉の世代は、人生の途中からパソコンやインターネットが入ってきた。職場に導入されたのは九〇年代の後半。家では妻が早くからパソコンを使っていたので、岩倉自身は多少は馴染みがあったのだが……犯罪も捜査も、岩倉が新人の頃とは様変わりした。そういえば、八〇年代に、パソコン通信を使って盗品を売りさばいていた少年三人組が摘発された事件があったが、あれなどネット犯罪の走りのようなものだっただろう。

どこかで電話が鳴っている——安西の話し声が聞こえてきた。

「——了解。では、一度こちらへ戻ってくれないか？　詳しく話を聞きたい」

受話器を置いて、安西が岩倉に目配せした。寄って行くと「小沢真紀さんから話が聴けました」と告げる。

「大丈夫だったんですか？」

「怪我はひどいですが、証言の内容にぶれはなかったようですよ。今明神が戻って来ますから、話を聞きましょう」

「何か出てくるといいんですが」実際には難しい、と岩倉は判断している。真紀は、見も知らぬ犯人に待ち伏せされ、いきなり襲われたのだろう。心当たりがあるとは思えないし、犯人の顔も見ていないのではないだろうか。

「それと、所轄とSSBCが、防犯カメラの映像から犯人らしき人間を割り出したそうです。今、明神から写真が来る——ちょうど来ましたね」

安西がノートパソコンの画面を覗きこむ。素早く確認してパソコンを動かし、岩倉に画面を見せた。数枚の写真が画面上に並んでいる。明らかにマンションの前に見える写真では、正面から顔が映っていた。自分を襲撃した犯人——のような気もするが、確証はない。さらに、コンビニエンスストアの前を大股で歩く瞬間を捉えた写真もある。

「現場近くで、複数枚写真を撮られています。特に重要なのが、このマンションの前で撮られた写真ですね。襲撃現場のすぐ近くで、ここに潜んでいて飛び出した感じです。距離にして、わずか五メートルほどなんですよ」

「相手が気づく前に襲うにはいい距離だな」

「そうなりますね。明神は、この写真をもう一回被害者に見てもらってから、こっちに上がって来ます」

取り敢えず、愛美の戻り待ちか……お茶でも買おうと思って分室を出た瞬間、スマートフォンが鳴る。末永だった。

「井本総一郎を放します」

「監視の手は足りてますか？」

「何とか。そちらは？」

「ぼちぼちですね。細かい情報が集まってきています」

「夜にはまた、つき合わせの会議をしますから」

「それまでに、何とか立川に戻れるようにしますよ。駄目ならまた、リモートで参加します」

「何かあったら——」

「すぐ連絡します。それと、昨夜の襲撃事件の容疑者らしき人間の写真が入手できてますよ」

「間違いないですか？」末永の声が弾む。

「防犯カメラの映像だけど、確度は高いですね。そちらには直接関係ないかもしれないけど、一応、情報は共有しておいた方がいいでしょう。ＳＳＢＣか所轄に聞いてみてくれませんか」

「やっておきましょう」

　これでよし。準備は整った。しかし心配なのは――この事件が、どこまで行ったら「解決」になるか分からないことだった。


　夕方まで動きはないのでは――岩倉の予感は外れた。再び末永から電話がかかってきたのは、午後四時前。岩倉は、塩山のＵＳＢメモリの内容分析に参加して、パソコンの画面を睨みっぱなしだったので、目がおかしくなってきていた。五十代にはきつい作業で、何か別の仕事に替われるなら――と思い始めたところへの連絡だった。

「ガンさん、動けますか」

「もちろん」

　末永が渋谷のホテルの名前を挙げる。よりによって、岩倉が昨夜泊まったホテルだった。渋谷は、海外からの観光客にも人気の街なのに、意外にホテルは少ない。

「井本がそこに入りました。どうも動きがおかしい。援軍をお願いできますか」

「了解」末永が「おかしい」と言えばおかしいと考えていい。

安西に「転進する」と言い残して、すぐに署を出る。明治通りを横断すればすぐそこが目当てのホテルだ。

ロビーに行くと、恵美がいた。顔には疲れが見える。

「引っ張り回されました」

「それで動きがおかしい、ということか」

「はい?」

「課長が言っていた。尾行をまこうとしていた感じなのか?」

「ええ。でも、気づいていたかどうかは分かりません。ただビビってるだけかもしれませんね」

「部屋は?」

「確認してあります。ガンさんが来る直前に向かいましたけど、どうしますか?」

「取り敢えず部屋を確認しておこう」

尾行を厚くするためか、今日は三人体制だった。岩倉を入れて四人。この場の戦力としては十分だろう。岩倉が最年長――それを言えば立川中央署刑事課で最年長だ――かつ階級も一番上の警部補なので、自然にこの場の指揮を執ることになる。

「このホテル、エレベーターは一ヶ所だよな?」岩倉は刑事たちの顔を見渡しながら確認した。昨夜自分も泊まったホテルだから、何となく勝手は分かっているのだが。

「一ヶ所です。ロビーの先のあそこです」まだ二十代の刑事、山岸(やまぎし)が答える。「非常階段はエレベーターホールの脇ですから、エレベーターの前で張っていれば動きは確認できます」

「分かった。山岸はここで警戒待機。上の部屋は三人で確認しよう」

岩倉たちは早速エレベーターに乗りこんで、七階に向かった。こういうビジネスホテルにありがちだが、特に「スウィート」のようなものはなく、どのフロアも同じ造りのようだ。実際、昨日岩倉が泊まった五階のフロアとほとんど同じである。この時間帯には静まり返っていた。ビジネスホテルで客が目立つのは、もっと遅い時間である。仕事で泊まっている人は、だいたいこの時間帯には仕事相手と会食でもしている。十時を過ぎると廊下が賑やかになる感じだ。

七一二号室。ノックするわけにはいかないので、取り敢えず部屋の場所を確認するだけだ。しかし、問題の部屋のドアは薄く開いている。下の方を見ると、ドアストッパーが嚙んでいるのが見えた。ということは、敢えて開けている？　ホテルのドアをわざわざ開けておく意味は分からないが。

その時、岩倉のスマートフォンが鳴った。山岸。切羽詰まった声が耳に飛びこんでくる。

「問題の男です！」

「問題の男」が多過ぎる。焦るなよ、と自分に言い聞かせながら岩倉は訊ねた。

「誰だ？」

「あれです、目黒中央署の……」

「昨夜の襲撃事件か?」

「はい!」山岸の声が引き攣る。

「今、どうした?」

「ホテルを出て行きました。尾行中です」

「尾行を継続しろ。すぐに熊倉を応援に出す」

「分かりました」

「今はどこにいる?」

「明治通り方向に向かっています」

岩倉は電話を切り、恵美にすっと身を寄せた。問題の部屋のドアが細く開いているので、少しでも大きな声を出すと聞かれてしまうかもしれない。

「昨日、目黒中央署管内で小沢真紀さんを襲った犯人がいた。山岸が尾行しているから応援に入ってくれ。今、ホテルを出て明治通りの方へ向かっているらしい」

恵美は一瞬、怪訝そうな表情を浮かべた。事態を把握し切れていない様子である。

「課長が、防犯カメラの写真を送ってきたはずだけど」

「あ、はい。分かりました」

恵美がエレベーターの方へ駆け出す。エレベーターが来そうにないと見てとったのか、そのまま非常階段の方へ方向を変える。それを見た瞬間、岩倉は嫌な予感に襲われた。

もう一人の若手刑事・秋野（あきの）に声をかける。

「部屋を覗いてみよう」

「いいんですか」

「井本の無事を確認しないと。まずい状況かもしれない」

「気づかれずに尾行するよう、指示されてるんですが」

秋野は普段からこうだ。「命令」「指示」をやたら口にする。人に言われるままに動くことが、若手刑事の修業だと思っている節がある。

「臨機応変だ。奴が死んでたらどうする」

「死んでるって……」

「奴はいろいろ失敗してるんだ。ヘマした奴には、罰が必要だろうが。警察だって、表彰もあれば罰もある」

岩倉は一応、ラテックスの手袋をはめた。まずは手を触れないでドアを確認する。ドアストッパーは……自分の部屋のドアにも当然ついていた。足で蹴ればすぐに出るタイプで、もしも緩んでいたら、ドアを閉めただけで勝手にストッパーが出てしまうかもしれない。

うめき声が聞こえる。

岩倉は咄嗟の判断で、ドアを思い切り開けた。狭い廊下の先が部屋——ベッドの手前に人の足が見える。倒れている。

無言で部屋に飛びこむ。秋野がすぐ後に続いた。

ベッドの横に、男が一人、仰向けに倒れている。シャツの胸は真っ赤に染まっていた。

「井本！」声をかけたが反応はない。

岩倉はすぐに、井本の傍で膝をついた。顔面は蒼白で、呼吸が浅い。胸の傷からは、鼓動に合わせるように血が噴き出ていた。

「タオルだ！」

叫んだが、秋野の動きは鈍い。死にかけた人間を見るのは初めてだったのか、ショックから抜け出せないようだ。

「バスルームだ！」

もう一度大声で指示すると、秋野が慌ててバスルームに飛びこむ。ありったけのタオルを持って戻って来たので、岩倉はバスタオルを井本の胸に押し当てた。明らかに銃で撃たれており、タオルで押さえたぐらいでは血は止まりそうにないが……チラリと見ると、秋野は呆然としてその場に突っ立ったままだった。

「救急車だ！」

この状態でも指示待ちかと呆れながら、岩倉は怒鳴った。秋野が慌ててスマートフォンを取り出したが、焦り過ぎているのか、床に落としてしまう。怒鳴っても何も変わらないだろうと思い、岩倉は低い声で指示をつけ加えた。

「それと、フロントにも電話しろ。この部屋——フロア全体を封鎖しないといけない」

　秋野が連絡を回し始めたので、岩倉は井本の手当てに専念した。と言っても、やれることは限られている。顔面は蒼白で、依然として呼吸は浅い。

「井本！」胸を両手で押さえたままなので、顔を近づけることもできず、岩倉は声を張り上げた。「井本、聞こえるか！」

　井本が薄く目を開く。意識があるかないか分からない状態だったが、それでも岩倉を認識しているようだった。

「誰にやられた」

「――カワナ」

「カワナ？　何者だ？」

「狙われてるのはあんただよ……」

「俺？」

「ターゲットはあんただ」

「どういうことだ？」

　井本の唇が震え始める。ゆっくりと目を閉じた――瞼（まぶた）を開いている力さえなくなってしまったようだった。クソ、まずい。左手で胸を押さえたまま、右手で手首に触れる。非常に脈が弱い。床の絨毯（じゅうたん）を濡らす血の量を見て、岩倉は既に手遅れだと判断した。しかし最後の最後まで頑張らなければならない。だいたい、警察官である岩倉には、誰かの死を宣告する権利もないのだ。

一人の人間が死んでいく。その事実は重いが、岩倉は井本の言葉の真意を探るので精一杯だった。「ターゲットはあんた」？　どういう意味だ？

救急車が到着した時点で既に、井本は心肺停止状態だった。岩倉はエネルギーを全て使い果たして床にへたりこみ、井本が担架で運び出されるのを見ているしかなかった。本当はソファに腰かけたかったのだが、そのために立ち上がる体力も残っていない。

「大丈夫ですか？」秋野が訊ねる。

「大丈夫なわけないだろうが」叱り飛ばしたが、声を張れない。何だか呼吸が苦しく、部屋の暑さとまだ残る血の臭いも体にダメージを与えていた。救急隊員は出て行ったが、入れ替わりに渋谷中央署員が入って来る。この件を担当するのは、当然刑事課である。しかし、岩倉たちが捜査していた事件については知らないはずだから、一から説明しないといけない。これが面倒だ……要領のいい人間が相手だといいのだが、と思っていると、スマートフォンが鳴った。恵美。

「すみません！」第一声はほとんど叫び声だった。「逃げられました」

「消失点は？」

「青山通りでタクシーを拾いました。今、ナンバーから追跡中です」

タクシー会社とナンバーが分かっていれば、すぐに運転手にたどり着く——今回、井本に尾行された岩倉がやった捜査だ。

「分かった。奴は何をやってたんだ？」

「尾行を警戒してたんですよ。あちこち引きずり回されました」

ホテルから青山通りまでは、歩いて五分もかからない。しかし、最初に目撃したという連絡が入ってから、既に十五分以上が経っていた。複雑に入り組んだ渋谷周辺の道路を、相手をまこうとして歩いていれば、十五分ぐらいはすぐに経ってしまうだろう。そして最終的には一番確実な逃走手段――タクシーを使った。それほど遠くへ逃げる必要もない。極端に言えば、渋谷の隣駅までタクシーに乗って、そこから電車を使えば、あとはほぼ追跡不可能だ。

しかし、苗字が分かっていれば、大きな手がかりにはなる。特に井本が言っていた「カワナ」というのは、それほど多い苗字ではない。

事情聴取は、岩倉の予想通り混乱した。それでなくても複雑な事件を、一から説明しなければならない。当然、福沢殺しから始まるわけで、そこでまず引っかかってしまう。渋谷中央署の若い刑事は、どうにも手順が悪かった。福沢殺しの件をしつこく聴きたがり、話がそこからまったく進まない。こいつは絶対本部に上がれないな、と岩倉は腹の中でダメを出した。警視庁管内で起きた殺人事件の概要ぐらい、頭に入れておけ。

そんなことをしているのは、捜査一課長と自分だけかもしれないが。

3

ようやく渋谷中央署の事情聴取から解放された時には、午後七時近くになっていた。疲れた……ホテルのトイレで徹底して手を洗ったが、それだけでは汚れが取れない気がする。井本の血が、自分の手に染みついてしまった感じがした。せめてシャワーを浴びて全身の汚れを洗い流したかったが、それはしばらく我慢だ。

ホテルの部屋ではまだ、鑑識活動が続いている。銃弾が発見されたので、これも大きな手がかりになるだろう。どうやら井本は、正面から胸を一発撃たれ、それが致命傷になったようだ。

人が増えてきて部屋の中にはいられなくなったので、岩倉たちはロビーに撤収した。それほど広くないロビーに、刑事が十人ほど……他の宿泊客に明らかに悪い印象を与えているし、ホテル側も迷惑している。渋谷中央署の刑事課長が、必要な人数だけを残して署に撤収するように指示した。

渋谷ストリームの横のエスカレーターで、デッキに上がる。このデッキを渡ればすぐに渋谷中央署だが、明治通りを渡るだけの短い道のりが、はるか長く感じられた。いつの間にか雨が降り出しており、横殴りに体を襲う細かい雨粒が鬱陶しい。

刑事課ではなく、失踪課三方面分室に向かう。刑事課は大騒ぎになっているはずで、その喧騒は耐え難いと思ったのだ。

失踪課三方面分室では、安西が待機していた。愛美の姿も見える。安西が気を遣って、ソファに座るよう、勧めてくれた。さらに愛美が、ペットボトルのお茶を自然な様子で差し出す。

「大変でしたね」安西が労った。

「いや……」大変だったと認めるのも悔しく、岩倉は短く言っただけでお茶を飲んだ。冷たいお茶が胃に落ち着くと、全身の細胞に水分が行き渡る感じがした。ゆっくりと息を吐き、何とか気持ちを落ち着かせようとしたが、どうにも難しい。自分の腕の中で、人の命が急速に消えていく経験をしたのは初めてだった。

それでも、お茶を飲んでいるうちに、次第に冷静さを取り戻す。やはり気になるのは、「ターゲットはあんた」という井本の言葉だった。死にかけた人間がわざわざ嘘をつくとは思えない。最後に、自分に嫌がらせをしようとした？　そんな余裕もなかっただろう。つい、本当のことを言ってしまったのではないだろうか。

最初から自分が狙われていたのか？　様々な想像が頭の中を過ったが、今は裏づけられない。問題のカワナを捕まえて絞り上げないと、真相は分からないだろう。今はカワナを捕捉するのが最優先だが、果たして上手くいくかどうか。

スマートフォンが鳴った。チラリと見ると、既にバッテリーが危うくなっている。しかしかけてきたのは末永なので、無視するわけにもいかない。

「今、どこですか？」

「渋谷中央署に戻った」もう、年下の上司に対する丁寧な言葉遣いがキープできない。

「そっちはどうなってる？」

「今はまだ、合同捜査はできません。渋谷の一件とこちらの一件がつながっている確証がないんです」

「福沢を襲ったと見られる男が殺されたんだぞ？ つながっていると考えるのが自然じゃないか」言いながら、自分の言葉は曖昧な状況を反映しただけだと気づいた。「と見られる」。何一つ、はっきりしたことがない。

「とにかく、上の方が調整を続けています。取り敢えず、機動捜査隊が出て、カワナを捜索していますから」

機動捜査隊の動きの早さと勘は信用できる。こちらとしては、カワナというのがどういう人間か、確定しないと。

「ちょっと待って下さい」末永が電話から遠ざかった。他の電話に出て何か話しているのは分かるが、内容までは聞き取れない。しかしすぐに岩倉との通話に戻ってきた。

「井本の死亡が確認されました」

「クソ」搬送された時点で既に手遅れだったとは思うが、岩倉は思わず吐き捨てた。

「仕方ないですね。とにかく、カワナという人間を捜す、そしてその正体をはっきりさせる捜査を最優先させることになると思います」

「渋谷中央署が、な」岩倉は指摘した。「仮にカワナを逮捕しても、こっちの殺しの調べが終わらないと、立川中央署には持って来られないぞ」

「身柄さえ押さえてしまえば、何とかなりますよ」

それで岩倉は、井本の死を招いたのは自分だと悟った。逮捕した井本を放すように進言したのは自分である。あんなことを言い出さなければ、井本は今でも立川中央署の留置場にいて、安全に生きていたはずである。いくら犯罪者とはいえ、一人の人間を犠牲にしてしまった……。

電話を切り、岩倉は無言でお茶を飲んだ。急に黙りこんでしまったので心配になったのか、愛美が声をかけてくる。

「これって、仲間割れですよね」

「――そんな感じだろうな」彼女の指摘は核心をついていると思った。

「岩倉さんが気にすることはないんじゃないですか」

「君は何も知らないだろう」岩倉は、ついきつい言葉で指摘した。

「知ってますよ。逮捕した井本を釈放しようって言い出したのは岩倉さんでしょう」

「何で知ってる」岩倉は思わず愛美を睨んだ。

「高城課長から聞きました」

「高城さんから？　高城さんもうちの署の事情は知らないはずだぜ。こっちは失踪事件じゃないんだから」

「今回、いろいろなことが絡んでいるじゃないですか。だから高城課長が自分で調べたんです。顔が広いですから、電話を何本かかけて、事情を把握したんだと思いますよ」

余計なことを、と口にしかけた。しかし高城にすれば、自分の課が担当する案件に関する情報を収集しておくのは当然だろう。自分が彼の立場でもそうする。

「ご飯でも食べませんか」愛美がいきなり切り出した。

「そんな気にならないよ」

「食べられる時に食べておくのが警察の基本じゃないですか」

「その方がいいですね」安西も同調した。「今夜は、いつまでかかるか分かりませんしね」

「しかし……」

「岩倉さんも、案外気が小さいんですね」からかうように愛美が言った。

「馬鹿にしてるのか？」

「感じたことを素直に言っただけです」愛美は平然としていた。

何というか……彼女はいつもこんな風につんけんしているのだろうか。かなり癖が強いタイプなのは間違いなく、高城も扱いに手を焼いているのでは、と岩倉は想像した。

それが彼女流の身の処し方かもしれないが。警察はまだまだ男社会で、女性が普通に仕事をしようとするだけでも大変なのだ。自分の周りに壁を張り巡らせたり、鋭い棘(とげ)で武装することもある。もしもそうなら、岩倉が苛立っても仕方がない。

そして驚いたことに、食事に誘われた瞬間、岩倉は空腹を覚えていた。一人の人間を死に追いやってしまったショックで、食事などできないだろうと思っていたのだが……オッサンになると、物事を敏感に感じ取る神経が鈍くなってくるのかもしれない。

夕飯の短いブレークが岩倉を落ち着かせた。安西が案内してくれたのは、渋谷中央署から金王(こんのう)神社へ向かう途中にある中華料理屋だった。店内はそこそこ本格的な雰囲気だが、値段はそれほど高くない。愛美も知っている店のようで、席に落ち着くと嬉しそうな表情を浮かべた。

「三方面分室にいた時、よくここでご飯、食べたんです」愛美が言った。

「そうか……高城さんも行きつけか？」

「そうですね。でも、高城さんが頻繁に通っていたのは、桜丘町にあるラーメン屋でした」

「高城さんも、好き勝手にラーメンを食べられるような年齢じゃないけどな」あれだけ酒を呑んでいるのだから、体は相当ダメージを受けているはずだ。せめて食事で体をケアした方がいいのではないか？

「創作系のラーメン屋で、毎月必ず新作が出るんです。それをいつも試してましたね。ヘルシー系もありましたし」

「なるほど」一応、健康には気を遣っているのかもしれない。あくまで気分だけの問題だと思うが。

コース料理もあるのだが、さすがにゆったりと楽しんでいる余裕はない。メニューの選定は二人に任せ、岩倉はテーブルに並んだ料理をただ食べ続けた。食べているうちにゆっくりと元気が戻ってくるのを感じる。安い割に味は本格的で、特に小籠包が絶品だった。休日の昼には、これを十個ぐらい食べてランチにしたいぐらいである。高級中華という感じではなく、街の中華料理屋のメニューをブラッシュアップした感じ。そう言えば……娘の千夏はこの近くの大学に通っている。最近は一緒に食事をすることもないが、今度はこの店に誘ってみようか。ただし今の千夏にとって、父親との食事の優先度は高くないはずだ。講義に加えてバイトもあるし、友だちづきあいだって忙しいだろう。自分はせいぜい金蔓(かねづる)というところか。

最後のチャーハンを三人で分けて食べた時、岩倉は自分の分にはウーロン茶をかけた。愛美が目を見開く。

「そんなことして、美味しいんですか?」

「締めで油っぽさを流したい時に、こうするんだ」

「チャーハンの美点の全否定じゃないですか」

「やってみれば?　美味いよ」

「私は、食べ物に関しては保守的なんです」

無理に勧めるものでもないか。岩倉の感覚では、和食の店で最後に茶漬けを食べるのと同じなのだが。

食事を終えて八時過ぎ。食べている間に末永からメッセージが入って、九時から捜査会議をすることが分かっていた。普段に比べて遅めだが、夕方になって事態が急に動き始めたので仕方ないだろう。そして、立川中央署から離れている者はオンラインで参加、と指示してきていた。岩倉も渋谷中央署でデスクを借りて、オンラインで参加することにした。

九時から行われた会議では、新しい――岩倉が知らない事実は出てこなかった。カワナは依然として逃走中。その正体についても、はっきりしたことはまだ分からなかった。ただし、ホテルでの事件については、少しだけ状況が明らかになってきた。

井本がホテルにチェックインしたのは、午後四時過ぎ。その前に本人――井本を名乗る人間から電話で予約が入っていた。宿泊予定は今晩一晩だけ。井本が部屋に入った直後、部屋を訪ねて来た人がいたらしいことが、ドアの開閉記録から分かっている。カワナだ。カワナは当然、フロントを通って七階に行ったはずで、渋谷中央署ではフロントの係や客から徹底して事情聴取を行ったものの、目撃者はいなかった。

しかし「聞いた」人間はいた。

七一二号室の二つ隣、七一四号室の宿泊客が「銃声らしき音を聞いた」とホテル側に届け出ていたのだ。かなり大きな音だったようで、他に宿泊客がいたら、もっと多くの人の耳にも入っていただろう。その通報が事件の直後――岩倉たちが部屋に踏みこむ直前だったようだ。

どうやら、カワナはぎりぎりのタイミングで逃げ出したようだ。岩倉たちが七階に上がる時、ちょうど犯行現場から逃げ出したカワナが下りのエレベーターに乗り、すれ違いになったと見られる。もう少し時間がずれていたら、七階の廊下でカワナを捕捉できていたかもしれない。

防犯カメラの映像のチェックも始まっている。ホテルなので何台もカメラがあるから、カワナは必ず映っているはずだ。それが確認できれば、追跡の手がかりになる。

細かい情報はいくつも出てきたが、決定的なものは一つもない。

末永が、明日の朝以降の捜査を細かく指示した。ただし、刑事部と公安部、それに他の所轄との調整が続行中なので、夜の間に指示が変わる恐れもある。取り敢えずメッセージには注意——了解するしかない。

岩倉は明日の朝もフリーで、何にでも対応できるように体を空けておくよう指示されたが、今夜をどこで過ごすかでまた迷った。都心部でも立川でも捜査が進んでいるから、明日はどこに飛ばされるか分からない。立川にいても渋谷にいても、状況次第では出遅れてしまう可能性がある。

しばし悩んだ末、立川へ戻ることにした。「ターゲットはあんた」という言葉がずっと引っかかっている。連中は、岩倉の家もターゲットにしている可能性があるのだ。もしも本当なら、罠の中に自ら飛びこむようなものだが、問題は住んでいるのがマンションだということだ。放火でもされたら、自分がいない間に他の住人が犠牲になることになる。自分がいればどうにかなるものでもないと思うが、何となく責任を感じていた。

立川の自宅へ戻って、十一時。明日はできるだけ早く起きることにして、手早くシャワーだけ済ませる。頭を洗えるのが嬉しかったし、何より徹底して手を綺麗にしたので一安心する。ようやく死者の血を洗い流せたようだ。

今夜は眠れないだろうな……そう思って、少しでも眠気を誘うようにとビールを吞んだ。軽い酔いが回ってくるのを意識しているうちに、ふっと寝てしまう。

気づいたらソファの上で丸くなっていた。二人がけのソファは、体を伸ばして寝るには心許ない。全身がぎしぎしと痛んだが、それでも起きざるを得ない――スマートフォンが鳴っている。

画面で時刻を確認すると、午前三時。こんな時間に何か動きがあったのかと不審に思ったが、電話をかけてきた相手の名前を見て、不審感はさらに膨れ上がった。

塩山。

彼の携帯の番号は登録してあるから、この名前が浮かんでもおかしくはないのだが、そもそもどうして彼が電話をかけてきた？　無事なのかどうか、そもそも本人がかけてきたのかも分からないが、この電話を逃すわけにはいかない。

「塩山さん？」岩倉は第一声を発した。向こうが話し出すのを待つべきだったかもしれないが、待ちきれない。

「岩倉さんですか？」塩山——塩山だとしてだが——の声は低く、誰かに聞かれるのを恐れているようだった。

「岩倉です。塩山さんですね？」

「塩山です」

「今どこにいるんですか」岩倉は完全に体を起こした。今や眠気はすっかり吹っ飛んでしまっている。

「倉庫……いや、廃屋」

「どちらですか」

「ビルです。閉じこめられている」

「怪我は？」

「歩けない。足をやられた」

「電話はかけられるんですね？」

「今、監視がいないから……やっと……」

「どうして俺の名前を知ってるんですか」何度も電話をかけ、メッセージでも名前を残した。しかし「警察だ」と名乗っても、それをすぐに信じられるものでもあるまい。

「福沢さんから聞いています。いざという時には……岩倉さんは頼りになるからと」

福沢の名前も出てきたのだから、塩山本人だと信じていいだろう。もちろん全てが罠の可能性もあるが、疑い始めたらキリがない。

「誰があなたを監禁したんですか」

「カワナ……」

「ＭＥＴＯの人間ですね？　カワナとは知り合いなんですか」

「俺は知っていた。向こうは知らないと思ったけど……たぶん、バレていた」塩山が呻き声を漏らし、会話は中断した。

「大丈夫ですか？」

「何とか……とにかく、ここは神田です。住所は分からないけど、靖国通りの南側のはずだ。あと、近くに小学校があると思う。子どもが集団下校する声が聞こえました」

「あなた、いつからそこにいるんですか？」

「二日……三日前……分からない」

時間の感覚がおかしくなっているのかもしれない。暗闇の中、スマートフォンも取り上げられていたら、今が何時か、昼か夜かも分からなくなってしまうだろう。こういうのは一種の拷問になる、と岩倉は知っていた。しかも、もっとも厳しい拷問だ。

「とにかくすぐ、救援に向かいます。体は大丈夫ですか」

「分からない……」塩山の声から力が抜けてきた。

「塩山さん！」

「岩倉さん、これは……」

急に電話の相手が替わる。

「岩倉か」低く抑えた声。

「岩倉だ」相手の声にははっきりした悪意を感じながら、岩倉は答えた。

「一人で来れば、この男を解放する。誰かいるのが分かったら、その時点で殺す。夜が明ける前に来い」

そこで電話が切れた。

塩山が言わなかった、あるいは言えなかった言葉は何だろうと考える。「これは」の後に続く言葉は何が相応しい？

罠、だ。

だが、罠だと分かっていても、行かねばならない時がある。これは突破口になるのだ。

岩倉はただちに末永に電話を入れた。夜遅くまで幹部の協議が続いたせいか、彼は署に泊まりこんでしまったようで、それが岩倉には幸いした。中途半端な時間に叩き起こされて、なかなか状況を把握できない様子だったが、岩倉が発した「拉致」の一言で完全に目が覚めた。

「神田の所轄に連絡をして、付近をパトロールさせてくれ。目標は、ビルに入っている貸し倉庫。ただしもう使われていない場所のようだ。所轄ならそういうビルも把握していると思う。それと、念のために特殊班に連絡を」

「我々はどうしますか？」

「もちろん、現場に向かう。これからすぐに署に行くから、拳銃携行で」

「ガンさん……」

「今回は銃が必要だ」岩倉は強く言った。「もしも塩山さんを監禁しているのがカワナなら、向こうも銃を持っている可能性が高い」

「だったら、特殊班に任せた方がいいんじゃないですか？ 人質事件や立て籠り事件に関してはスペシャリストですよ」

「それは分かってる。でも、向こうは俺に一人で来るように言っている。信用していいかどうか分からないけど、塩山さんをむざむざ見殺しにするわけにはいかない。最悪、俺がデコイになってもいい」

「囮ですか……」末永が溜息をついた。「私の立場では、イエスとは言えませんよ」

「分かってる。でも、無茶をしなければならない時もある。今がまさにそうなんだよ」


岩倉は自ら、覆面パトカーのハンドルを握った。パトランプをつけて、アクセルを床まで踏みこみ、制限速度を無視する。夜中で、首都高四号線もさすがに交通量は少ないのだが、それでも恐怖と緊張に襲われる。特に環八を過ぎてからはカーブやアップダウンも多くなり、公道でレースをやっているような気分になってきた。

その間、末永はあちこちに電話で連絡を回していた。話していないとこのスピードに耐えられないのかもしれないと同情したが、アクセルを緩めるわけにはいかない。一分でも一秒でも時間を削りたい。

塩山からの電話が切れて一時間後、岩倉たちは神田に到着した。所轄は、「靖国通りの南側」「小学校の近く」というだけのヒントで、既に当該の場所を割り出していた。靖国通り、中央通り、外堀通り、神田警察通りに囲まれた一角で、JR神田駅、都営新宿線の小川町駅からも近い。まさに東京のど真ん中、典型的な下町という感じだ。戦前からあるような古い二階建ての建物と新しいビルが共存した街には、東京駅の丸の内側や渋谷駅周辺のように再開発された整然とした都市らしさはないが、これも本来の東京の姿だろう――しかし午前四時過ぎ、人っ子ひとりいない街は、まるで世界が滅びた後のような光景だった。この時間なら、誰にも見られず拉致した人間を連れ歩くこともできるだろう。

末永が詳しい住所を受け取っていたので、ナビに打ちこんで向かう。確かに古いビルで、黒ずんだ壁にはあちこちに細かなクラックが入っていた。もしかしたら、東日本大震災のダメージがそのまま残っているのかもしれない。五階建てで、外階段はついているが、すっかり錆びついていて、大人の体重には耐えられるかどうか疑問だった。一瞬だけビルを観察して、すぐに離れる。相手がどこでこちらを見ているか分からないから、ここは用心するに越したことはない。

末永がどこかに電話をかけ、相手の声に黙って耳を傾けた。最後に「では、後ほど」とだけ言って電話を切る。岩倉に対して「所轄に向かって下さい」と指示した。

岩倉はナビの画面をチラリと見た。近くにある「神田警察通り」はまさに所轄の前を通る道路なのだが、こちら側からは一方通行で入れない。仕方なく、細い道路を選んで走った。現場からかなり遠ざかってしまうのが不安で、「本当に署でいいのか？」と末永に確認した。

「そこで、所轄、特殊班と落ち合います。現場近くにいると目立つじゃないですか。相手はどこかで監視しているかもしれないし」

「……そうだな」

冷静になれ、と岩倉は自分に言い聞かせた。相手はどこにいるか分からない。取り敢えず所轄を前線本部として、作戦を練るのが先決だ。

署に入ると、一階の警務課のところに十人ほどの刑事たちが集まっていた。特殊班の出動服ではないが、全員が動きやすい軽装――揃いのＴシャツに黒いカーゴパンツという格好である。これに防弾チョッキやヘルメットを装着すれば、すぐに現場に対応できる格好になる。その辺の装備は、器材搬送車に常備されているはずだ。

それにしても、わずか一時間ほどでよくこれだけの人数を集めたものだ。岩倉は特殊班に在籍した経験はないが、この係は、殺人事件や放火事件などを捜査する捜査一課の他の係とはだいぶ性格が違う。基本的には、立て籠りや人質事件などに対応して「現場で解決する」実働部隊なのだ。英語の略称で「ＳＩＴ」とも呼ばれている。もちろん、現場が解決した後の捜査も担当するが、何より緊迫する現場で犯人を制圧することが最大の目的だ。全部で六つの係があり、それぞれ担当が違う。今回は、人質事件や誘拐事件に対応する一係か二係が出ているはずだ——二係だ、とすぐに分かった。所属する彩香の姿が見える。岩倉を見ると軽く会釈したが、表情は硬いままで、気楽に挨拶できる雰囲気ではなかった。

統括するのは係長の住田——岩倉も知っている男だ。キビキビした声で点呼を済ませると、岩倉を呼び寄せる。

「ガンさん、軽く事情を説明してもらえませんか?」

「超簡略バージョンでいいか? 最初から話していたら、夜が明けちまう」

住田が無言でうなずいたので、岩倉は特殊班、それに所轄の当直警官たちの前で、簡単に事情を説明した。ただし最後に、「何かの罠である可能性が高い」とつけ加えた。

「取り敢えず、俺一人で行かせてくれ」岩倉は住田に申し出た。

「いや、ここは我々に任せて下さい」

住田の表情が強ばる。丁寧に言っているが、本音は「素人は引っこんでろ」だろう。しかし岩倉としても、ここは絶対に譲れない。

「向こうが、どういう形でこちらを監視しているか分からない。取り敢えず一人で侵入して、マル対の無事を確認する。確認できて、犯人のちょっかいがなかったら突入、救出という手順でどうだろう」

「それはできません」

「むざむざ人質を危険に晒すわけにはいかない」

　そこで末永が声を上げた。表情は暗い——心配そうだが、声はしっかりしている。

「ここは、ガンさんに尖兵役をやらせて下さい。人質は、我々の特捜の捜査に絶対必要な人物です。既に負傷しているようですし、何としても無事に助け出さないといけない。リスクは排除すべきです。リスクなら、我々が負う」

「我々」という言い方に、岩倉は軽く感動してしまった。末永は今ひとつ決断力に欠ける年下の上司だと思っていたのだが、今は非常に頼もしい。火事場の馬鹿力を出せるタイプなのかもしれない。

　住田はなおも逡巡していたが、岩倉が真面目な視線をずっと注いでいるうちに、決断したようだった。

「分かった。だったら、ガンさんを尖兵役にして、中に入ってもらいます。ただし、ビルの見取り図までは手に入らないから、できるだけ慎重にいって下さい。我々は、近くの目立たない場所で待機しています。発見次第、連絡を」

「了解」

「それと、安全のためにうちの装備を着用してもらいます」

「重たいのはしんどいな」

「ガンさん、命より大事なものはないですよ」

「……分かった」

住田はそれから、細かく作戦を立て始めた。さすがプロという、隙のない作戦に思える。岩倉はあくまで尖兵役。ヒーローになりたいわけではないから、無事に入って無事に出てくることだけを考えよう。

「ガンさん、着替え、準備しています」彩香に言われ、署の駐車場に停まっているマイクロバスに向かった。

薄暗い車内灯がついているマイクロバスに入ると、彩香が溜息をついた。

「ガンさん、無茶苦茶ですよ。いつの間に武闘派になったんですか?」

「俺はずっと平和主義者だよ」

「とにかく無理しないで下さい」

「歳だから?」

「……否定はしませんけどね」

「そういうことを言うのは十年早いぞ」岩倉は軽口を叩いたが、彩香の表情は冴えなかった。「君こそ、緊張してるんじゃないか」

「現場には、そんなに出る機会はないですから。一年ぶりですよ」

「池袋の居酒屋の立て籠り事件か。あれも変な結末だったな」

酩酊状態の男が刃物を振り回し、店員と客を人質にとった事件だ。当然特殊班が出動し、まず説得を始めたものの、完全に酔っ払っていた犯人との間には会話が成立しなかった。結果――犯人が寝こんでしまい、SITは悠々と人質を解放した。犯人は担架で運び出された。酔っ払って、自力で歩くこともできなかったのだ。

「あの時とは緊張感が全然違います」

「今回はまだ、本当に監禁事件かどうかも分からないけどな」

「百パーセント本当だと思って対応してます」

彼女は既に戦闘モードに入っている。岩倉としては、これ以上軽口を叩くわけにもいかず、彩香に手伝ってもらって現場服に着替えた。防弾チョッキがさすがに重い。ＳＩＴの連中が平然としているのは、普段の訓練の賜物か。

「動けますか」

「取り敢えずやってみるよ。君らはこの装備で全力疾走したりするんだろう？」

「もちろんです」

「そうか……オッサンの底力を見せてやるよ」

強がってみたものの、不安ではあった。普段から体を動かしていればいいのだが、岩倉はジョギングなどには縁がないし、署で毎朝行われる柔剣道の稽古もサボりがちだ。

「まあ、君がいれば何とかなるだろう」

「もちろん何とかしますけど、そういうことにならないように祈ってます」

「そう言えば、君たちの装備品、拳銃じゃなくて自動小銃もあるよな。念のため、それを貸してもらうわけには――」

「ＭＰ５ですか？　駄目です」彩香があっさり拒否した。「あれは、いきなり撃てるものじゃありません。持っていくならこれにして下さい」彩香が装備品の銃を抜いた。

「ベレッタか」

岩倉は、現場で発砲したことが一度もない。多くの警察官がそうだ。銃社会ではない日本では、ほとんどの警察官が訓練以外では銃を撃つことなくキャリアを終える。しかもベレッタは、普段訓練では使わない自動拳銃である。

「やっぱり自分の銃を使うよ。署から持ってきてるんだ」しかし銃は、あくまで「抑止力」にしたい。撃たずに済めば、その方が絶対にいい。

ビルへ入るのは午前五時ジャスト、と決まった。彩香は住田からの指示を受けに行ってしまい、末永もどこかと電話中。岩倉は一人取り残された。禍々（まがまが）しい装備で署のベンチに腰かけていると、自分がひどく場違いな存在であるような気がしてくる。

また塩山から連絡があるかもしれないと思ったが、静かなままだった。

午前四時四十五分、ＳＩＴの隊員たちが集まって指揮車に乗りこんだ。総勢十人プラス岩倉。現場の五十メートル手前まで接近する予定だった。五十メートル離れていると、救援を頼んでも即座には反応できないのだが……隣に座った彩香に不安をこぼすと、

「大丈夫です。近くで展開待機していますから」と慰められた。

「遅くとも十秒以内には来てもらわないと」

「何とかします」

何とかしますと言われても、安心できるものではない。結局到着が遅れて、俺は蜂の

巣にされる恐れもあるわけだ……防弾チョッキとヘルメットで、胸と頭は守られるかもしれないが、腕や足を撃たれたら動けなくなる。そうなったら、後は座して処刑を待つだけだろう。

バスが停まる。住田が近づいて来て、岩倉の前でしゃがみこんだ。無線を差し出してきたので、ぎこちない手つきでそれを装着する。結局、また彩香の手を借りることになった。

「降りたところの道路を真っ直ぐ行って下さい。五十メートル先が現場です」

「分かった」

「中での行動は、基本的に任せます。誰かが見張っていると思いますが、出くわしたら逃げた方がいいでしょう」

「それはできない。とにかく人質を解放しないと」

「危険なことはして欲しくないんですけどね」住田が目を細める。

「オッサンになると、『怖い』という感覚が薄れるみたいだな。ついでに反射神経も鈍くなるけど」

「ガンさん……」

「少し、気楽にいさせてくれ」岩倉は肩を上下させた。「死刑台のユーモアみたいなものだよ。できたら、俺の言葉に笑ってくれたらありがたいけど」

笑い声、なし。

岩倉は指揮車になっているマイクロバスを降りて、強い雨が降る中、歩き出した。

4

時間には極端に正確に拘らなくていい、と岩倉は住田から告げられていた。ビルの前に着いたのは、突入予定よりも五分早い午前四時五十五分。街はまだ暗く、ヘルメットを打つ雨が鬱陶しい。

岩倉は、錆びついたドアに手を伸ばした。ドアノブを握る前に、周辺をざっと見回す。監視カメラの類はなかった。そんなものがなくても、誰かが侵入しようとしたらすぐに分かる、ということかもしれない。実際、ドアを開ける時に、かなり大きな軋み音が響いてぎくりとした。

中は真っ暗だった。岩倉はしばらく、その場で目が慣れるのを待とうとしたが、闇は深く、時間がかかりそうだ。結局、装備品の一つであるマグライトを点灯させる。光の強さを二段階で調整できるので、弱い方を選んだ。それでも十分明るく、周辺の様子がよく見える。右手にドア。左手に階段。まず部屋を調べてみることにしたが、その前に岩倉は、今開けたばかりのドアの下に、住田から渡されていた金属片を嚙ませた。自動的にロックされるようなドアとは思えないが、念のためのストッパーだった。

建物内のドアをゆっくりと開ける。左手で押さえたまま中に足を踏み入れ、右手に持ったマグライトで室内を照らし出す。かなり広い部屋で、全体をマグライトの光で確認するには時間がかかりそうだ。ドア近くの壁を照らして、照明のスウィッチを見つける。天井の裸電球が室内を照らし出した。

誰もいない。まさに倉庫で、だだっ広い空間が広がっているだけだった。他のドアやロッカーなどはなし。床に、ビールの空き缶と煙草の吸い殻が散らばっているが、新しいものではない。近所の悪ガキが溜まり場にしていたのでは、と岩倉は想像した。右側には窓がある。

岩倉は部屋を出て、無線に向かって「一階倉庫部分、クリア」と囁きかけた。すぐに住田の声が、イヤフォンから耳に飛びこんでくる。

「了解」

「二階へ向かう」

報告して岩倉はマグライトを左手に持ち替え、拳銃を抜いて右手に握った。ぶっ放すような羽目にならないでくれよと祈りながら、コンクリート製の階段をゆっくりと上がる。

途中、踊り場で立ち止まって耳を澄ませたが、何も聞こえなかった。この建物がどれぐらいの大きさなのかはまだ把握できていないが、とにかく人の気配がしない。

階段を上がり切ると、すぐにドアがあった。一フロアに一つの倉庫という感じで配置されているのかもしれない。岩倉は、前回ＭＥＴＯを調べた時の倉庫を思い出していた。

あれも、普通のビルの一階部分の倉庫だった。そんなところに無造作に大量の武器を隠していたのは、大胆というか非常識というか……METOという組織については、分からないことだらけだ。

二階の倉庫も一階と同じ造りで、やはり人気はなかった。一瞬、床を走り回る影――どきりとしたが、すぐにネズミだと分かった。こういうビルでもネズミが出るのか……餌になるようなものもないはずなのに。

三階もクリア。その度に報告し、次第に緊張が薄れてくるのを感じる。これじゃ駄目だ……気合いを入れ直して四階に向かった。

基本的に、一階から三階まで完全に同じ造りの倉庫だった。広さも窓の位置も同じだし、淀んだ空気、カビ臭さにも変わりはない。既に、放置されて長い時間が経っているのは間違いないようだ。

四階……何か雰囲気が違う。ここにいるのか？　岩倉はドアの前で躊躇って立ち尽くした。ドアに頭を近づけてみたが、ヘルメットを被っているので中の音までは聞き取れない。しかし、ヘルメットを取る危険を犯すわけにはいかなかった。

仕方なく、ドアノブに手をかける。三階までの部屋と同じように、何の抵抗もなく回った。ゆっくりドアを開け、中にライトを向ける。

いた。部屋の奥に、男が一人、倒れている。急いで部屋の灯りを点け、男に駆け寄った。会ったことはないが、塩山だと判断する。

「塩山さん！」傍にひざまずくと同時に声をかける。肩に手をかけて揺さぶると、低いうめき声が聞こえた。

少し離れて全身を見回す。左膝の上には白いタオルが巻かれ、そこに茶色く血が滲んでいた。目と唇が腫れ上がり、鼻全体が蒼く痣になっている。しかし規則的に呼吸はしているから、取り敢えず命に別状はないだろう。うっすらと開けた瞼の隙間から目が覗いているが、焦点は合っていない。どうも、薬物で意識を朦朧とさせられているようだ。頭の近くにデイパックが落ちていて、そこからスマートフォンが覗いている。

「四階で発見」の一報を送る。

「まだ要注意です。一人で助け出せますか？」と住田。

「何とかする」

言いながら、岩倉はかすかな違和感を覚えていた。塩山は、ＭＥＴＯが自分をおびきよせるための「撒き餌」なのだろう。そうでなければ、鍵もかけずに塩山をここに放置した理由が見つからない。

「塩山さん」

岩倉はまたひざまずき、塩山の体を揺すった。塩山が苦しそうに体を動かし、上体を起こそうとする。岩倉は手を貸して、彼の体を支えた。

「動けそうですか？」

「……何とか」

「すぐに脱出します。誰に拉致されたか、分かりますか？」

「いや……」呂律（ろれつ）が回らない。やはり何か薬の影響下にあるようだ。

「立ちましょう。立てますか？」

呻きながら、塩山が体に力を入れる。岩倉は脇の下に肩を差し入れ、思いきり踏ん張って塩山を立たせた。二人分の体重がほとんど自分の体にかかってしまい、右足首にぎくりと鋭い痛みが走ったが、何とか堪（こら）える。腰が曲がった状態だったので、腕を伸ばして塩山のデイパックを摑み取る。そのまま、慎重にドアまで退避……そこで岩倉は体を入れ替え、左肩で塩山を支えた。塩山の体重がかかって崩れ落ちそうになるのを、何とか堪える。

「歩けますか？ もう少し頑張れば助かりますよ」

「何とか……」塩山の声は少しだけはっきりしてきた。しかし踊り場に出ようと一歩を踏み出すと、また崩れ落ちそうになる。短い叫びを上げると、空いていた左手で左膝を押さえた。

「何をされたんですか」

「撃たれた……」

このままだとまずい。痛めている左膝を庇うようにしないと。自分の右足が犠牲になりそうだが、岩倉は仕方なくまた位置を変えた。それで塩山は何とか動けるようになり、二人は踊り場に出た。

その時、階下で爆発音が響いた。

何だ？　混乱して、岩倉は無線に向かって怒鳴った。

「下で何か爆発した！」

「確認中」住田の声は憎らしいほど冷静だった。

しかしこちらは、それどころではない。既に煙と熱が階段から吹き上がってきているのだ。逃げる先は……非常階段か。岩倉は「少しここで待って下さい」と言い残して、踊り場の反対側にあるドアに手をかけた。

クソ、倉庫側のドアは全て施錠されていなかったのに、非常階段側はしっかりかかっている。下へ降りようとしたが、吹き上がる煙のせいで降りられない。だったら上か？この先は最上階だ。屋上へ出られれば何とかなる。痛む足を引きずって上階へ上がったが、屋上へ出るドアの鍵は閉まっている。

事前にしかけていたな……俺を蒸し焼きにするつもりか。岩倉は下の階へ戻りながら、無線に向かって叫んだ。

「下が燃えている！　煙がひどくて降りられない！」

「上は？」住田の声にも焦りが生じていた。

「屋上に鍵がかかっている」こうなると、逃げ場は——取り敢えず煙と熱気から逃げられる場所は一つしかない。「四階の倉庫に退避する」

岩倉は、煙に巻かれてむせている塩山を助け起こして倉庫に戻った。ドアにしっかり施錠して、塩山の体を抱えたまま窓辺に寄って行く。これで煙からは逃れられたと思ったが、よく見るとドアの隙間からは煙が入りこみ始めていた。クソ、どうする？　窓を見るとはめ殺しである。最初拳で、それから肘打ちで窓を強打したが、びくともしない。拳銃を取り出して銃把で殴りつけてみると、ひびは入ったものの、割れるまではいかない。意を決して、安全装置を外して窓に向かって撃った。ガラスが粉々に砕け散り、部屋に充満し始めた煙が外へ流れ出していく。時間稼ぎはできたが、このままではどうしようもない。救援を待つしかないが、それまで煙と熱に耐えられるかどうか。

イヤフォンから住田の声が流れ出す。

「窓辺にいて下さい」

「もういる。発砲して窓を割った。報告書は――」

「そんなことはどうでもいい！」住田が叫んだ。「とにかく窓辺にいて下さい。窓は開いてるんですね？」

「開いてはいない。壊したんだ」こんなことを正確に言う必要はないのだが、何故かむきになってしまった。

塩山はひざまずいて両手を床につき、咳きこんでいた。岩倉は彼の背中を撫でたが、咳は治まらない。何か突破口は――倉庫の中を見回したが、使えそうなものは何一つなかった。

その時、無線から叫び声が聞こえてきた。

「──確保！」

確保？　警察用語で「確保」は犯人逮捕のことだ。何の犯人を逮捕した？　岩倉は無線に向かって呼びかけたが、反応はない。全員が一斉に動き出していて、岩倉の問いかけに答えている余裕がないのだろう。

　窓の外を影が過ぎる。顔を上げると、宙吊りになった彩香がこちらを見ている。ヘルメットにゴーグル、マスクもしていて顔のほとんどの部分が隠れているが、間違いない。彩香がうなずき、マスクを外した。

「窓の外へ！」

外？　飛び降りろということか。しかし彩香が体を入れ替えて傍にずれると、その横にもう一本のロープが降りてきた。見ると、ベルトのついた簡易な椅子が取り付けてある。ＳＩＴはこんな装備も持っているのか。

　岩倉は塩山に「助かりますよ」と声をかけて、強引に立たせた。宙ぶらりんになっている彩香と二人がかりで、何とか塩山の体を持ち上げて椅子に座らせる。しっかり体を固定したのを確認して彩香がうなずき、上に向けて親指を掲げると、塩山の体はゆっくりと降り始めた。彩香は宙ぶらりんになったまま、それを見守っている。

　岩倉は窓から顔を突き出し、塩山の体が確実に降下していくのを確認した。同じスピードで降りていく様子を見ると、おそらく降下用の装置を使っているのだろう。人力だったら、なかなかこういう一定のペースでは下ろせない。

「ガンさん、もう少し待って下さい」彩香が言った。緊張しているが、声は落ち着いている。

「俺は大丈夫だ」背中から煙と熱気が迫ってきてはいるが。「しかしまさか、ＳＩＴがレスキューみたいなことまでやるとは思わなかったよ」

「実戦では初めてです。訓練ではよくやっていますけど……準備して下さい」

塩山を下ろしたロープがまた上がってくる。岩倉は窓から身を乗り出し――高所恐怖症気味の人間にとっては恐怖の空中浮遊だった――ベルトで腰、それに腿を固定し、何とか落ち着く。そこで一つ、疑問が湧いた。

「君たちはどうやって脱出するんだ？　非常階段の方にも火が回っているだろう」

「そもそもどうやって屋上へ行ったと思います？　ここ、隣のビルとほとんどくっついているんですよ」

「なるほど」

「隣のビルから屋上伝いに上がって、帰りは逆ルートです。私はこのまま懸垂下降します」

「分かった」

彩香が上を向いて、さっと右手を上げてみせた。一瞬、ガクンと小さな衝撃が襲い、岩倉はパニックになりかけたが、こらえて気持ちを落ち着かせる。体はがっしり固定されているが、基本的に自分の体重を支えているのはロープ一本だ。降下速度は時速何キログらいなのだろう。下を見ないように意識したので、どれぐらい時間がかかるかも分からない。足を伸ばして、壁を靴底で蹴ろうかと思った。足がどこかに着いていれば、「宙に浮いている」感じがなくなるかもしれない。しかしそんなことをしたら、かえってバランスを崩してしまうだろう。

周囲に煙が立ちこめ、呼吸を邪魔する。直接炎は見えないものの、熱が空気を焦がしていて、岩倉は額に汗が流れ始めるのを感じた。ヘルメットのバイザーを跳ね上げ、人差し指で汗を拭う。しかし流れ落ちた汗が一滴、目に入ってしまい、軽い痛みを感じた。三階、二階……二階の窓を通過した時、そのまま飛び降りてしまいたいという欲求に駆られた。しかし我慢――足が地面に着くまでは耐えるしかない。

ようやく着地――ベルトが外れない。着ける時には手間がかからなかったのに、どうして外れない？　焦ってあちこちを動かしているうちに、「カチリ」と音がしてようやく体が自由になった。気分が悪くなるほどに鼓動が激しくなっていたが、そんなことはどうでもいい。

俺は生きている。

塩山も救出した。今はこれ以上、何も望まない。

上を見上げると、彩香が懸垂下降してくるところだった。同じ間隔で壁を蹴りながら、リズミカルな動き――しかし二階まで来た時、一発の銃声が響く。数秒の間隔を置いてさらにもう一発。彩香の動きが止まり――いや、誰かに横殴りにされたように体が半分回転し、ビルに背中を預けた状態で宙吊りになってしまった。

「伊東！」

大声で呼びかけたが返事はない。撃たれた？ しかし誰に？ 混乱は、叫び声でさらに加速した。

「そこ、逃げて！」

逃げる？ 誰が？ 俺に向かって言っているのか？

さっと周囲を見回すと、十メートルほど離れたところから、一人の男がこちらに向かってダッシュしてくるのが見えた。服はボロボロ、顔面も黒く染まり、足を引きずっている。火事に巻きこまれた？ しかしよく見ると、右手に小型拳銃を握っている。

岩倉は反射的に飛び出すと同時に、自分の拳銃を引き抜いた。

「止まれ！」

道路の真ん中で仁王立ちになり、銃を構える。

「犯人だ！」誰かが叫んだ。それが無線でも響き、頭が混乱する。

だが混乱は、もう一発の銃声と右足を襲ったショックで収束した。撃たれた――こちらに向かって来た男は、立ち止まって拳銃を構えている。まるで自分の射撃成績を確認するような様子だったが、すぐに右側に走り出す。岩倉は追おうとしたが、一歩を踏み出した瞬間に崩れ落ちそうになった。右足を撃たれた？ クソ、冗談じゃない。

咄嗟に銃を構え直した。相手との距離は十メートル強。この距離だと外してしまう確率が高いことを、岩倉は統計上でも経験の上でも知っていた。だが今は、集中力と怒りがそういう前提をぶち壊す。

　空気を震わせる発射音。男が誰かに蹴飛ばされたように横向きに倒れた。岩倉は足を引きずりながら、男に迫った。銃口は向けたまま。頭は爆発しそうな緊張感で満たされている。しかしその緊張感が、岩倉に足の痛みを忘れさせた。

「動くな！」叫んだが、男はそもそも動けないようだった。どこに当たったか分からないが、もがいているだけで立ち上がれそうにない。雨で黒くなったアスファルトに血が流れ出しており——非常に危険な状態だ。

　そこへ、完全装備のＳＩＴの面々が殺到する。大柄な隊員が、地面に落ちていた拳銃を素早く拾い上げる。

「確保！」

　二度目の「確保」。一度捕まえた人間を逃してしまったのか？　だとしたら、ＳＩＴとしては大失態だ。

　隊員たちが男に覆い被さるようにして動きを封じる。その中で、小さな「かちり」という金属音が響く。ようやく手錠をかけたのだろう。

　岩倉は思わずその場にへたりこみそうになったが、何とか踏み止まってビルの方に戻った。彩香がまだ宙吊りになっている。

「伊東！」

叫ぶと、彩香がもぞもぞと動く。次の瞬間には小さな悲鳴が上がった。

「どこを撃たれた！」

「大丈夫です……」掠(かす)れた声。とても大丈夫とは思えなかった。

手を伸ばすと、辛うじて彩香のブーツに触れられる。しかし強引に引き摺り下ろすのは無理そうだ。

「動けるか？」

「何とか……」

彩香が再起動した。リズミカルに壁を蹴る懸垂下降はできないようだが、腕の力を使ってゆるゆると降りてくる。岩倉は下で待ち構え、彩香の腰が顔の前まで来たところで、しっかり腕を回して摑んだ。

「大丈夫だ、もうリリースしろ」

次の瞬間、彩香の全体重が両腕にかかってきた。右足の痛みがそれに耐えられず、二人揃って道路に倒れこんでしまう。何とか彩香にショックを与えずに——岩倉は背中をもろにアスファルトに打ちつけ、頭も軽く打ってしまったが。ヘルメットの中に大きな音が響いたものの、取り敢えず頭は守られた。

彩香が動けない。

「伊東！　しっかりしろ！」

声が聞こえているかどうか——装備こみでかなり体重が増えた彩香の重みが、岩倉の自由を奪っている。何とかどけないと。しかし岩倉も、体に力が入らない。どうする——弱り切った次の瞬間、ふっと彩香の体重が消えた。かけつけたＳＩＴの隊員が、彩香を動かしたのだ。そのまま道路の上に座らせようとしたが、彩香は崩れ落ちて横倒しになってしまう。岩倉は思わずはね起き、這うようにして彩香に近づいた。

「伊東！　おい！」

肩に手をかけて揺さぶると、彩香が呻き声を上げながら目を見開く。岩倉は彼女のヘルメットのバイザーを跳ね上げ、マスクを外した。ゆっくりと呼吸しているのが分かる。

「どこを撃たれた」

「背中……肋（あばら）をやられました」

見ると、出動服の背中側に穴が空いている。防弾ジャケットが銃弾を食い止めたのだろうが、それでも衝撃はかなりのものだったのだろう。直接体に当たることはなくても、その衝撃は骨ぐらい折ってしまう。

「呼吸できるか？」

「……大丈夫です。ガンさんはどうですか」

「俺は……」

急に痛みが襲ってくる。膝の上——というか、腿の側面だ。見ると、カーゴパンツに穴が空いていて、周囲が黒く濡れている。しかしこれは、大したことはあるまい。多少肉は抉（えぐ）られているかもしれないが、あくまでかすっただけだ。

取り敢えず無事か。

ほっとして、その場で両足を投げ出してしまう。そこへ住田が駆けつけてきた。二人をさっと見て、彩香の方が重傷だと判断したようだ。出動服を脱がせて防弾ジャケットを確認する。

「大丈夫だ。ちゃんと食い止めてる。肋ぐらいで泣き言を言うな」住田が無責任に言った。

「係長は、撃たれたことがないから分からないんです」

彩香の軽口を聞いて、岩倉は安心した。こんな風に言い返せるぐらいなら大丈夫だろう。

続いて住田は、岩倉の怪我を確認した。ズボンを強引に破って剝き出しになった脚を見ると、すぐに首に回していたバンダナを引き抜いてきつく縛った。

「大したことはなさそうですけど、止血だけはしておきます」

「このバンダナだけどさ」

「はい？」

「何でこんなオシャレなバンダナが？」

「念のためにいつも持ってるんです。こういう時には包帯代わりに使えますしね」

「よく使う？」

「初めてですよ」
「記念に写真でも撮っておくか」
「冗談言ってる場合じゃないです」
まったくだ。これが死刑台のユーモアというものだろうかと岩倉は訝った。

混乱はしばらく続いた。まず消防車が到着。まだ燃え盛っているビルに向かって放水が始まった。さらに救急車が三台到着した。所轄の署員も大挙して現場に到着し、現場保存と調査を始めている。

彩香たち怪我人は救急車に乗せられたが、岩倉は病院へ行くのを拒絶し、その場に残った。動けないから捜査の役には立てないが、ここで何が起きたかはちゃんと把握しておかないと。

指揮車の中で待っていると、住田が戻って来て缶コーヒーを渡してくれた。アメリカの警察だったら、発泡スチロールのカップに入ったコーヒーとドーナツが出てくるところだな、と思いながらコーヒーを受け取り、すぐに飲む。体はすっかり冷え切っていて、缶コーヒーの熱さが喉に痛いほどだった。そして過剰な糖分が、じんわりと全身に行き渡っていく感じがする。ほぼ徹夜、しかも体と心を酷使した後の糖分は、干天の慈雨だった。

「結局、何が起きたんだ?」岩倉は両手でコーヒーの缶を包みこむようにして掌を暖めながら、住田に訊ねた。

「岩倉さんから救出要請の一報が入った後で、いきなりビルの一階から火が噴き出したんです。爆発したような感じでした」

「爆薬？」ＭＥＴＯが絡んでいるとしたら、Ｃ４などの爆発物も用意できるだろう。いや、そんなものを使ったら、あの古いビルは完全に崩壊したかもしれない。

「分かりません。こいつはＳＡＴマターかもしれないな」

「いや、政治的な背景があるとは思えない。ＭＥＴＯはテロ組織じゃないんだから」ＳＩＴと同じような装備、訓練をしているが、警備部所属のＳＡＴはあくまで対テロ部隊である。

「そこは今後の捜査の課題です。その爆発の直後、先ほど逮捕した男が道路に倒れているのが分かったんです。放火して逃げ遅れた感じだったので、取り敢えず身柄を押さえたんですが、いきなり発砲して」

「伊東が撃たれた？」

「いや、その前に別の隊員が至近距離で一発浴びています」

確かに、直前にもう一発銃声が聞こえていた。「至近距離」という言葉が気になり、岩倉はまた鼓動が速くなってくるのを意識した。

「もろに胸に当たりましたが、防弾ジャケットで命に別状はないでしょう。伊東が撃たれたのはその後です。ただ、狙って撃ったわけではなく、発砲したらたまたま当たってしまったんだと思います」

「狙ったことにしておこう。意図があれば、殺人未遂三件だ」自分も狙われたのだから……。

「それはこちらに任せてもらえますか」住田がむっとした口調で言った。

「銃はどこに隠し持っていたんだろう。そもそも、手錠はかけてなかったのか」

「手錠は……その時点では犯人だという確証はなかったですからね。銃は、足首にホルダーをつけて、そこに入れていたようです」

「でも、無線で『確保』が聞こえた。犯人じゃないのか」

「誰かが先走って言ったんですよ」

「そうか……塩山さんは？」

「危ない状態ですね。でも、今の段階では我々には何もできません。医者に任せるしかない」

「これで解決したと言っていいのかどうか」岩倉は思わず溜息をついた。

「どうでしょう」住田が肩をすくめる。「この現場はうちが仕切りますけど、全体は……合同捜査本部になるんでしょうね」

「そういうのは一番面倒なんだ。船頭多くして……ってやつだよ」

「できれば、合同捜査本部にはかかわりたくないですね」

「そんなことは言っていられないと思う」

岩倉が指摘すると、住田が心底嫌そうな表情を浮かべた。

5

塩山の救出から一週間、岩倉は右足の怪我を押して――医師の診断では全治二週間で軽傷だった――休みなしで捜査を続けたが、ぽっと時間が空いた月曜日の午後、彩香の見舞いに訪れた。彼女は実際に背中から撃たれて肋骨を二本骨折しており、二週間ほどの入院が必要と診断されていた。

怪我人の見舞いだから食べ物がいいだろうと、岩倉はJR中野駅から病院へ向かう途中でケーキを仕入れた。と言っても、スイーツ関係にはまったく詳しくないので、千夏に調べてもらったのだが。モンブランを一つと、日持ちのするクッキーの詰め合わせ。

彩香は元気そうだった。丸襟の花柄のパジャマを着ているので、普段とはまったく雰囲気が違う。幼く、弱々しく見えた。警察の事情聴取もあるからと個室に入っているので、ゆっくり話はできそうだった。土産を見せると素直に喜んだが、後で食べるという。

「少し話は聞きましたけど、どういうことなんですか」彩香は、入院していても仕事モードが続いているようだ。自分だけ捜査から切り離されてしまったと不満に思っているのかもしれない。

「複雑な話なんだ。取り敢えず今分かっていることだけ話すよ」岩倉は途中で買ってきたペットボトルを開け、お茶を一口飲んだ。「そもそも、狙われていたのは俺だった」

「ガンさんが？　それで、どうして福沢さんが殺されたんですか」

「福沢と塩山さんは組んで、METOの調査をしていた。福沢は二課に復帰するための手土産として、塩山さんはもちろん記事にするためだ。しかしそれを、逆にMETOに察知された。METOにとって不安要素になった二人を始末するために送りこまれてきたのが、川名武弘と井本総一郎だった」

「ガンさんはそこにどう絡むんですか？」

「前の事件があっただろう？　俺はあの時、METOの尻尾を踏んだんだと思う。あれ以来、俺は奴らのターゲットになっていたようなんだ。METOは福沢たちを始末すると同時に、俺も消そうとしたんだと思う。二人はまず、福沢の部屋に押し入って、あいつを拷問して俺に関する情報を引き出そうとした。どこで摑んだのか知らないけど、福沢が例の実験のために俺の周辺を嗅ぎ回っていることを把握していたんだろうな。それで、俺個人の情報を聞き出した後で始末したんだろう」

「ひどい話ですね」彩香が鼻に皺を寄せる。

「福沢がもっと適当な男だったら、と思うよ。あるいはサイバー犯罪対策課に骨を埋める覚悟でいたら、あんな危ない連中に手を出そうとはしなかっただろう」

「ええ」

岩倉はまたお茶を一口飲んだ。この件を話していると、未だに緊張して喉が渇いてくる。人間の恐怖は、相手の得体の知れなさが原因で引き起こされることが多い。相手の正体が分かっていれば、どんなに強大な敵にも対処しようがあるのだ——逃げるとか。

「その後、二人は塩山さん対策に取りかかった。塩山さんを拉致して、俺を誘き寄せて始末するつもりだったんだ」

「ずいぶん簡単にまとめますね」彩香が皮肉っぽく言った。

「今回の一連の捜査で起きた途中の出来事は、全部瑣末な付属物なんだよ。解明してみれば、本筋はシンプルだった」

「犯人の二人は、結局何者だったんですか」

「METOの人間というわけではないようだ。二人とも半グレ——川名は東京で暴れていて、井本は関西の人間だった。二人とも逮捕歴がある。METOは、一種の鉄砲玉として二人を雇ったんだろうな。川名の取り調べはあまり進んでいないが、METOからは一人当たり五百万円をもらったと言ってる」

「この手の仕事としては、そんなに安くないんじゃないですか」彩香が指摘する。

「俺の命の値段が一千万円だったと考えてくれよ。安くないか？」

「それは……まあ」彩香が咳払いする。「とにかく、二人の刺客——か工作員か分かりませんけど、二人組がガンさんを狙っていた、と」

「同時に二人は、塩山さんがどこまでMETOのことを調べていたかも探ろうとしていたんだ。そのためもあって塩山さんを拉致したんだろうけど、塩山さんが口を割らなかったから、彼の恋人にまで手を出した。結果的にその襲撃は失敗したけど」

　真紀は軽傷で、既に塩山とも顔を合わせている。ただし塩山の状態は深刻だった。撃たれた足は壊死を起こしており、膝の上から切断せざるを得なかった。投与されていた薬の後遺症も残っていて、社会復帰の目処は立っていない。ある意味、殺すよりも悪質だったと思う。

「でも、井本は殺されました。あれはどういうことだったんですか」

「二人は俺を尾行して、動向監視をしていた。井本はヘマして逮捕された——それでMETOは、井本を始末するように川名に命令したんだ」

「そこまでやります？」彩香が眉をひそめた。

「少なくとも川名はそう言っている」

「川名たちを動かしていたMETOの人間は割れたんですか？　川名は歌ってるんですか？」

　歌う——自供は得られている。しかしその人物は架空の存在と思えた。というより、川名にも正体を知られないようにしていたに違いない。指示は全てプリペイド式の携帯、あるいは名前を特定できないメールアドレスから届いた。名前もおそらく適当なでっち上げだろう。金は証拠が残らないように現金を手渡し。メールアドレスはとうに消され、痕跡は辿れない。サイバー犯罪対策課は躍起になっているが、今のところ手がかりはゼロだった。

「結局METOは逃げ切ったわけですか」

「今回はな」正確には今回も、だ。

「あの爆発は何だったんですか」

「科捜研の分析だと、ナパームを応用した強烈な燃焼促進剤らしい」

「METOは、そんなものまで持ってるんですか」

「海外の放火テロで使われるものだそうだ。一気に炎が広がって、しかも周辺の酸素を大量に消費するから、近くにいる人は酸欠状態に陥る」その説明を聞いて、岩倉は自分がどれだけ死に近づいていたかを実感した。あのビルは、完全ではないが一種の密室で、短時間に酸素を奪われて窒息死していた恐れもある。ビル全体に隙間があり、さらに岩倉が窓を撃って外気を導き入れたために、何とか助かったのだ。

「あのやり方、川名が考えたんですかね」

「いや、それも指示を受けたと言ってる。やはり、海外のテロのやり方だそうだ。単純な放火だと、あそこまで一気に火は回らない。中にいる人を短時間で焼き殺すための手口だそうだ」

彩香がうなずく。彼女の目には、明らかに怯えがあった。自分も死にかけた——銃弾が数十センチずれていたら、首に当たっていたかもしれない。そうなったら、病室でゆったり回復を待っているわけにはいかなかっただろう。

「この件では、上層部も本腰を入れるらしい。各部の合同で、METOの対策本部を立ち上げるそうだ。もしかしたら、海外の捜査機関と協力して、捜査を進めるかもしれない」

「ガンさん、そこへ異動しないんですか？　因縁のある相手ですよね」

「まだそういう話はない。ただ……捜査が長引けば、そういうことも考えないといけないだろうな。自分の身は自分で守るしかないから」

　岩倉は、METOにとって「賞金首」なのだろう。今回の作戦が失敗したからと言って、その指定が外されたとは思えない。しかし、どうして自分がターゲットになるかが分からなかった。METOの敵は警察全体——警視庁のはずである。もしかしたら、METOの活動を明るみに出してしまった岩倉を、警察の「象徴」として消し去ろうとしている？　しかしそれは、あまりにもリスキーではないだろうか。組織の中にいる特定の人間を狙うのは、相当ハードルが高い。

　そもそも、METOが未だに日本に拠点を置いているのが意外だった。いや、実際に拠点を置いているかどうかは分からないのだが。調布の倉庫の映像を確認した結果、複数の人間が出入りして荷物を出し入れしているのが分かった。かなり大きな木箱だったようだが、中身を示すような印刷や張り紙などはなし。結局「怪しい」というだけで、確証は一切得られなかった。あの倉庫を借りていた東亜リサイクルにしても、正体は摑めないままである。完全なペーパーカンパニーで、登記簿に名前が載っている人間も、全員に連絡が取れない。行方はまったく摑めていなかった。

おそらく日本は武器の「中継地」なのだろう。警察から目をつけられてしまったのだから、海外へ拠点を移した方が安全なはずだ。世界には警察の監視や捜査が緩い、あるいは金で警察を買えるような国がいくらでもある。それなのにまだ、日本で武器を保管していた……。

METOが何を考え、最終的に何を狙っているかは分からない。それこそ、牟田を逮捕して絞り上げないと……しかし牟田は、国境という壁に阻まれ、簡単には手を出せない場所にいる。

「とにかく、ゆっくり休んでくれ」

「あと一週間で退院だそうです」

「すぐに仕事に復帰できるのか？」

「痛みが取れ次第ですけど……分かりませんね」彩香が肩をすくめる。その動きが傷に障ったようで、顔をしかめた。

「しばらくは無理そうだな」

「カルシウムを取るように、気をつけます」

「銃で撃たれたら、骨をどんなに強くしていても意味がない」

彩香の顔が引き攣った。しかしほどなく、ゆっくりと息を吐き出し、緊張から解放される。

「だったら、銃弾よりも速く動けるように訓練しておきます」

「まあ……無理するなよ」

「そうですね。今回のことも、『いい経験になった』ということにしたいです」

「そうだな」

　岩倉は腿を叩いて立ち上がった。その衝撃でかすかな痛みが走る。腿の傷はあくまで軽傷──銃弾はかすっただけだったが、まだ痛みは残っている。右足首の捻挫も、完治してはいない。体の右側がボロボロという感じで、医者からは無理せず松葉杖を使うように言われていたのだが、意地を張って拒否していた。少しでも何かに頼ったら、それだけで駄目になってしまいそうな気がする。しかしそのせいで体のバランスが崩れ、このところしつこい腰痛に悩まされていた。人間というのは、つくづく左右対称にできている生き物だと思い知らされる。

「改めてお礼を言うよ。君が助けてくれなかったら、俺は間違いなく死んでた」

「私一人でやったんじゃないですよ。うちのチームの仕事です」

「君が四階まで来てくれたのが嬉しかったんだ。知り合いの顔を見て、あんなにほっとしたことはないよ」

　彩香が満面に笑みを浮かべる。ぱっと花が開いたような表情だった。

「これで、ガンさんの弟子として免許皆伝ですか」

「まさか」岩倉は微笑んだ。「君はとっくに俺を超えてる」

病院を出て、中野駅に向かって歩き出す。かなり歩くのだが、意地でもタクシーは使わないつもりだった。その途中、スマートフォンが鳴る。しばらく話していなかった平野だった。

「いろいろ大変だったようですね」

「ご活躍、ぐらいにしてくれないかな」

電話の向こうで平野が軽く笑ったが、あくまでおつき合いという感じだった。

「怪我した、と聞きましたけど」

「人生で初めて撃たれた。でも、意外に大したことはないな」

「そうですか。それならいいんですけど……」

「何か用件でも？」

「お見舞いの電話ですけど、一応これからもアンテナを張っておく、とお知らせしようと思いましてね」

「アンテナ？」

「METOについて。奴ら、やり過ぎですよ」

「刑事の血が騒いだか？」

「まあ……知り合いが酷い目に遭ったら、やり返してやろうという気持ちも出てきますよ。でも、今の私には力がない。公権力の裏づけがない。それでも、情報は誰にでも扱えます」

「あんたにも無理はして欲しくないな」岩倉は訴えた。「俺にはまだ、ピンが立っているはずだ。奴らはまた狙ってくると思う。その時に、あんたを巻きこむわけにはいかない」

「だから、先手を打てばいいでしょう。METOを潰す――それが岩倉さんの仕事じゃないですか？」

「――そうだな」

「この先ずっと、眠れない夜を過ごすのは辛いと思いますよ。安眠のためにも、やるべきことはやらないと」

「それは違う」岩倉は断じた。

「いや――」

「俺は刑事だ。刑事は、自分のために仕事をしない。誰かのために働くのが筋だ。あんたなら、そういうことは分かってると思うけど」

「まあ……そうですね」不満そうだったが、一応平野が認めた。

「しかし、礼は言うよ。この歳になると、心配してくれる人も少なくなってね」

「だけど、少なくとも一人はいるということを覚えておいて下さいよ」

ありがたい話だ。そして彼の言う通り――枕を高くして眠るためには、一刻も早くMETOを潰さなければならない。

その日の夜、岩倉は久しぶりに実里と落ち合った。彼女がニューヨークから帰って来て以来、これほど長く会わなかったのは初めてだった。

彼女は次の舞台の稽古に入っており、岩倉はそれが終わるのをずっと待っていた。七時という約束だったが、遅れる——舞台稽古ではよくあることだ。結局十五分ほど遅れて、実里が姿を現す。

下北沢には、五十過ぎのオッサンがゆったり過ごせる店がほとんどない。この街を歩く人たちの平均年齢は、二十代前半ぐらいではないだろうか。実里と何度も来ているが、その都度食事には苦労させられた。結局、駅前の繁華街からは外れ、茶沢通り沿いにある蕎麦屋に入る。蕎麦屋だからあまりゆっくりもできないが、話をするには、この後お茶でも飲めばいい。蕎麦に入る前のつまみとして、野菜の和え物、冷奴、板わさを頼む。飲み物は二人ともビール。まだ梅雨は明けていないが、この一週間まったく雨が降っておらず、最高気温が三十度を超える日が続いている。蕎麦屋で日本酒は嫌いではないが、こういう時はやはりビールだ。

乾杯した後、岩倉は敢えて事件のことには触れず、次の芝居の話題を取り上げた。正確には、オファーを受けるかどうかについて。結局実里は、受けることにしたという。

「仕事は選んでるのかと思ったよ」集中と弛緩——そのインターバルが大事だと以前実里が言っていたのを思い出す。一月続く舞台が終わると、次の舞台まで最低二ヶ月は空ける。一ヶ月は休養、一ヶ月は準備だ。

「もちろん。でも、あまり空き過ぎると、勘が鈍るから」

「そうか」

「それと」実里がビールを一口呑んで告げる。「引っ越そうかと思ってるの」

「どこへ？」

「実家へ戻る――ガンさんに言われて、しばらく実家にいたでしょう？」

「ああ」

「その時分かったんだけど、母親が、あまり体調がよくないのよ」

「そうなのか？」実里の母親は、確か六十代前半である。最近の六十代は非常に元気なのだが、それでも病気からは逃れられない。どうも六十歳というのは一つの壁のようで、岩倉の先輩たちも、定年で辞めた途端に体調を崩すパターンによく見舞われていた。「もう十分やった」という思いが、心の突っ張り棒のような物を折ってしまうのだろうか。

「うん。持病もあるし、やっぱり心配だから」

「そうか……」

「ごめん、私の事情で」

「いや、いいんだ。俺の方も、しっかりした対策を立てないといけないと思っていたからさ。この前言ったけど、この件はまだ解決したとは言えないんだ」

「そうなんだ」実里が真顔でうなずく。

「本当は、またニューヨークにいてもらった方がいいぐらいなんだ」

「でも海外だと、何かあってもガンさんはすぐに来てくれないでしょう？　私は日本にいるわ。日本というか、東京に」

「実家に戻るとちょっと遠くなるな……そんなに頻繁に会えなくなるかもしれない」

「でも、同じ東京に住んでいるんだから」実里がにっこりと笑う。

「できるだけ早く、今まで通りになるように努力するよ」

「ねえ、ガンさん……結婚しちゃうっていう手もあると思うけど」

岩倉は思わず口を閉ざした。彼女の口から「結婚」という言葉が出たのは初めてだった。本気なのか？　目を真っ直ぐ覗きこんでも判断できない。職業柄、人が本当のことを言っているのか嘘をついているのか見抜くのは得意なのだが、彼女が相手だと上手くいかない。女優の演技力は、時に岩倉の洞察力を超える。

「そうだな……」と何とか言ったものの、先へ進めない。

「ガンさんには、ちょっと刺激が強い話だったかな？」実里が声を上げて笑った。「まだ傷心の状態だもんね」

「そんなこともないけど。さっぱりしてる」

「でも、千夏ちゃんのことは心配じゃない？　千夏ちゃんは今でも家族なんだから」

「そうだな。でも、全員を集めて、警備つきで寮生活を送るわけにもいかない」

「じゃあ、とにかくガンさんに頑張ってもらうしかないわけね」

「ああ」

「信じてる」実里が腕を伸ばし、岩倉の手に自分の手を重ねた。「ガンさん、今までも私を守ってくれたじゃない」

「こういう危険は、今まで一度もなかったよ」

「でも、ガンさんなら対処できるでしょう。私ね、正直、かなり怖かった。後でニュースを見て、本当に危なかったかもしれないって思った。でも、ガンさんを信じるしかないから」

「頼りにならないけどな」

「そんなことない」実里が急に真剣な表情になった。「ガンさんにはいろいろな美点があるけど、一番大きいのは、一緒にいて安心できることなのよ」

「そうなのか？」

「そういう人、なかなかいないと思う。自分では分からないかもしれないけど」

「そうか……」

岩倉はビールを一口呑んだ。ひどく苦く、美味さが感じられない。

道のりは長い。この戦いは、自分が定年になったからといって終わるわけではあるまい。自分から打って出て、先手を取る――岩倉は今初めて、自分のために仕事をしようと思った。

正確には実里のために。しかし実里のためということは、自分のためでもあるのだ。

本作品は文春文庫のための書き下ろしです。
本書はフィクションであり、実在の人物、
団体とは一切関係がありません。

文春文庫

悪の包囲

ラストライン5

定価はカバーに表示してあります

2022年3月10日　第1刷

著　者　堂場瞬一

発行者　花田朋子
発行所　株式会社 文藝春秋

東京都千代田区紀尾井町3-23　〒102-8008
TEL 03・3265・1211㈹
文藝春秋ホームページ　http://www.bunshun.co.jp

落丁、乱丁本は、お手数ですが小社製作部宛お送り下さい。送料小社負担でお取替致します。

印刷・凸版印刷　製本・加藤製本

Printed in Japan
ISBN978-4-16-791839-2